大鱼

有爱的青春陪伴者

山河万里，我来见你

抹茶丸子 著

孔學堂書局

图书在版编目(CIP)数据

山河万里，我来见你 / 抹茶丸子著． -- 贵阳：孔学堂书局，2019.11

ISBN 978-7-80770-167-5

Ⅰ．①山… Ⅱ．①抹… Ⅲ．①长篇小说－中国－当代 Ⅳ．① I247.5

中国版本图书馆 CIP 数据核字（2019）第 245297 号

山河万里，我来见你 **抹茶丸子 著**

SHANHE WANLI,WO LAI JIANNI

出 品 人：邓国超 李 筑

责任编辑：窦玥声 杨翌琳

责任校对：寇 辰 胡国浚

责任印制：张 莹 刘思妤

出　　品：贵州日报当代融媒体集团

出版发行：孔学堂书局

地　　址：贵阳市云岩区宝山北路 372 号

贵阳市花溪区孔学堂中华文化国际研修园 1 号楼

印　　制：湖南凌宇纸品有限公司

开　　本：880mm×1230mm 1/32

字　　数：292 千字

印　　张：9.5

版　　次：2019 年 11 月第 1 版

印　　次：2019 年 11 月第 1 次

书　　号：ISBN 978-7-80770-167-5

定　　价：36.80 元

目录

CONTENTS

第一章

SHANHEWANLI
WOLAIJIANNI

战地重逢

四月初，国内正是春暖花开的好时节，利维亚却已然进入盛夏。

跨出机舱门的那一瞬间，齐玥就被一阵热浪紧紧包裹，差点儿喘不过气。她身上还穿着军装外套，一排扣子整整齐齐地一路扣到脖颈处，领口那圈已经有湿润的迹象。

机舱外地面温度 35℃，没有一丝风。

来接机的是第一批抵达利维亚的医疗队的向导，他顶着烈日，站在运输车旁，冲齐玥一行人热情地挥了挥手。

带队的是齐玥的导师，苏青。

齐玥跟着她一同走上前，冲向导敬了一个标准的军礼。

“陆军飞刃大队附属医院，苏青，率医护人员十五人，前来报到！”

“陆军飞刃大队附属医院，齐玥。”

向导乐了，效仿她们的样子回了一个不太标准的军礼：“利维亚医疗支援一队，李建，叫我老李就好了。苏少校，齐中尉，你们军人都是这么严肃的吗？”

苏青微微笑了一下：“那你也叫我苏青就好。”

齐玥点头附和：“没错，穿上白大褂都一样。以后一起共事，大家就是同伴了。”

老李憨厚地点了点头，擦了一把额上的汗：“行，那我们边走边说！”

说是边走边说，然而真正在“说”的也只有老李。他一路介绍着车行经过的区域——哪里是交战区，哪里是安全区，什么地方能够采购……

“前方就是第二次内战爆发时的交战区。不过现在这边已经没什么人了。”老李摇头叹气，“左手边的这座高楼，曾经是利维亚最大的投资银行的办公楼。这家银行也曾跻身世界前列，可惜……”

后面的话他没再继续说下去，因为已经没有再多说的必要了。

那座被炮火洗礼过的办公楼，已经看不出本来的样貌了。楼面原本应该是全玻璃制的，很好看、很时髦的设计，然而现在大部分玻璃都被轰得粉碎，整座楼的左半部分像是整个被什么怪力撕扯掀飞掉，只剩下露在外面被折断的钢筋水泥和焦黑的墙面。

齐玥叹了口气，默默移开视线。

这一路上，他们都能听见不知从哪边传来的炮火声，有时觉得离得很远，有时又感觉近在耳旁。明明是白天，远方的天际却被战火和硝烟染成了暗沉昏黄的颜色。

而这片曾经的交战区，更是满目疮痍，入眼皆是断壁残垣，没有一处完好的房屋。大部分断墙都被烧成了焦黑色，满地皆是破碎的瓦砾，路边随处可见被烧得只剩下空架子的汽车。

齐玥视力好，一眼就看见废墟里一个被断裂的预制板压着的布偶。布偶只有一半身子露在外面，上面还沾染着干涸的血迹……

她心里有点难受，知道战地情况和亲眼看见，毕竟还是不一样的。

坐在齐玥身边的苏青看了她一眼：“睡会儿吧，飞机上你就忙着整理资料没休息。待会儿到了营地，估计还有的忙。”

齐玥“嗯”了一声，收回视线，头向后靠在椅背上，轻阖上眼……

睡得迷迷糊糊、半梦半醒的时候，耳边隐约听到尖锐刺耳的声音，随即额角传来一阵闷痛，齐玥瞬间清醒，睁开了眼。

“你没事吧？”

她一睁眼，就对上苏青担心的眼神。

齐玥按着额角，缓缓摇头：“没事……”

想来是车子紧急刹车，她的头才会撞到窗户上。

“发生什么事了……”齐玥抬头看向前方。

道路正前方横着一辆皮卡。

皮卡上站着十几个身裹黑袍、脸覆黑色面罩的人。

其中两人架着一台火箭筒，嚣张地瞄准了齐玥一行人的车，嘴里还用阿拉伯语高声叫嚣着什么。

此时，从皮卡上陆陆续续跳下来几个手持枪械的人，朝齐玥、老李他们的方向大步走来。

齐玥心念一动，转头看到苏青搁在腿上的制服外套，便立刻伸手拿了过来。

苏青愣了一下："你干什么……"

而后她看见齐玥迅速地脱下了自己身上的制服，塞到她手中："老师，你穿我的。"

"不行！"苏青忽然明白过来齐玥的用意，伸手要去抢回自己的外套。

齐玥拦住她的手，压低声道："老师，你看他们的穿着。"

苏青向车外望去，而后立刻明白了齐玥的意思。

利维亚现在整个国家四分五裂，说是诸侯割据也不为过。其中最大的势力是一个叫"以瑟"的极端宗教组织，控制了整个国家的南部，和北部以首都为中心的政府军分庭抗礼。以瑟组织的标志性打扮，就是全身黑袍，加黑面罩覆面。

若这群人真的来自以瑟组织，那十有八九来者不善。

齐玥按了按苏青的手："老师，这个团队需要你。"

苏青脸色一阵青白，嘴唇颤动两下，终于没再坚持。

齐玥刚披上制服，那几人已经走到车旁。

"Get out!"（出来）其中一人操着口音浓重的蹩脚英文，用枪托狠狠砸了两下驾驶座那侧的门，而后端着那口重型机枪，对准了驾驶员的脑袋。

齐玥已换好制服，她冲苏青微微一点头。

苏青扫了众人一眼："下车。都别说话，由齐玥和我来跟他们交涉。"

一行人像是待审的囚犯一样，被迫在车外站成一排，所有人眼观鼻鼻观心，脸色却是一致的青黑。

此时对方车上又下来一人，和其他人一样，也是黑袍加面罩，唯一不同的是，他的脖子上围着一条鲜艳的红方巾。此人大概就是他们的头目了。

"Who's the leader ?"（谁是领导）红方巾男缓缓踱到众人跟前，用还算流畅的英文问道。

“I am in charge !”(我是负责人)在众人目光注视下,齐玥微微抬起头,眼神平静地和那男人对视。

红方巾男的眼神在齐玥脸上逡巡片刻。眼前这亚洲女人个子高挑,偏瘦。她留着利落的齐耳短发,瞳仁很亮,目光却很犀利,眉宇五官都透着一股英气的美。

“你?”男人又问了一次。她看上去太年轻了,年轻得有些过分。

有个高瘦的男人从后面走上前,在红方巾男的耳边嘀嘀咕咕说了两句什么。那红方巾男的目光在齐玥肩章上的两杠一星上停留片刻,而后哂笑,用阿拉伯语对同伴道:“钓了一条大鱼。”

“我们是中国派来的医疗队。”齐玥抬手指了一下车顶上插着的五星红旗,不卑不亢地用流利的英文与他交涉,“你们也不想惹麻烦吧?”

她着重强调了“中国”两个字。这片大陆上的大部分国家都接受过中国的资助,就算他们现在武装夺权,今后也少不了要和中国打交道。

红方巾男一哂,用枪托点了点着齐玥的肩章:“听好了,中国鸡崽,在这片土地上,老子做主。”

齐玥微微蹙眉,眼神却依然波澜不惊。

如果说之前她还对他们的身份半信半疑,现在几乎是可以确定了。这打扮、这乖张的行事方式和这恨不能搅个天翻地覆的称得上是愚蠢的勇气,是以瑟组织的人没错了。

对这种信奉极端主义的亡命之徒而言,确实是没有道理可讲的。

红方巾男对着齐玥一扬下巴,吩咐手下:“把她绑了。”

齐玥暗自松了一口气,幸好她提前跟苏青换了制服。

“你们干什么?”见到那伙人的动作,一个扎着马尾辫的姑娘忍不住出列,想上前阻止他们。

齐玥厉声喝道:“赵天昕!”

这个叫赵天昕的女孩儿愣了一下,不知所措地看着齐玥。她俩自打医学院起就是室友,关系也铁。听说齐玥申请了这个任务,她便不顾前方是枪林还是弹雨,兴冲冲地跟着报了名。

齐玥几不可见地冲她摇了一下头。

赵天昕顺着齐玥的视线,看到了那支正对着自己脑袋的枪,于是乖乖闭了嘴。

齐玥伸出手让他们绑，而后淡定地看着红方巾男："你们想交换什么？"

红方巾男眯了眯眼："我喜欢聪明人。"

他从口袋里掏出一张纸，抖开。

齐玥看到上面写着的密密麻麻的药品名字以及数量，眸光微闪。

这伙人应该不是第一次干这种勾当了，他们甚至很清楚，医疗队手里有哪些物资、有多少物资。

齐玥沉默的当口，伴随着一声"咔嗒"的机簧脆响，一个冰凉坚硬的东西抵在了她后脑上。不用回头看，齐玥也知道，那是一支枪，上了膛的枪。

"药品交出来，否则，所有人都得死。"红方巾男语气逐渐暴躁，显然已失去耐心。

齐玥撩起眼皮看了他一眼："车上现在没药品，你们可以搜查。何况你们要的东西太多，我们这边需要时间准备。"

红方巾男也不废话，立刻让人搜了齐玥他们的车，果然一无所获。

他不耐烦地"啧"了一声，而后他对副手打了个手势。那人在药品清单上写了个地址，随手交给医疗队的人。

红方巾男指着齐玥对众人道："拿货来换人，给你们一天时间。"

苏青忽然开口："三天。我们需要三天时间。"

红方巾男转向苏青："你说什么？"

苏青用还算平和的语气说道："我们的物资运输机后天才会抵达利维亚。总得等东西凑齐了，才能送过来吧。"

红方巾男沉默片刻："三天，我要是没收到药品，你们就替她收尸。"他顿了顿，阴森森地看着苏青，"要花招的话，老子就把你们的医疗营炸平。"

苏青点头："但这三天内你们必须保证她的人身安全。"

红方巾男开口："成交。"

齐玥走前，忽然扭头对苏青道："老师，他们有备而来，劫药品恐怕另有他用。凡事从长计议，不要……因小失大。"

苏青眼眶微微一热："我知道。"

齐玥话音刚落，脸上就重重挨了一下，而后被人一脚狠踹在膝弯上：

“废什么话！”

那力道之大，若是普通人肯定已经摔了个狗啃泥。然而齐玥摇晃两下，强忍着头晕想吐的感觉，撑着膝盖站稳了。她才不会在这些人面前跪下，死都不会。

踹她的那个喽啰吹了声口哨：“老大，这女的还挺硬气。”

他伸手捏着齐玥被打得偏向一边的脸，盯着她挂着血丝的淡色的唇看了两秒：“长得也挺漂亮。”

红方巾男冷冷地扫了他一眼：“别耽误时间！想磨蹭到政府军过来吗？”

喽啰不敢再多话，拿麻袋往齐玥脑袋上一套，一把将她推入车内。

齐玥抿了抿干涩的唇，面无表情地看着眼前的男人。

现在是她被关起来的第二天。她在这里一天只能上一次厕所，喝一次水。除此以外的时间，她都被绑在地下室的这张椅子上。

负责看守她的人不多，大概每六个小时换一班，每次一人守在屋内，两人守在屋外。这个武装组织的人数不算多，设施和装备也较为陈旧。这印证了她之前的一个猜想——这伙人应该只是“以瑟”旗下的一个小支队。

齐玥的脸忽然被人捏住了，这也迫使她不得不将注意力放回站在她身前的男人身上。

这男人名叫瓦哈卜，算是个熟脸，就是之前冲她吹口哨的那个喽啰。

他眼里闪着猥琐的光，肆无忌惮地上下打量着齐玥。

齐玥被捆在一张椅子上，两指粗的麻绳绕过她的脖颈，在她胸前十字缠绕后将她的手紧紧绑在了椅背上。她的制服外套早被人剥了下来，只剩一件贴身白T恤。玲珑的身体曲线被紧绷的绳索勒得更加突出，让瓦哈卜看得口干舌燥。

他伸手在齐玥脸上摸了两把，那水嫩光滑的触感让他心中那把火燃得更旺，于是手也开始越发不规矩。

齐玥嘴角冷冷一勾：“你如果继续，那药你们就别想要了。”

简单的英文，瓦哈卜还是能听懂的。他抬手便给了齐玥一耳光：“跟老子讨价还价，搞清楚你的处境！”

齐玥一口啐掉口中的血，冷眼看着他：“你试试。”

也许是因为她眼神里的轻蔑太明显，又或者是她的语气太过笃定，瓦哈卜有些犹豫了。

但片刻后，他又架不住被威胁的恼怒，提起一拳就捣在齐玥腹部。那一拳用了十成的力，齐玥瞬间只觉胸腹间翻江倒海，脏器搅成一团，低下头不停地咳嗽……

地下室的门忽然被大力踹开，厚重的铁门撞在水泥墙上，发出结实的闷响。

瓦哈卜一惊之下霍然转身，同时掏出了别在腰间的枪……

然而，他快，对方比他更快……

“砰——”

经过消音处理的枪声不大，子弹却精准地打在了瓦哈卜的枪上。巨大的冲力让他根本没办法继续握住手中的枪，手枪砸落在地，在空旷的地下室内击起一声沉闷的回音。

瓦哈卜下意识地扑下去捡枪，然而手还没挨着枪，就听见一个低沉冷冽的男性声音，伴随着子弹上膛的金属声，在耳边响起。

“劝你别动。”

瓦哈卜额头上慢慢地沁出一滴冷汗，因为他看清了掉落在地上的枪——

对方的子弹不偏不倚地从正中嵌入了枪膛，直接让这把枪报废了。就算是经过常年训练的特种兵，都不一定能打出角度如此刁钻的一枪。

如果不是对方刻意手下留情，刚才他已经死了……

瓦哈卜缓缓抬头，首先映入眼帘的是一双黑色的作战靴，而后是裹在迷彩作训服里修长劲瘦的腿。

继续往上，他就看到了那管对准他头部的黑洞洞的枪口。

拿枪的那只手袖子挽上去了一半，露出肌肉结实的小麦色手臂，作训服的臂章上印着一面红底黄星的旗帜。

瓦哈卜艰难地咽了口唾沫。

男人很高，宽肩阔背，身材呈一个漂亮的倒三角，微敞的领口里露出一点结实的胸肌线条。视线再往上移，是线条硬朗的下颌，抿成一条线的薄唇，高挺的鼻梁……而后，他便对上一双幽冷深邃的眼。

男人的眼神让人不寒而栗，宛如止水，又透着决然森冷的杀意。瓦哈卜不自觉地起了一身鸡皮疙瘩。他丝毫不怀疑，如果自己动一下，男人会毫不犹豫地扣下扳机。

地下室内光线昏暗，然而却并不妨碍齐玥看清来人的模样。她瞳孔微微缩紧，死死地盯着那个高大的身影，被绑在身后的手指不自觉地攥住了椅背。

她狠狠地咬了一下唇，痛感分明。嘴里的铁锈味提醒着她，这不是幻觉。

待到那人再走近几步，能够看清那张轮廓分明的脸上的每一根线条时，她的眼眶忽然微微一热，口中也有些苦涩。

她设想过无数种和林竞再会的场景……却没有一种，是像现在这样的。

“你……你是怎么进来的？”瓦哈卜看着眼前这个持枪的男人步步逼近，紧张得连舌头都捋不直了。他慢慢站起身，越过林竞的肩，悄悄向门外望去。

地下室大门就这么敞着，外面一片死寂。

林竞漠然道：“别看了，你那两个脓包同伴救不了你。”

瓦哈卜愕然：“你杀了他们？”

林竞玩味一笑：“你猜？”

瓦哈卜说不出话了，整个人的气势在林竞面前低到尘埃里，和之前嚣张跋扈的样子判若两人。

瓦哈卜咬了下舌尖，强迫自己镇定下来，心跳频率却依然止不住地向上攀升。

“你、你不敢！这里是他国交战区。你如……如果，杀……杀了我们的人，你也会有麻烦的！”他结结巴巴，好半天才拼凑出一段完整的话。

林竞眼神戏谑，不置可否。

瓦哈卜畏畏缩缩地观察着林竞的一举一动，脚下却慢慢向着齐玥的方位挪了一步，背在身后的那只手也悄悄摸到了别在腰间的匕首……

“咱们谈笔交易……大家都别动手。你把枪放下，”瓦哈卜一字一顿，“我就放了她。”

林竞似笑非笑，朝他轻轻一点下巴：“成，你先放人。”

瓦哈卜又往齐玥那边挪了一步：“好，好，我放，我先放——”

刚说完最后一个“放”字，他忽然以迅雷不及掩耳之势从腰后抽出匕首向齐玥脖子上比画过去……

他的刀还没架到齐玥脖子上，林竞已经迅速扣下扳机。

一共两枪，一枪打在他的手腕上，一枪打在他的大腿上。

匕首落地，打了几个转才停下，铁器撞击地面的脆响回荡在空旷的地下室内。瓦哈卜抱着手腕倒在地上，喉咙里抑制不住的痛呼一声盖过一声。

林竞走到他身边，弯腰拾起匕首，握在手里随意转了两圈：“刚刚已经警告过你了——别、乱、动。”

瓦哈卜满脸冷汗，进气少出气多，上下牙碰得“咯咯”作响，眼神怨毒地盯着林竞。

匕首在林竞手里打了个转，利落划下，一刀斩断绑住齐玥的绳索。而后他一把扯下断掉的绳索，扔在了一边地上。

“你……怎么来了？”齐玥低头掩饰着眼中的情绪，一手掩住轻轻颤抖的手指，状似不经意地问道。

她开口时，声音嘶哑，嗓子火烧火燎地疼。

头顶上，林竞的声音里似乎是带了点儿笑意：“我不来，谁救你？”

齐玥正在活动僵硬的手臂和胳膊，闻言微微僵硬了一下。

林竞低头，视线落在她微肿的脸上，停顿了一下。而后他又看到了她破裂的嘴角和唇边干涸的血迹。视线继续往下，他注意到她的衣服也有被撕扯过的痕迹，裤腿被磨破的几处有的新伤还渗着血……

他垂在身边的手不自觉地捏紧成拳，眸色泛冷：“他们对你用过刑？”

齐玥摇头：“没有。”

大家有交易在，用刑肯定是不至于的。

不过这帮人本来也不是什么善男信女，也没什么道德伦理观念，所以高兴了或者不高兴了就打上几拳、踢上几脚也是常有的事情。

齐玥抬头，正对上林竞饱含愤怒而又狠厉的眼神，不由得愣了一下。

林竞迅速移开目光，转身就是一脚，精准地踹向瓦哈卜的小腹。

那一脚他是真的丝毫没有留情，瓦哈卜发出一声杀猪般的惨叫，立刻就蜷成一团，像只弱小的虾米。

齐玥是知道林竞的力道的，她在一旁看得心惊胆寒，生怕林竞把人给踹死了。毕竟这是在别国交战区，若没有接到命令，他们是不能跟这边的人动手的。

然而林竞踹了那一脚后，一点喘息的时间都没有给瓦哈卜，他单手拎起瓦哈卜的衣领，轻轻松松就将瓦哈卜整个人提了起来。

瓦哈卜的手无力地扣着林竞的手腕，双脚离地，拼命地在半空中挣扎着。

他瞳孔放大，眼里充满了恐惧。

这个亚洲男人在他眼里宛如恶魔一样，强得不可思议。在这个男人面前，他们的人就跟蝼蚁一样，连还手的余地都没有。

林竞对着瓦哈卜笑了那么一笑："想让我放开你吗？"

瓦哈卜艰难地点了点头。

林竞笑了："好啊。"

话音刚落，他直接将瓦哈卜像掷沙袋一样扔了出去。瓦哈卜这样一个大男人,竟然被他直直扔出十米远,狠狠撞在了房间另一端的水泥墙上。

瓦哈卜像是一摊烂泥一样，顺着墙滑落在地，他倒下后咳了两声，"哇"地吐出一口血来，而后晕了过去。

齐玥顾不得依然僵硬的手脚，一瘸一拐地走向林竞："我没事，都是些皮外伤……咱们还是先离开这里再说？"

林竞缓缓嘘出一口气，转头看向齐玥时，眼中戾气稍退一些，而后便注意到齐玥不太自然的走路姿势："你的脚？"

齐玥说："之前扭了一下，不碍事。"

林竞微微蹙眉，正要说话，耳中的通讯器里忽然传来陈冲的声音。

"队长,大狗子回营了。两辆皮卡,搭载重型火力,大约……十二人。准备爆破吗？完毕。"

林竞出声："先不要打草惊蛇，等我命令。完毕。"

齐玥听见林竞的对话，心中一动："他们的人回来了？"

林竞微微点了下头，将身上的黑色防弹背心脱下来，披在齐玥肩上："穿上。"

齐玥没动："那你呢？"

林竞说："冲子那里还有一件。我进来救人不方便携带。"

林竞见她还在犹豫，敦促道：“你要是再受伤，我们可能就真的出不去了。”

齐玥沉吟片刻，穿上了防弹背心。林竞说得没错，论身手，论反应，她都是拖后腿的那个。

“队长，距离三点钟方向观测到三辆装甲车、两辆坦克，预计还有五分钟抵达基地外围。”

说话的是队内的狙击手单世钧，此时他正在基地外围树林里的某棵大树上监控着基地的情况。

林竞狠狠皱了下眉。

这火力，的确不能硬碰硬了。

林竞：“余海，你还在基地内？”

余海：“报告队长，我在一楼大厅外侧。我已经看见大狗子朝这边走过来了，突围还是换个地方潜伏？”

林竞：“陈冲，准备爆破，掩护余海撤退。单世钧负责接应。你们先撤到政府军的领地待命。完毕。”

陈冲愕然：“那队长你呢？”

林竞低声道：“我带目标从后方撤离。”

陈冲立刻抗议：“那怎么行！你们背后可是一条河，河对面全是森林，连一条平坦的路都没有。”

林竞：“废话少说，立即行动！”

他一转头，就见齐玥神色复杂地看着他。

林竞微一扬眉：“怎么？”

齐玥眉心微蹙，神色里隐着担忧：“你们只来了三个人？”

林竞安静了片刻：“这次本来是联合行动，利维亚政府也派了援兵。”

齐玥问：“那……援兵呢？”

林竞不甚在意地摇了摇头：“说是在路上遇到了阻截……不知道什么时候能赶到。我们只能先行动了。”

齐玥：“……”

林竞戏谑道：“放心，我就算一个人也能把你救出去。”

“我不是这个意思……”齐玥张了张口，没再继续问下去。

飞刃大队里的特别行动小组都是以五人一组为单位执行任务。齐玥本来想问他怎么没找人补上祁翔的位置，话到嘴边，又吞了回去。祁翔曾经是林竞小队的一员，也是和他有过命交情的好兄弟。但是在半年前的一次任务里，祁翔牺牲了。林竞因此沉郁了很长一段时间，而他对齐玥的态度，在那次事件发生后，也发生了很大的变化。

林竞片刻也不耽误，背对着齐玥蹲下身："上来。"

齐玥犹豫："呃，不用……"

林竞说："你腿瘸了，跑不快。"

齐玥："……"

最后，齐玥还是乖乖地趴在了林竞宽阔的背上。林竞的手在她腰上稳稳一托，轻松将她背起，而后迅速朝消防通道跑去。

这座基地是一幢废弃的居民楼，只有正门一个出口。林竞的计划是由陈冲他们引开正门外的火力，而他则带着齐玥顺着消防梯去到楼顶，再从那里滑降撤退。

如果是他一个人，倒是能直接从前方撤退，和陈冲他们一起走。但现在带着一个饿了两天还受了伤的齐玥，就多了很多不确定因素。他不能冒这个险。

刚跑进消防通道，外面就传来了震耳欲聋的爆炸声，而后整幢楼晃动了一下，头顶上方不停地掉落下沙土和漆块。

陈冲动手了。

随之传来的是枪响，和混乱的呼喊声。

齐玥有些担心："陈冲他们不会有事吧？"

林竞："放心。他们比这帮乌合之众强多了。"

"She's gone（她跑了）！"地下室的方向忽然传来一声暴怒的吼叫。

过了片刻，从楼道下方传来一些零散而急促的脚步声。

有人追了过来。

"腿夹紧了。"林竞说完这话，就放开了托着齐玥双腿的手，而后从怀里掏出了枪。

虽然明白他的意思，但齐玥还是忍不住脸颊微微一烫。

第二章

SHANHEWANLI
WOLAIJIANNI

我喜欢你，十年了

林竞背着齐玥沿着消防通道一路小跑着直接上到顶楼，片刻也没停歇。

他的背宽阔结实，齐玥趴在上面，隔着作训服也能感受到他温热的体温，不知怎的，她的眼睛竟也有一点热。

通往天台的路，被一扇锈迹斑斑的厚重铁门阻断了。

手腕粗的铁链，将铁门的把手和旁边的水管牢牢绑在一起，而铁链两端被一个秤砣般的旧式锁锁住了。

齐玥听到楼下隐隐约约传来脚步声，手指不自觉地收拢，扣紧了林竞的肩……

“砰——砰——”

枪响，铁链落地，片刻时间都没有耽误。

林竞背着齐玥走上最后一级台阶，一脚踹开铁门。

林竞走上天台，微微侧过脸，低声问：“还撑得住吗？”

齐玥心里一暖：“嗯……”

林竞走到靠近天台边缘的水箱处，将齐玥从背上放下来。

他从腰间取下滑降用的黑色游绳，绕过水箱旁边大腿粗的水管开始打结……

天台门那边的楼道里忽然传来一阵急促的脚步声，林竞立刻起身，一把将齐玥拉到自己身后。

齐玥还没来得及看清来人，就被林竞按到了水箱后面。同一时刻，枪声也在耳畔响起。

她清楚地看到一颗子弹嵌入了刚才她所站位置的地面里……

后面更是接连不断地有子弹打入挡在他们身前的水箱里。水箱高大，且里面灌满了水，所以子弹打穿外面的铁皮后，也只是发出“噗”的一声，便再没了动静。

对方一步步朝他们逼近，听枪声和脚步，像是至少有三人的样子，而他们这边有战斗力的只有林竞。

齐玥手心里全是冷汗，在自己毫无意识的情况下，她已经伸手紧紧抓住了林竞的左臂。

这是她第一次这么真实地面对枪林弹雨的战场，整个人紧张到四肢冰冷，后脊冰凉，嗓子发干。

对她而言，手术室就是战场。然而对林竞来说，以命相搏，才是他的战场……一直都是这样。

齐玥忍不住抬头去看林竞。

他似乎正专注地听着对方的动静，冷峻刚毅的侧脸上并没有什么表情，深黑的眼仁里也是无波无澜。

“待在这儿别动。”林竞将手中的枪上了膛，忽然对齐玥说了这么一句。说完这话，他便趁着对方停火换弹匣的那瞬，闪身出去。

“林竞——”

齐玥低呼一声，心跳瞬间飙上一百八，连带着呼吸都完全窒住了。

她无意识地握了握那只本来捉着林竞胳膊的手，像是被人扼住了咽喉。

齐玥所站位置有视野盲点，根本看不到外面的交战情况，只能从声音推断外面发生了什么。

林竞的枪装了消音器，声音比对方的小得多，因此还算好辨认。

混成一片的枪声里，林竞开枪的次数并不算多，她一共听见六枪。前三枪，每枪过后，都有金属砸在水泥地上的声音。三枪过后，对方的枪声停了下来。而后林竞又连续开了三枪，而后她听到了接二连三的，像是沉重包裹落地时砸出的闷响。这次，连混乱的脚步声都没有了，世界恢复一片宁静，仿佛什么事都没有发生过一样……

齐玥刚想探头出去看看情况，就被一只大手蒙住额头按了回去。

“别看。”林竞低声道，而后伸手在她额头上轻轻弹了一下，“不是告诉你待在这儿别动吗？”

不知从哪儿刮来一阵风，空气中顿时有了些淡淡的血腥味。

齐玥心头一急，眼眶立刻就红了。她不管不顾地拉着林竞上上下下地仔细看了一遍，手微微颤抖着，甚至有些语无伦次："你怎么样？有没有受伤？让我看看……"

林竞握住她在他身上胡乱摸索的手："我没事，我没受伤。"

手上传来的力道和温度让齐玥心里一松，脑子里却仍是一团乱麻："那……那他们？"

林竞沉默。

齐玥愣怔了一下，张了张嘴，却没说出半个字。

在她发呆那会儿，林竞已经蹲下身继续绑游绳了。

齐玥看着那个专注工作的背影，好半晌才找回自己的声音，干涩地说："你杀了他们？"

林竞手下微微一顿："嗯。等他们再去通知别人，我们可能就真跑不出去了。"

这是齐玥第一次见识真正的战场，但林竞却不是。齐玥虽然不知道他之前执行过什么任务，却见过他身上的伤，甚至有一次他差点儿没能活着回来。

在枪林弹雨里跟人拼命，对他来讲也许已经是常态了。什么时候该做什么样的决断，他自然是最有经验。

齐玥此时已冷静了些，脑子也恢复正常工作："抱歉。我不是质问你的意思，我只是担心……回去跟上头不好交代。"

林竞淡淡地勾了一下嘴角："我知道。情况紧急，特殊处理。虽然我们不能主动惹事，但正当防卫是可以的。"

齐玥说："回去恐怕有一大堆报告书要写了。"

林竞不以为然："写就写。"

齐玥想到以前的事，不由得莞尔。她知道林竞最讨厌写这些东西，学生时代他就雇人帮他写检讨，现在"贿赂"下属帮他写报告。

林竞绑好了游绳，就着蹲着的姿势冲齐玥招了招手："上来。"

有一就有二，这次齐玥不再扭捏，乖乖地趴到了他背上。

林竞背起齐玥，一手拉着绳索，走到天台边上。

齐玥探头看了一下这里和地面的高度，头有点晕。

滑降课程她在军校的时候也学过，但那个时候她们滑降不仅有保险绳，还有教官在下面拉着。像这种“野路子”的滑降，她一次都没做过。

“抱紧了，千万别松手。”林竞宽大的手掌，忽然在齐玥的手背上重重按了一下。

“嗯。”

其实根本不用林竞提醒，齐玥已经下意识地紧了紧环住他脖子的手臂和绕过他腰间的腿,整个人像只考拉一样,死死地抱着林竞这棵大“树”。

林竞“扑哧”一下：“也不用这么紧……我快喘不过气了。”

“抱歉。”齐玥有些讪讪，手上的力道又稍稍松了松。

林竞两手握着绳索，背朝外站在天台边缘。

“走了。”他话音刚落，整个人向外倒去，同时劲瘦有力的腿在外墙上一蹬，而后双腿绞紧绳索，整个人快速向地面滑去……

耳边是快速下坠时冲力产生的呼呼风声，齐玥下意识地闭上了眼。然而刚闭上不到片刻，她就感觉到林竞的身体稍微蹲了一下，而后直起身……

齐玥：“……”

二十米的滑降，背上还背着个人，林竞不到三秒就完成了。整套动作行云流水，中间没有丝毫停顿。

林竞举起枪，对准了悬挂在屋顶的滑降索。

齐玥出声：“手枪在这个距离下恐怕……”

“砰——”林竞扣动了扳机。

那条挂在屋顶的滑降索像是被斩了七寸的蛇，有气无力地从高空掉落下来，在地面上蜷成一团。

林竞捡起绳索，绕在两只手腕上，迅速回转了几次，又缠回了之前整齐的圈状，挂回腰间。

他偏头看了齐玥一眼，嘴角向上勾起一点淡淡的弧度：“刚想说什么？”

齐玥呆了呆：“没什么……”

林竞背着齐玥，朝河边跑去。

他一边跑，还一边游刃有余地和队友联络：“我是林竞。目标已顺利救出，现沿北部河道撤离。猎鹰小队，汇报最新情况。完毕。”

齐玥小声吐槽："这么土气的名字，该不会是你取的吧？"

飞刃大队下一共三支特别行动队，每支队伍都是从大队里甄选出的精英中的精英，专门负责执行境外任务。小队的成员由队长自己挑选，而每个小队也有一个特别的队名，便于在任务中使用。至于这队名，有说是大队长命名，有说行动队长自己命名……

林竞面部肌肉微微一僵，没有回答。

"报告队长，我们已经顺利脱离敌人的包围圈，现在从 39 号公路一路向北往政府军的辖区开。队长我们应该到什么地方接应你们？请指示，完毕。"说话的是陈冲。

河对岸就是一片茂密的原始森林，一眼望不到尽头。不过之前他们在地图上看过，森林面积大约 200 公顷，不算大。只要不迷路，徒步半天之内就能走出去。

林竞："暂定森林西北位置，你们先去补给站。保持联络，等出了森林再给你具体位置。完毕。"

陈冲："是，队长！"

林竞一口气跑到河边，才将齐玥放下。

"这一片都是'以瑟'的地盘，但渡过这条河，就进入政府军的管辖范围了。"林竞见她一直盯着河看又不说话，便主动解释了一句。

齐玥像是有些难以启齿的样子："其实我……"

林竞接话："水性不好。"

齐玥愣了一下，因为觉得丢脸，她从没跟林竞提过这事儿。

林竞浅浅勾了一下嘴角："事情闹那么大，很难不让人知道。"

齐玥从小到大都是旱鸭子，到了军校后才勉强学会游泳。然而游泳依然是她的弱项，当年不负重的考核她都补考了三次。后来还是她的导师苏青以她手术操作大赛第一的成绩为由，破格帮她申请了负重项目免考，这事儿才算勉强翻过篇。

林竞说的闹大的事，大约就是苏青帮她申请免考那茬儿了。

一想到这事竟然闹得尽人皆知，齐玥脸上绷不住了，转头轻咳了一声。

林竞眼中藏着些笑意，伸手在她头上轻轻拍了一下："放心，本来也没指望你……我带你。”

齐玥惊讶：“水流这么急，你怎么带？一只手划水？”

林竞复又取下挂在腰间那根游绳，冲她一扬：“物尽其用。”

林竞将绳的一端绑在齐玥腰上，另一端绑在自己身上。

“你别费力游，保证自己别沉下去就行。”下水前，林竞又交代了一遍。

齐玥点头：“知道了。”

林竞先下的水，而后齐玥跟在他身后走入河中。

水温不算太冷，但水流是真急。齐玥刚下去的时候差点儿没站稳，等到河水没过腰，她就已经感受到了来自大自然的不可抗力。

走在她前面的林竞一直稳如泰山，在河水没过他胸口的时候，他像是一条水中蛟龙一样迅速游了出去。

齐玥本来走得有些战战兢兢的，结果一下就被林竞的力道拖了出去……等到脚不沾地，真正浮在水里，呛了几口水后，她才明白林竞之前说那话，还真没任何看低她的意思。

为了“保证自己别沉下去”，她几乎是用生命在和激流作斗争，手脚并用，拼命地扑腾。她感觉自己就像是一片树叶，随波逐流，生死全看天。

不到五分钟时间，齐玥就有些脱力的感觉，体力迅速流失，手脚慢下来，胸口也有种沉闷的窒息感。

“林……咳咳……”自己的声音听在耳朵里都出现了重音。刚开口就呛了口水，齐玥只能又把嘴巴闭上。

视野的边缘逐渐模糊暗淡，能见的范围也变小了。

齐玥脑子里还有点模模糊糊的意识，知道这是体力透支加上严重低血糖的反应。

她伸出手，挣扎着想去拉一下绑在两人之间的那条绳子。

然而她的手脚都已经麻木了，最后视野也完全黑下来……

“齐玥……齐玥……”

昏昏沉沉中，她仿佛听到有人在叫她的名字。那声音似乎很遥远，又似乎近在耳边，听不太真切。她太累了，又冷又饿又困，四肢像灌了铅一样，连动一根手指的力气都没有。

她本来一开始觉得周身又冷又湿，胸口像压了一块巨石，呼吸困难。但不知什么时候起，那种湿冷的感觉慢慢褪去，呼吸也顺畅了许多。

随着周身温度逐渐转暖，她像是又回到了自己所熟悉的、温暖的被窝里，唯一遗憾的是，这被子勒得有点紧，床板似乎也有点硬，而且不知为什么，还有规律地微微起伏着，简直就像是……

"噼啪——"

齐玥霍然惊醒。

"唔……"

头依然有些晕，但并不妨碍她理解此时的处境。

男人坚硬紧实的胸肌，温度偏高的体温，雄性荷尔蒙的气息，都让她的心跳无可抑制地加速起来。

她侧身窝在林竞怀里，林竞的下颌抵着她的发顶，双手环在她身前，用作训服外套将她裹在怀里……

"噼啪——"

刚才吵醒她的声音，又响了一次。

齐玥轻轻转了下头，看向堆在地上的篝火——那噼啪声是在火中燃烧的木柴发出来的。

"你醒了。"

头顶传来男人略微低沉的声音，声音里带着一丝嘶哑，像是醇厚的烧酒。

"嗯……"齐玥轻轻动了一下僵硬的身体。

女生柔软的头发在他胸前微蹭了一下，有点酥酥痒痒的感觉。

之前为了给齐玥取暖，而且齐玥还昏睡着，所以林竞也没那心思想太多。然而现在两人身体紧紧贴在一处，林竞能全方位地感受到女性肢体的柔软纤细和齐玥凹凸有致的身体曲线。

他浑身肌肉紧绷，垂在身侧的手慢慢握成拳，手背上青筋逐渐浮起。

齐玥对此毫无所觉，她只想撑着坐起身来。她动的时候，胳膊的着力点落在了林竞的小腹上……

林竞的脸色立刻几不可察地变了一下，他忽然放开她，站起身来。

他脱下身上的作训服，披在齐玥的肩上。

林竞作训服下只穿着一件白色紧身背心，他的皮肤是健康的古铜色，身材呈一个倒三角，前胸后背都裹着一层线条漂亮却不夸张的肌肉。

“喝水吗？”林竞拿起地上的水壶。

齐玥下意识地接过来，然而只喝了两口就喝不下了，连她自己都觉得奇怪。

按理说她被关的这两天一天一杯水，应该处于严重的缺水状态。

“你刚才在河里喝了不少水。”仿佛看出齐玥的疑惑，林竞主动替她解惑。

他旋开水壶盖，仰着脖子，将壶中的水倒入口中。有些水珠从他嘴角滑落，一路缓慢滑过他微微仰起的脖子，小麦色的坚实胸肌，最后没入背心里……他的胸口随着匀称的呼吸微微起伏着，光是看着都觉得充满了野性的力量感。

难怪刚才她睡着时觉得那“床”一起一伏的。

齐玥看了两眼，脸上便腾起一片燥热，于是赶紧收回了视线。

“抱歉。”齐玥想起之前在河中央晕过去的事，“差点儿连累你。”

她知道带着一个完全没有意识的人游泳，就跟背着一块九十斤的石头一样，一个不小心，可能两人的命都会搭上。

林竞在和她隔了几米远的距离坐下来，微微勾了下唇：“道谢就行了？”

齐玥点头：“嗯，谢谢你……”

大约是危机解除，两人都有些放松。

隔着火光，林竞侧头看过来，半开玩笑：“怎么谢？”

齐玥愣了一下，脑袋里莫名其妙地蹿出“以身相许”这个词。

就算她愿意，人家肯要吗？而后她自嘲一笑，答案她早就知道。

林竞忽然道：“我作训服左边的口袋里有些军用干粮，先凑合吃点儿。”

他这么一说，齐玥的肚子便应景地发出“咕噜”一声响。

林竞没忍住，笑了。

齐玥于是也不客气，从口袋里掏出那半袋军粮，一点一点掰下来，塞入口中。

吃了一半，她将手中的干粮袋往林竞那边递了一下：“你不吃吗？”

林竞摇头："我不用。"

齐玥"嗯"了一声，一边继续吃，一边道："我们现在在哪儿？不是说要和陈冲他们会合吗？"

林竞摇了一下头："你溺了水，体温又在降低，我就想先找个地方落脚。幸好附近有个山洞，今晚我们在这里过一夜，明早再走。"

齐玥："我现在好多了，不影响赶路。"

林竞："外面有狼。"

齐玥："……"

林竞："这里有火光，它们不敢靠近，但是在森林里走，就比较危险了。"

齐玥点了点头，吃光了袋中最后一口干粮。

"林竞，你怎么会来利维亚？"

齐玥将装干粮用的包装袋揉成一团捏在手中，问出了从在基地见到林竞起就一直盘旋在心中的疑问。

申请参与这项任务的时候，她以为只要远离，就能够放下。

被关在基地的时候，她也以为自己已经能够坦然面对生死。

然而，那只是她以为。

林竞的出现，打破了她一厢情愿的"以为"。

事实上，齐玥心里有很多疑问，她知道"飞刃"的三支特别行动队负责的任务区域都不一样。林竞之前执行的任务在东南亚地区和欧洲要多一点。

潜意识里，她觉得林竞不该在这里。

她看着林竞，不愿意放过他任何一个细微的表情变化。她心里有了一点隐秘得近乎奢望的期待。

在等待答案的这几秒里，齐玥不自觉地攥紧了握在手心里的干粮袋，心跳慢慢攀升。

林竞捡起地上的树枝，拨动了一下篝火里的木柴，而后淡淡道："任务。"

齐玥追问："什么任务？"

林竞："不方便透露。你知道，我们执行的任务，保密级别都很高。不该问的别问，齐中尉。"

齐玥神色瞬间冷下来。

林竞顿了顿，又道："你别多想。"

齐玥扯了一下嘴角："多想什么？"

林竞垂下眼皮，拾起地上的木棍去拨弄篝火里的木柴。火势减弱了些。

齐玥紧绷的心脏忽然一松，继而又涌上许多失望的情绪，对自己的失望。别人是好了伤疤忘了痛，她这伤都还没好呢。

林竞这公事公办的态度，让她瞬间想起出国前，两人最后一次不欢而散时的情形。

当时林竞也是一副要和她划清界限的冷漠模样。

"齐玥，别再追着我了，咱俩不合适。你也老大不小的了，别一直这么耗着，不值得。"

那不是林竞第一次拒绝她，却是第一次让她感觉到，他是认真的。

她努力了这么多年，最后换来"不合适"三个字。

如果林竞一直对她冷漠相待也就罢了。最让她觉得意难平的，是林竞的反复无常。再没有比给了人希望再拿走，更令人绝望的事了。

"林竞，我喜欢你，十年了。"

"……"

"连你也知道，我在你身上耗得太久了。你能不能告诉我这到底是为什么，让我死也死个明白？"

她还记得，林竞当时连敷衍都懒得敷衍，只轻飘飘地扔下一句：

"齐玥，你忘了我吧。"

只有没有感情的人才能真说得这么轻巧。

说一遍不够，现在还要说第二遍。

齐玥看着忽明忽暗的篝火，手指收拢，紧紧攥成拳。手中的那只干粮袋早被她捏扁揉成一个小球，紧紧攥在手心。

"你呢？听说你是主动申请过来的？"林竞依然拨弄着篝火，像是很随意地问道。

他的话，将齐玥从那不甚愉快的回忆里拉回了依然不甚愉快的现实。她差点儿忘了，自己是为了什么不顾同事和老师的劝阻，主动申请了这项外派任务。

“嗯。”再开口，齐玥的态度就冷漠了许多。

篝火里的木柴被林竞从灰堆里翻弄上来，火势稍微大了一些。

林竞安静了一会儿，才道：“那么多外派任务，怎么选了个最危险的？”

齐玥面无表情：“我不来，我师兄就得过来。他是新婚，今年又刚有小孩。我孤家寡人一个，比他合适不是吗？林、少、校。”

冷场。

之后两人也没再继续交谈。

过了一会儿，林竞忽然又道：“你赶紧睡吧，明天天不亮，我们就要出发。”

齐玥也没再多说什么，径自背对着他躺下。

林竞那边一直没传来任何响动。

齐玥盯着篝火在墙上映出的影子，那人依然保持着靠墙而坐的姿势，一动不动。

他似乎没有要睡的意思。但，和她又有什么关系呢？

齐玥阖上眼。

她本就累到极点，精神、体力都在崩溃的边缘，不一会儿就沉沉睡去。

听见齐玥均匀的呼吸声，林竞才将头慢慢转向她那边。

暖黄的火光中，他眼睛眨也不眨地盯着齐玥的背影，眼里浮现出和之前的冷漠截然相反的温度……

山洞里静得出奇，除了木柴时不时发出的噼啪声之外，能听见的就只有齐玥绵长均匀的呼吸声。微微的，像羽毛轻拂过林竞的心尖。

林竞从口袋里摸出手机，对着齐玥的背影拍了一张照片。

女孩儿瘦弱的背影在篝火的映衬下显得格外单薄。她双腿并拢，向胸前屈起，几乎将自己蜷成了一个球状，看上去可怜又可爱。

林竞手指轻轻在照片上女孩儿的头上点了点，而后退出来，将照片保存到了一个名叫“Y”的文件夹里。

他的手指在那个文件夹上逡巡片刻，过了许久，才像是下定决心似的……正要点进去，一个来电出现在屏幕上。

所幸手机设置了静音，倒是没有发出任何声响。

林竞站起身，朝山洞外走去……

走到离山洞一定远的距离后，林竞才接起电话。

“利刃大队猎鹰特别行动队队长林竞，向首长汇报。”

“这边没外人，客套的话我就省了。”电话那头传来一个沉稳的中年男人的声音，正是林竞的父亲林和祥。

林竞低声应了一声。

林和祥问：“见到她了吗？”

林竞回答：“见到了。”

林和祥又问：“人没事？”

林竞说：“受了点轻伤，应该没什么大碍。”

“没事就好。”电话那头的林和祥似乎是长长地出了一口气，话锋忽然一转，“我听你们大队长说，你没有按照命令等待援军，而是独自带队行动去救人了？”

林竞：“……”

林和祥忽然暴喝：“说话！哑巴啦？”

林竞说：“当时情况紧急……利维亚的政府军刚进入南方‘以瑟’领地就遭遇了伏击。显然以瑟组织早就盯住了政府军的一举一动。我认为，在那种情况下，做出了适合情况的正确判断。”

林和祥：“混账！你告诉我，军人的天职是什么？”

林竞：“绝对服从命令。”

林和祥：“你做到了吗？”

林竞：“关于这件事情，我会提交详细的报告，也愿意接受上级处分。”

林和祥：“包括让你回来？”

林竞：“……”

林和祥沉声道：“我破例让你去利维亚，不是让你去违抗军令的！”

林竞：“是，首长。我保证，这是最后一次。”

挂电话前，林和祥忽然叹了口气：“你妈走了，我只有你这么一个儿子了……不要让我为难。”

林竞安静了许久，才道：“抱歉让您担心了，父亲。”

挂了电话，林竞在山洞外站了一会儿，才慢慢走回去。

他走到齐玥的身边，低头看着她。

齐玥翻了个身，身上的作训服掉在了一边。她微微蹙着眉，贝齿轻咬下唇，嘴里咕哝了一句什么。她的手压在胸口上，呼吸微微有些急促，似乎做了个不太愉快的梦。

林竞弯下腰，忽然伸手轻握住齐玥的手，将她的手缓缓从她胸口移开。齐玥面上的表情瞬间舒缓了许多。

林竞低头看着那只被自己握在掌心里的白皙纤细的小手。这是他第二次握住这只手。

第一次，是在去年抗震救灾的时候。当时，他的母亲在地震里遇难，尸骨无存。十四天，她一直陪在他身边，奋力将一条条生命从死神手里夺回来。最后一天，她陪他到母亲遇难的地点，她一直握着他的手。

那天，他紧紧将她抱在怀里，恨不得将她融入骨血中。那是他第一次直视自己的感情。

然而，他终究只能选择放开。不能想，不能要。

林竞拾起落在一旁的作训服，展开来，轻轻搭在了齐玥身上。

他伸出手，似乎是想去碰一下齐玥纠结的眉心。然而手伸到一半，又被主人克制地收了回去。

·

齐玥是被照进山洞里的阳光和林子里的鸟叫吵醒的。

这是她这些天以来，睡过的最安稳的一觉。虽然因为某人，梦到了一些过去的事情。

齐玥脑袋清醒了些，一抬头就见林竞正看着她。

她心里忽地一跳，赶紧背过身，抬手悄悄擦了下眼角和嘴巴。确认脸上没有什么不干净的东西后，她才转回身来。

而后就听见林竞那边“扑哧”一笑。

齐玥：“……”笑个屁。

林竞将水壶扔给她：“昨晚已经灌满了水，你要想奢侈点洗把脸也行。”

林竞说话时齐玥已下意识地伸手接住了水壶，这下真是洗也不是，不洗也不是了……

收拾妥当后，齐玥拿起地上的作训服，朝林竞那边走过去。

刚走到他身边，她就看见林竞脚边躺着一条被斩成两段的长长的灰蛇，切口非常整齐，一看就是利刃所为。那条蛇保持着嘴巴大张的模样死去，显然是在准备攻击的那个瞬间被人腰斩。

齐玥多瞥了两眼，发现那蛇张着的嘴里面的颜色是纯黑色的，整个人立时像是被冻住了一般：“黑……黑曼巴……”

这是生长在非洲大陆的一种剧毒毒蛇，攻击速度极快，其毒素可让人在一个小时内毙命，可以说是全世界最致命的毒蛇之一。

林竞回头：“哟，这你都认得。不错嘛，没有读死书。”

齐玥背上起了一层寒意，没有理会林竞的调侃：“这是，昨晚发现的？”

林竞笑了那么一笑：“嗯，它趁你睡得正熟的时候溜进来的。”

一想到林竞拿着军刀对付黑曼巴的画面，齐玥就止不住地周身发寒，贴在身侧的手指也微微颤抖着：“你知不知道，你昨天差点儿死了？你知道这家伙的攻击速度有多快吗，你的手能能有它快？若是被咬到，方圆几百里，上哪儿去找解毒血清？医疗营都不一定有。”

林竞一只手懒洋洋地搭在胯上，微微朝她低下头来，嘴角挑起一点弧度，一字一顿地说：“‘差点儿’？在我看来，还差得有点儿远。”

跟这人说话就像一拳打在棉花上，有力没处使，齐玥不由得有些恼怒：“总之……下次遇见黑曼巴别乱来。”

林竞看着她：“嗯，你说说不乱来的方式是什么样的？坐着等死？”

齐玥一口气郁结在胸，使劲推了林竞一把，不再搭理他，径自朝山洞外走去。走了一半，她忽然又折回两步，将手中的作训服用力扔在林竞脸上。

林竞单手捞住了那件砸向他面门的衣服，低低笑了两声，跟在齐玥身后出去了。

两人在丛林里走了接近两个小时，已经能看到森林的边界了。

齐玥转头看向眉目纠结的林竞：“还没收到信号吗？”

林竞拧着眉，轻轻摇了一下头。

他们从山洞出发时就在试图和陈冲他们取得联系，然而他们的所有通信设备都没办法正常工作。无论是对讲机也好，手机也好，都像受到了什么电波或是磁场干扰，通话时收到的不是忙音就是杂乱的电流声。

林竞心中有种不太好的预感，但还是出言安慰齐玥道：“没关系，先出去再说。这边是政府军的地盘，出去找个通讯站再和他们联系。”

齐玥点头：“嗯。”

他们已经极其接近森林边缘了。透过树丛的间隙，隐约能看见外面宽阔的柏油马路。只是，从能看见公路起到现在已经十分钟了，一辆经过的车都没有。

偏僻的山间小道上车流量少很正常，然而这条公路，是国道。

林竞忽然停下脚步，伸出手臂拦在齐玥身前。

齐玥问：“怎么了？”

林竞：“你在这里等一下，我去探探外面的情况。”

齐玥点头：“那你小心一点。”

林竞想了想，还是不放心，将通信设备从身上摘下来给齐玥戴上：“如果我十分钟后没有回来，你就回到之前的山洞，等待救援。”

他将随身携带的一把半自动式手枪一并拿给齐玥：“MP40（冲锋枪的型号），用过吗？”

齐玥没有接他的枪，反而一把握住了林竞的手腕：“我跟你一起出去。”

林竞斩钉截铁地拒绝了：“不行。”

齐玥看着他：“那你把枪带着。枪在你手里，我们活下来的概率才更大。”

林竞安静了片刻，收起了枪：“好。”

齐玥轻声说：“我就在这里，等你回来。”

林竞与她对视片刻，而后缓缓道：“好。”

林竞继续前行了两百米左右，而后翻过立在树林边的最后一道栅栏，走上公路。

公路上依然没有任何来往的车辆，安静得有些不可思议。

这算是一条盘山公路，一面依山，一面靠着树林。林竞他们便是从山下的河边一路顺着丛林爬上来的。公路的两端因为道路的蜿蜒曲折而看不到尽头，形成了天然的盲点。

林竞顺着公路往前走了几百米，在即将拐过弯道时，心里那不祥的预感忽然达到顶峰。

他相信自己的直觉，没再犹豫，立刻便要掉头往林中走。

就在他转头的瞬间，一辆猛士横空而出，霸道地转过路弯，堪堪横在他面前。

猛士前排坐着两个戴墨镜、西装革履的白种人，身材异常高大威猛。

林竞抬手便对着猛士车窗开了两枪，而后立刻向旁边的树林跑去。

与此同时，道路的另一端，也被两辆猛士堵住了。

在林竞举枪射击的刹那，离林竞最近的这辆猛士上瞬间下来了四个人，都是西装革履黑墨镜的打扮，一个黑人，一个亚裔，两个白人。前排那两人更是在弯腰躲避子弹的同时打开了车门做掩护。他们的身手快得出奇,动作也很专业,和那些野路子的武装集团完全不在一条水平线上。

四人很快追上林竞，和他缠斗起来。不过很奇怪的是，他们并没有向林竞开枪，而是采取了空手格斗的方式。

这伙人显然不是“以瑟”的人，又是在政府军的地盘上，林竞和他们动起手来免不了就有了诸多顾虑。

第一个冲上来的是那个亚裔，他使了个障眼法，一记直拳转上钩，目标是林竞的下颌。林竞一眼看穿对方攻势，头一偏躲过那拳，而后顺势一蹲，一记横扫便直接将那人扫倒在地。

然而他刚站起身，胸口就挨了金发男的一记重击。

林竞以一敌四，何况对方也是训练有素的悍将，一点亏不吃也是不可能的。

但好在他反应迅速，硬扛了一拳后便顺手捉住对方进攻那只手，一手揪住对方的头发，抬腿就狠狠踹上对方的膝盖。林竞向来喜欢在军事格斗里加入一些个人风格，比如专攻人下盘。因为很多人，包括很多看上去强悍的老兵，下盘都不够稳，膝盖尤其是弱点。在军校时期，他的这招踹膝盖就没人能够抵挡，很多人被踹之后就再也爬不起来。以前和手下队员训练时他都会脚下留情，但踹这“金毛”，他是抱了直接把人踹废的心思，用了十成力道。果不其然，那洋鬼子挨了这一记踹，捂着膝盖横倒在地，脸色惨白，根本站不起来。

另外两个人见过林竞这身手，一时都有些犹豫，在冲不冲上去这个节骨点上举棋不定。

“Put your hands up !”(把手举起来)一个声音忽然自林竞身后响起来。

林竞一转头，就看见了另外一拨黑西服男。

以及……被他们制住了行动、封了嘴的齐玥。

齐玥被他们拖到前面来，她看着林竞的眼神里有惊恐，有后悔，但更多的是歉意。

“I said put your fucking hands up !”（我说，把手举起来）说话的是那个押着齐玥的人，他没耐心地重复了一遍，手中那支指着齐玥太阳穴的枪狠狠向前抵了一下。

林竞眸色微沉，缓缓将手举过头顶：“What do you want ?”（你们想要什么）

“特地为你准备的欢迎仪式就这样被你糟蹋了……多年不见，身手见长啊，林竞。”一个穿着白衬衣的男人从猛士背后的黑色保时捷上缓缓走下来。人未到，声先至。

男人长了一张冷淡倨傲的脸，眼神犀利得摄人心魄，说话的语调有些慵懒，慵懒中又带着几分自然的魅惑。他举手投足间都散发着儒雅的贵气，脸上的笑容明明亲切又温和，却没来由地让人感觉背脊发凉。

乍见那个男人，林竞的眼中闪过一丝震惊、一缕错愕，然而很快，那复杂的情绪就被他压了下去。

他抬手擦了下嘴角的血迹，再看向男人时，眼里已是一片淡漠：“是你堕落了，霍念成。”

那个叫霍念成的男人又是那么斯斯文文地一笑：“以前你还叫我一声‘成哥’，现在却如此生疏，我这做大哥的好生伤心啊。”

林竞漠然道：“说吧，你想要什么？”

霍念成微一扬眉：“这里不是说话的地方，咱们换个地方叙旧。”

第三章

SHANHEWANLI
WOLAIJIANNI

我不欠你了

齐玥和林竞被带到了霍念成的基地。

所谓“基地”，其实是一座后现代化风格的球形建筑。建筑外观看起来很漂亮，被一层水蓝色的玻璃所覆盖。这样一座风格清新的建筑，坐落在这片硝烟弥漫、满目疮痍的大地上，有种遗世独立的违和感。

然而林竞只一眼就看出，那漂亮的水蓝色玻璃是由两层材质不同的玻璃构成的超强化防弹玻璃——外面是一层防弹玻璃，里面是钢化玻璃。

基地的具体位置于他们来讲不是很清晰，因为他们这一路上都被蒙着头套，等摘了头套时，已经身置于这样一座称得上是优雅的基地内了。

基地内部空间非常大，一楼是一个接待大厅，里面来来往往的都是一些穿着普通职业装、像是上班族一样的工作人员。因为大厅中央设计成了天井一样的构造，所以从一楼抬头往上看，能数出九层楼。乍看之下，还真挺像一座装修时髦的办公楼。

齐玥和林竞直接被带往了顶层的一间会议室。

会议室不大，不过对于三个人来讲，倒是绰绰有余了。

一个黑衣墨镜男将一只黑色的塑封袋放在了霍念成的左手边。

齐玥的视线随着墨镜男的动作落在袋子上——袋子里装着林竞的枪械和通讯装备。

林竞反倒没那么在意那袋子，全程都只盯着霍念成的一举一动。

那人有些慵懒地坐在会议桌的另一头，手指有一下没一下地在桌子上轻轻敲着。待他的手下将东西放在桌上后，他像是有意，又像是无意，将那袋子翻了过来，摆弄了一下，又翻了回去。

全程都是那种无可无不可的态度。

这是在煎鸡蛋吗？

齐玥感觉血液里的每一个细胞都开始暴躁起来。

这男人似乎很懂得怎么挑战人的忍耐力。

霍念成抬头看向齐玥，对上她愤怒的眼神后，忽然笑了一下，而后对着墨镜男略微挥了一下手。

墨镜男立刻转身，从会议室里退了出去，走的时候还贴心地将门带上关好。

霍念成随意地对着他们抬手示意了一下："坐下谈吧。"

林竞没动，齐玥也没动。

霍念成微微挑了一下眉，玩味一笑。

林竞用漠然疏离的神色看着他："有话直说吧。"

霍念成又笑了一笑："其实我这次，是专程想请齐玥小姐过来谈一笔合作的。当然，没想到在那儿遇到你，也算是一个惊喜。"

齐玥面色如常，心中却有些震惊。这男人的情报网不简单。且不说霍念成是怎么知道她身份的，从她落地，到被抓，到获救，前后不过三天时间，中间还辗转多处地方，单就霍念成能够精确地在半道上堵住他们这点，就足见这人的情报能力和行动力了。

林竞眉心微微收拢："你监听了军方的通信设备，你手下有顶尖黑客。"

他用的是陈述句。"飞刃"的特别行动队因为常年执行机要任务，所以通信频道都用特殊方法进行了层层加密，连军方内部的专业人士也无法破解。所以当时在丛林里所有通信设备信号中断时，他首先怀疑的是当地有强磁场干扰，其次才怀疑是人为。

霍念成不置可否，他看着林竞，眼神里似乎透出了些许怀念，但那种情绪转瞬即逝，让人难以捕捉。

他轻笑了一下："你这些年，似乎成长了不少。"

林竞冷笑一下："彼此彼此。你究竟为什么会在这里？搞来这么多雇佣兵，想干什么？"

和霍念成的那批打手交过手后，林竞就知道他们都是各国前特种部队出身了。国外这种情况为数不少，很多特种兵退役后为了谋生，都加入了雇佣兵或是保镖集团。

“这不是重点。重点是——”霍念成微微抬眸，转头看向齐玥，“我请齐小姐来的目的。”

齐玥双手环抱在胸前：“你说。”

霍念成说：“我需要你帮我完成一台肾移植手术。”

齐玥简直怀疑自己听错了：“你说什么？”

霍念成：“你没听错。”

齐玥安静了片刻：“为什么找我？”

霍念成：“我听说你之前在国内就已经独立主刀过几台肾移植手术了，这对你来说应该不是什么困难的事情。”

是不难。

但是——

“为什么找我？”齐玥看着他，把问题再次重复了一遍，“正常情况，需要肾移植的病人，不应该直接送医院接受治疗吗？”

霍念成和颜悦色地摊了一下手：“我说过了，这方面，你是专家。现在的医疗支援队里，最适合的人除了你，就只有你的导师苏青了。”

“请不要回避我的问题。”齐玥冷冷一笑，“说实话吧，病人是谁？为什么不找利维亚当地的医院？”

霍念成难得地收起笑容：“病人是被利维亚政府和‘以瑟’政府双向通缉的在逃犯人。”

…………

“你们可以在此先休息一下。想好了随时告诉我。”

说是休息，其实就是囚禁了。

两边谈崩了，于是齐玥和林竞就被关到了囚犯应该待的地方。

齐玥伸手敲了敲黑色的墙：“实心的。”

整间屋子以黑白色调作为主打，墙面贴着黑底烫金墙纸，地板上铺着柔软厚实的米色地毯，走的是极简的风格，简单但不简陋。

一间卧室加一个洗手间的构造，很像是酒店的房间。进门的过道靠墙摆着一个纯黑大理石打造的吧台，上面摆着各种酒水饮料、水果和零食。屋子正中央摆着一张 kingsize 的床。正对着床挂着一面巨大的屏幕，不知是为了给他们提供娱乐项目，还是把他们当成娱乐项目。

一切看上去都是那么舒适优雅，唯一让人觉得压抑的，是这间屋子没有窗户——一扇都没有。

这样的恶趣味，倒是和霍念成的风格很相称。

齐玥绕着屋子转了一圈，确定没有暗格暗道后，走到吧台前给自己倒了一杯橙汁。

林竞本来坐在躺椅上闭目养神，听到水声，便睁开眼向她这边看过来："不怕有毒？"

齐玥抬起手抿了一口杯中的橙汁："真要下毒他就不会费尽心思带我们过来了。你不也一样？"

林竞微微一挑眉："什么叫'我不也一样'？"

齐玥说："以少校你的本事，真想逃的话，半路就逃了，还等着他把我们'押'过来？你不就想看看他到底要干什么？"

林竞复又闭上眼，从喉咙里发出一声低笑。

齐玥却不打算让他蒙混过关："你和他……似乎是旧识。我怎么没听说过？"

齐玥有这一疑惑也不奇怪，两人一起上高中又一起考入军校，可以说林竞的半个青春她都有参与，却从未见过霍念成其人，连名字都没听过。

不过，高中有一次她亲眼见到有一群混混带人堵过林竞，而且是为一些帮派旧怨。当时小混混也说过，之前林竞也混过社会，只是后来不知什么原因金盆洗手了。也亏得她记性好，才会记得那么久以前的一段插曲。直觉告诉她，霍念成和这段她不知道的过往有着千丝万缕的关系。

林竞依然闭着眼，似乎是很累的样子，隔了好一会儿，才慢慢道："都是很久以前的事了。"

齐玥问："你们以前……到底是什么关系？"

林竞没有回答，维持着闭目躺在椅子上的姿势，像是睡着了一样。

齐玥索性从吧台走到了他面前："喂，问你话呢。"

林竞的呼吸比平时重了一些，面色也有些潮红。

齐玥忽然觉得不对劲，伸出手朝他额头探去。

手下的温度滚烫。

"林竞……林竞！"齐玥按住林竞的肩轻轻晃了一下，声音也忍不住提高许多。

林竞微蹙了一下眉，而后缓缓睁开眼："我听得见。"

在这样的距离下，齐玥也终于看清，他眼底布满血丝，嘴唇因为缺水和发烧而有些干裂。

齐玥蹲下身扣住他的手腕探查了一下他的脉搏，心跳速度也比正常情况下快了许多。

她不再犹豫，伸手去解他作训服的扣子，语速也有些急：“你之前是不是受过外伤？赶紧让我看看！”

林竞抬手揉了一下眉心，而后坐直身体，脱下作训服扔在一旁。

他微微侧过身，将背部转向齐玥那边。

这一看之下，齐玥不由得倒抽一口凉气。一道不算浅的切割伤从他的肩胛骨斜贯后背直拖到后腰的位置，看上去像是被什么尖锐的东西划的，但伤口的边缘又不是很规则。而且这伤看着不像是新伤，虽然很多位置依然皮肉外翻渗着血和脓液，但有些浅一点的位置已经结痂了。中间最深的地方，伤口周围的一圈组织都又红又肿，很明显是发炎了。

齐玥焦急道：“你还有什么不适的感觉？头痛？四肢无力？有没有气短胸闷的症状？”

林竞“嗯”了一声，过了一会儿才说了一句：“累，困。”

齐玥几乎已经能确定，林竞现在出现的症状，就是因为没有及时处理，伤口感染造成的。

她手指紧紧抠入手心中，后槽牙咬得咯咯作响。昨晚山洞里光线昏暗，林竞也一直没有背对过她，是以她竟然没能发现。她是不够仔细，因为赌气，再加上见他精气神都挺好，也就没想着去检查一下林竞有没有受伤。但更让人生气的，是这人受了伤连吭都不吭一声，还一直硬扛着装没事人。

装个屁！

齐玥极力压抑着心里的火，一字一顿：“这是什么时候受的伤？”

还不等林竞回答，她已经自顾自继续说道：“你不说我也知道，你伤口周围的组织有些已经发白发泡，这都是在水里泡的！你是在河里被什么石头划到的，是不是？”

说到最后，她终于克制不住地吼了出来。

“当时情况紧急，没来得及说……”

林竞其实已经烧得有些迷迷糊糊的了，之前还硬撑着，现在到了晚上，超负荷的身体明显已经撑不住了。他注意到齐玥自残的动作，也没力气多想，自然而然地就伸出了手，一根一根掰开她死死陷入掌心的手指……

他将她的手指攥在手心，缓声道："我没事。"

齐玥微微发着抖："你觉得这样很英雄、很厉害？你知不知道伤口感染处理不好也会要人命的！"

感觉有东西从眼角不自觉地滑了出来，齐玥"唰"地别过脸，死死咬住嘴唇不再说话。

林竞因为闭着眼，所以并没有看到这一幕。

他只觉得四肢灌了铅一样，上下眼皮也像粘住了一般。

他低声道："我睡一会儿就好，别担心……你就待在这儿，别乱跑……"

又过了一会儿，齐玥伸手去探了一下林竞的额头。他没有再说话，似乎真的睡了过去。浑身高热的温度和四肢的疲乏酸痛让他急需睡上一觉来恢复体力。

齐玥知道，之前他一直撑着，现在暂时脱离了险境，一松懈，所有积压的伤痛便一下全爆发了出来。

她抬手擦了一下眼角，忽然站起身走到屏幕面前，低声道："喂，那谁，你听得到吧？"

屏幕忽然一亮，霍念成那斯文败类的脸出现在屏幕上。

他露出一个称得上是和善的笑容："齐小姐找我什么事？"

齐玥冷冷看着他："我想好了，我跟你谈条件。"

再次见到霍念成，齐玥也懒得废话，直接跟他开门见山："我需要纱布、缝线、手术刀、镊子、酒精、双氧水、布洛芬、克林霉素和先锋霉素。"

霍念成意味不明地勾了一下嘴角："药都好说，手术刀可是管制品。"

齐玥戏谑地看着他："霍先生，你都敢直接让我来这儿做手术了，想必医疗器材和药品都齐全得很哪。"

霍念成双手交叉，枕在下巴下方："我何时说过，病人在这里。"

齐玥："不惜大动干戈也要救的人，你会放心把他安置在别处？"

霍念成笑了："我觉得，我开始有点喜欢你了。"

齐玥："不用了，受不起。"

霍念成："既然是找我谈条件，齐小姐也该拿出点诚意来吧？"

齐玥点头："我想先看一下病人。"

霍念成安静了两秒，而后沉声道："可以。"

霍念成屏退所有手下，带着齐玥走入一个用密码卡才能打开的专人电梯。

进了电梯，霍念成直接摁下了"-5"这个数字。

果然不是一座普通的办公楼。齐玥盯着电梯里两位数以上的地下楼层，眼底浮现出揶揄的神色。

霍念成将她的表情尽收眼底，不动声色地问："之前拒绝的时候还斩钉截铁，转眼就变了主意。怎么，林竞是病得快死了？"

齐玥冷冷睨了他一眼。

她相信刚才在房里发生的一切，霍念成已通过监控知道得一清二楚了。

现在明知故问，是为了硌硬她？

霍念成见齐玥黑着脸不说话，似笑非笑地看她一眼："以林竞那样的身体素质，这种伤对他来说也许休息两日自己就能扛过去了。"

齐玥反唇相讥："好歹曾经兄弟一场，霍先生竟冷情至此，难怪让人心寒。"

霍念成握着密码卡的手指微微一紧，他似笑非笑地看了齐玥一眼，眼中有什么复杂情绪流过，转瞬即逝。

齐玥知道，其实霍念成说得没错。比这艰苦恶劣得多的情况，林竞也都经历过，在任务中受伤，也是常有的事了。

然而，即便林竞本身身体素质再好，凡事也可能有万一。

既然她在，就断没有让他硬扛的道理。

她也绝不可能让这万分之一的可能威胁到他的性命。

霍念成所说的病人，被他安置在一间布满精密监测仪器的病房。病房内有两个身穿无菌服的护理人员在随时监测着病人的生命体征。

因为没有穿无菌服，所以齐玥就站在病房外，透过墙上巨大的玻璃窗口观察着病房内的情况。

病床上躺着一个面容苍白、身形娇小瘦弱的女孩儿。

齐玥注意到她露出来的脖子上有一圈一圈青紫交错的勒痕。不仅如此，她瘦骨嶙峋的锁骨、手腕，以及脚腕上也都是伤痕累累，凡是能看见的地方，都有不同程度的刀伤、钝器伤和灼伤……

女孩儿戴着氧气罩，微弱而缓慢地呼吸着。

除了肉眼可见的遍体鳞伤之外，她的各项指标看起来也非常糟糕，整个人严重营养不良。

齐玥一边皱眉观察着检测仪上的各项数据，一边问："能具体跟我说下这个女孩儿的情况吗？她看上去像是……受过长期的虐待。"

齐玥等了几秒，没等到回答，便转头看向站在身边的男人。

只见霍念成眸色暗沉、神情专注地看着病床上的女孩儿，竟全然没注意到齐玥在跟他说话。

齐玥稍稍提高了声音："霍先生。"

霍念成这才转过头来："什么？"

齐玥只得把自己的问题又重复了一遍。

霍念成沉默了一会儿，才道："我是从'以瑟'手里把她救出来的。"

齐玥："难怪……"

顿了片刻，齐玥忽然反应过来："你之前说，利维亚政府也在悬赏通缉她？"

霍念成说："没错。他们给的通缉理由是……贩毒。"

齐玥皱起眉："那，真实的理由呢？"

霍念成："她是个导演……到这边来拍战地纪录片，结果，拍到了一些不该拍的东西。"

齐玥追问："拍到了什么？"

如果只是一边想抓她，那还好理解，但两边都想杀人灭口，这事情就不简单了。

霍念成微微一挑眉："林竞没告诉过你，有些事，知道得越少就越安全吗？"

齐玥咀嚼着这话里的信息，沉默片刻，才道："这件事你为什么没上报大使馆？由我们的人出面，可能会更好解决。"

霍念成摇头："利维亚政府为了名正言顺地处理掉她，捏造了证据。

一边是一个‘证据确凿’的毒贩，一边是有联合国支持的新政府，你觉得，这事大使馆该怎么插手？”

齐玥知道这中间情势复杂，就算想要替她翻案，从头调查起来也是困难重重。如果想要救这女孩儿，最快的方法，的确是把人私自扣下来。

齐玥盯着霍念成：“她是……你的什么人？”

霍念成安静了许久：“这重要吗？”

齐玥耸了耸肩：“随便问问，不想说就算了。”

她又不瞎。

“有病历吗？我想看一下 CT 报告，还有血常规检查和尿常规检查报告。她的情况不宜拖延太久，我想尽快做出治疗方案。”

到底医者父母心，不管这中间牵扯了多大的麻烦，救人才是最要紧的。

“这些都有，我稍后叫人拿给你。”霍念成看着齐玥，顿了顿，“你就不担心刚才我说的都是编出来骗你的？”

齐玥轻轻摇一摇头：“没有信和不信。医者面前，众生平等。”

霍念成笑了一下：“连林竞都不敢信我。”

齐玥淡淡道：“你和林竞之间有什么误会你们自己解决。在我眼里，就只有病人。至于她到底能不能接受移植手术，得等我全面了解了她的情况才能给你答复。那么，我要的东西，可以给我了吗？”

霍念成说：“药品和器材，我已经派人送去你们的房间了。”

齐玥愣了一下，又莫名看了他两眼。

他莫非一开始就打算好要给他们送药过去？

霍念成看她：“怎么？”

齐玥摇头：“没什么……谢谢你。对了，我还有个要求。”

霍念成：“你说。”

齐玥：“把我们房间的监控关了。”

霍念成的神色瞬间变得有些暧昧不明：“可以。”

知道他误会了，但齐玥也懒得跟他解释。

刚走回电梯，霍念成的耳机通讯器里就传来了一个声音。

“Boss，我们这边出了点状况！”

霍念成眉心微拢：“怎么了？”

“我们的人刚刚进309房送药的时候被林先生挟持了，后来去帮忙的弟兄也都被打伤了。他说让我们立刻交出齐小姐，不然就……就荡平这里。”

“呵！”霍念成轻笑了一声，意味深长地扫了齐玥一眼。

齐玥不知他们交谈的内容，被他这一眼看得毛骨悚然莫名其妙。

霍念成对手下道：“麻烦你转告他，他要的人马上就到。”

齐玥似乎意识到什么，霍然转头看向霍念成：“是林竞？”

霍念成嗤笑一声：“你俩还……挺有意思的。”

齐玥：“……”

电梯门刚一开，虽然还没见着林竞的人，但齐玥已经大致明白外面的状况了……

因为走廊上横七竖八地躺了一排保镖，活像被打翻的保龄球一样，有些还在断断续续地呻吟，有些连声儿都不吭了。

齐玥赶忙走了出去，就见林竞正用手肘卡着一个保镖的脖子，而后闪电般地抬手，给了这个已经被他制住动作的倒霉鬼最后一击。

那人身子一软，哼都没哼，直接软倒在地。

林竞双眼通红，浑身散发着嗜血的气息，像是刚从地狱里爬出来的狂战士。

齐玥视线落在他身上，心头顿时一紧。他依然穿着之前那件白背心，大概是因为连番激烈打斗，伤口再次被撕裂，血都渗到前面来了。

林竞浑身充满戾气，手里的枪稳稳地指向站在齐玥身后的霍念成。

他杀人一般的眼神死死盯着霍念成：“你敢动她一下，我绝不手下留情。有什么，冲我来。”

霍念成冷笑：“呵，好感人。”

“林竞！”齐玥担心他的伤势，立刻冲上前扶住了他的胳膊。

林竞的皮肤依然滚烫，齐玥感觉手指都被他的体温灼了一下，越发担心他的伤势。

“林竞，我没事。抱歉，我没告诉你，我刚才去拿药了！”

林竞低头，用赤红的眼上下打量了一下齐玥，确定她没有受伤后，紧绷的肌肉慢慢放松下来……

“你以为我会怎么她？”霍念成眼神戏谑，声音里也多了一丝讽刺。

林竞抬头盯着霍念成，没说话。

齐玥低声道：“霍先生刚才特地着人送了我要的药品和器材过来，我们先回去把你的伤处理了！”

林竞闭了闭眼，再睁开，眼中戾气渐渐消散，神志也似乎清明了些。

他看了霍念成一眼，没再说什么，转身往房里去了。

齐玥也不敢耽误，赶紧跟了过去。

林竞进了房间就直接倒在了床上，他高烧不退本就很难受，刚才出去闹了那么一阵，现在更是头痛欲裂。

齐玥看到地上放着的医药箱，知道是霍念成的人送过来的。

她立刻打开药箱，从里面翻出了退烧药和抗生素，而后倒了水走到床边。

“林竞，林竞……”齐玥按着林竞的胳膊轻晃了一下。

林竞睁开眼，疲惫地看着她。

齐玥将药喂到他嘴边：“先把药吃了。”

林竞把药含入嘴里，齐玥扶着他坐了起来。

齐玥正打算喂他喝水，他却将杯子接了过来，“咕咚咕咚”灌下一整杯。

齐玥接过空杯放在一旁，又从药箱里拿来剪刀，动作干净利落地剪开了林竞的紧身背心，很快就将那件背心从他身上剥下来。

因为伤口处血液凝固太久，有部分衣料紧紧地粘在了皮肤上。

齐玥小心地沿着那片皮肤剪掉了周围的布料。

“我现在必须帮你清创，得先去浴室清洗一下。”齐玥低头看着林竞，“能站起来吗？”

林竞手支着额头，慢慢吐出一口炙热滚烫的气息。他缓缓一点头，撑着胳膊站起身来。

齐玥立刻上前，一手轻轻搭在他腰上，一手扶住了他的胳膊。

她做这个动作的时候，半边身子都贴在了林竞身上。

林竞肌肉微微绷紧，而后不动声色地从她手里抽出胳膊：“我自己可以。”

齐玥：“嗯……”

两人就这么有些尴尬地一前一后走进了浴室。

齐玥从洗手池下拎出浴凳，放在浴缸里。

“你坐这儿，背朝我。”

林竞垂着眼皮，依言跨入浴缸，坐下。

齐玥拧开花洒，调到最温和的那一档。她先试了一下水温，等到水温刚好和人体温度持平，才移到林竞背上冲洗。

“可能会有点疼。”齐玥温言道。

她一点一点地用温水化开他伤口旁凝结的那些血痂，残余的背心碎片很快就轻易地从伤口上分离开来。而后她又仔细地冲洗了他的伤口，洗去了周围的污泥和脓水……

林竞感受着她的指尖轻柔地落在他背上，不知怎的，就想起了初雪落在手心里的感觉。

温柔而宁静。

蒸汽在浴室里弥漫堆积，浴室的温度随之逐渐攀升。

淡红色的血水在浴缸里汇聚成溪流，又被冲入了下水道里。

两人谁都不说话，一时间只听见哗哗的水流声。

齐玥仔细地替林竞清洗完伤口，而后关了水，伸手去拿放在架子上的浴巾。

林竞甫一抬头，就愣住了。

齐玥因为洗伤口的时候离得近，身上也难免被溅了不少水。沾了水的衣服此时紧紧地裹在她身上，玲珑有致的身材曲线瞬间暴露无遗。他第一次发现，原来她的腰这么细，两个手掌就能握住一样；纤腰往上，那两团线条浑圆漂亮的娇软，正随着她的呼吸微微起伏着……

林竞强迫自己移开视线，一呼一吸间，尽是滚烫灼热的气息。他本来就发着烧，随着血液的沸腾，皮肤上的温度忽地更烫了。

齐玥对这一切浑然不觉，她取了浴巾展开，轻柔地覆盖住林竞的背……

林竞忽然起身，长腿一抬，跨出了浴缸。

齐玥惊呼：“哎！你背上的水还没擦！”

林竞反手扯过即将滑落的浴巾往肩上一披，径自走回了卧室。

齐玥跟出去的时候，林竞已经面朝下趴在了床上。

齐玥笑了一声："你还挺自觉。"

林竞："……"

浴巾被他揉成一团扔在一边，齐玥无奈地叹了一声，拿过来一点一点擦拭他背上残余的水分。

林竞脸朝着她这边，闭着眼睛，像是睡着了一样。暖黄的灯光下，他的面部线条看着竟比往常柔和许多。

齐玥盯着他的脸发了两秒呆，回过神来，才赶紧将医药箱取来。

齐玥从药箱里拿出剪刀、缝线、双氧水、棉球和手术刀，摊开来放在干净的纱布上。

"我现在要给你清创，然后进行缝合。"

"嗯。"不知是不是因为发烧，他此时的声音比平时听起来更加低沉，还略带几分沙哑。

听在耳里，竟让她耳朵微微发烫。

真该庆幸林竞此时是背对着她的。

齐玥轻咳一声："那什么……你忍着点。"

林竞嘴角忽然向上弯了弯，牵起一点弧度："当年你刚学缝合的时候找我练手我都没嫌痛，难道还会比那时候糟？"

不知是不是发烧的缘故，他嗓音听起来比平时低哑许多。

想到当年的糗事，齐玥的脸微微一烫："什么我找你……明明就是你主动当志愿者！"

齐玥那时候刚接触实际操作，手感特别不好。说来也是奇葩，她理论课一直是第一，实操排名却是倒数，苏青当时甚至对她的资质产生过怀疑。

但齐玥好强，在她的字典里就没有"不可能"三个字。为了练缝合，她每天跑到食堂去追着师傅要猪肘子，搞得人家见了她就躲。

后来有一次她堵食堂师傅的时候被林竞撞见了，于是他就主动提出让齐玥在他身上练习。他训练受伤是常事，经常这儿割一道口子那儿划一条杠的，不管深的浅的就都去找齐玥缝。

那时候齐玥下手也不知道轻重，缝歪了又拆了线重来的事也经常发生……

齐玥这一手精湛的外科技术，可以说就是从林竞这儿起的步。

想起以前的事，齐玥的心情莫名有些复杂。

仔细想来，除了不喜欢她以外，林竞这人倒真还是不错的。

“但也挺可恨的。”齐玥心里这么想着，就低声咕哝了出来。

“什么？”林竞听了半截话，只觉莫名其妙。

“没什么。”齐玥替伤口消毒后，拿起手术刀，动作熟练地开始剔除伤口周围的腐肉……

现在这些急诊室的基本操作对齐玥来讲等同于杀鸡用牛刀。她轻车熟路地清理了伤口周围的腐坏组织，而后动作迅速地进行缝合。那么长一道伤口，从清创到缝合完成，前后不超过十分钟。

“不怎么疼，你技术精进了。”

齐玥剪掉缝线，放下手术剪后，林竞如是评价道。

“废话，我现在可是主刀医生了！林少校，您这是村通网？”齐玥顿了顿，又说，“你起来一下，我要帮你包扎伤口。”

林竞“嗯”了一声，撑着手臂从床上坐了起来。

齐玥将消炎镇痛的药敷在林竞的伤口上，用纱条盖住，再用纱布一层一层地将伤口裹了起来。

上了止痛药，林竞觉得背上一阵清爽，脑袋也清醒了一些。

他忽然抬手握住齐玥的手腕。

齐玥一惊，心跳瞬间漏了一拍。

林竞抬头看着她，视线灼灼：“你答应霍念成什么要求了？”

齐玥和林竞对视了片刻，正要开口，林竞忽然又道：“也别想着撒谎。”

齐玥：“……”

齐玥气哼哼：“不屑撒谎，也犯不着！你才是，不要随便用恶意来揣测别人的想法！”

林竞眼神戏谑地看着她：“你撒谎前嘴角会轻微向下撇一下。”

齐玥：“……”

她刚才的确没打算说实话来着。

齐玥一时没气过，怼了一句：“你怎么没去当 FBI（美国联邦调查局）呢？”

林竞回答："我爱国。"

齐玥："……"

林竞追问："你还没回答我的问题。"

齐玥没辙，只能将在地下室里看到的那个女孩儿的情况跟林竞和盘托出。

林竞听完后眉心蓦地蹙拢："你知道她拍的到底是什么东西你就敢往里面掺和？霍念成也没完全跟你说实话。你知不知道，一旦你答应替她做手术，你就被卷进这事情里了。"

齐玥表情木然："我是医生，我只是在履行自己的职责。换成是你，你救吗？"

林竞："救……"

齐玥笑了："那不就结了。"

林竞眼底难得地现出焦躁："这不一样。"

齐玥问："怎么就不一样了？"

林竞沉默了一会儿，半晌后忽然严肃道："你不该去找霍念成，这个男人很危险。"

齐玥径自开始收拾桌上的医疗器械，嘴上随意答道："他又不会吃人。还是说……你嫉妒人家长得帅？"

说者无意，听者有心。

林竞的手指微微收拢，语气也冷硬了几分："我的伤本来也没什么大碍，你完全没必要做到这个地步。"

齐玥手上的动作微微一顿。她慢慢地将剩余的纱布缠成卷，手指被勒了几圈都未曾察觉。

她背对着林竞，半晌才道："你以身犯险来救我，我这么做，也算是投桃报李。"

林竞："齐玥，我不需要你还我什么……这是我的本职工作。你知道的，其实就算是个不相干的人身陷险境，我也会去救的。"

齐玥心里莫名地就涌上一股烦躁，她忽然将手中的手术剪重重扔进了医药箱。

手术剪磕在药箱边沿，发出"哐"的一声脆响。

之前心中那股被她强压住的邪火不受控制地噌噌往上蹿。

“知道你伟大，你英雄，你一身正气为人民服务！你也不用拐弯抹角一遍又一遍地提醒我你对我没意思，出国前那次我就听得很清楚了。我还没那么贱，给根骨头就去舔！”

这话已经不是一般的刺耳了，林竞瞬间就变了脸色。

他喉头微微一梗：“我不是这个意思……”

齐玥一股脑地发泄过后，自己也觉得情绪太过失控。

空气里凝结着尴尬，一时间房间里只剩下药品和医疗器材轻轻碰撞医药箱发出的声响。

过了许久，齐玥忽然低声道：“你救我一次，我也救了你一次。以后……我们桥归桥，路归路。林竞，我不欠你的了。”

林竞垂在身侧的手骤然握紧成拳，他安静地盯着齐玥的背影，视线专注得能将她背上的布料灼出一个洞了。

然而过了许久，他也只是垂下眼皮，漫不经心地“嗯”了一声。

“咚咚——”

门口忽然传来敲门声。

第四章

SHANHEWANLI
WOLAIJIANNI

修罗场

来的人是霍念成手下的一名保镖。

“齐小姐，方便吗？”那男人礼貌地问了一声。

齐玥往他身后瞥了一眼，他身后还跟着另外两人，不再是保镖打扮，而是穿着正常的工作制服，像是后勤，或是服务人员。

其中一人手捧一沓干净的换洗衣服，另一人手中的托盘里则放着一沓资料。

齐玥微微一点头，向后让开一步。

为首那男人打了个手势，两名工作人员鱼贯而入，将干净的衣服和资料放到了桌上。

几个人见到坐在床上半身赤裸的林竞，也是面不改色心不跳，礼貌地鞠了一躬。

那堆干净的衣服里有男装有女装，最上面还放着几件内衣，男士款式还算普通，至于女士的……是黑色的还带蕾丝边，露出的一截标签上还印着 32D 的字样。

林竞的视线落到那堆衣服上，表情微微一僵，眼神里也浮现出一丝明显的不悦。

林竞盯着那堆衣服的时候，齐玥似乎也在做着同样一件事情。

内衣尺寸……好像刚好是她的。

齐玥“扑哧”一笑，转头对领头那保镖道：“帮我谢谢霍先生。”

林竞听见这句话，脸色瞬间更难看了。

送走那几人，齐玥走回桌前，伸手翻了一下送来的资料。

“霍念成给了你什么东西？”林竞忽然出声问道。

齐玥没搭理他，径自在书桌前坐下，开始翻看资料。

女孩儿名叫纪佳南，正是双十花样年华，大约才刚大学毕业，应该也是刚入职场，结果就遇到这种事情……

齐玥叹了口气，继续往后翻看她的检查报告。

越是往后看，齐玥的眉头就越是不断皱拢。如果是单纯的肾移植，她只需要两个助手就能独立完成手术，但是纪佳南的情况比她想象的还要复杂，恐怕……需要两个齐玥才行。

齐玥正心烦意乱地用笔帽戳着额头，病历报告上方忽然笼罩下来一片不太明显的阴影。

齐玥："……"

男人走近之时没有发出任何声响，此时虽然发着烧，呼吸声也并不重。他就这么安安静静地立在齐玥身后，垂眼看着她摊在桌上的报告。

客观来讲，像他这样悄无声息的"偷窥"也算不上什么打扰。如果专注一点的话，根本不会察觉到背后杵了一人。

但齐玥就是觉得不胜其烦，思路完全被打乱了，注意力也集中到身后去了。

从前上学的时候，齐玥就一直觉得林竞身上有种很特别、好闻的味道，像是某种草木的香气。尤其是两人独处的时候，只要一靠近，她就能闻到。

而且，有些人就是天生气场太强大，就算无声无息地站边上，也会让人无形中感受到巨大的压迫感。

齐玥："……"

齐玥忍了两秒，忽然将手中的笔往桌上一摔，霍然回头瞪着那扰乱人心的罪魁祸首。

林竞："……"

齐玥缓缓吐出一口气，尽量维持语气的平和："病人就该有病人的样子。麻烦你安静睡觉，不要打扰我工作。"

林竞低头与她对视片刻，而后转身走回床边，躺下，果真不再发出任何响动。

齐玥也终于能够专心研究纪佳南的病情，撰写手术方案……

齐玥醒来的时候人还有些发蒙。

她从床上坐了起来，视线落在身上的软被上，而后愣住。

她已经不记得昨晚是怎么入睡的了。她熬夜弄手术方案，后来累了，就干脆在桌子上趴了一会儿。

结果这一趴，就直接一觉睡到天亮，还直接睡到床上去了。

当然，这不用问，也知道是谁干的。

浴室里传来淅淅沥沥的水声。

齐玥一个激灵，掀开被子跳下床，就往浴室那边去了。

“喂，你的伤口不能沾……水……”

她情急之下也没多想，推门就冲里面喊了一句。

站在洗漱池边的林竞闻声转头，两人的视线对了个正着。

林竞上身赤裸着，腰间围着一条宽大的浴巾，水珠顺着他硬朗英俊的脸，滑落，滴在他紧硕的胸肌上。

齐玥的视线，顺着那串水珠的轨迹，落在他结实的八块腹肌和性感的人鱼线上……

一大早猝不及防地看到这么一幅香艳的场景，齐玥脸上的温度立刻就上来了。

然而下一秒，她便狠狠皱了下眉，脸上显出些嫌弃的样子：“你怎么没锁门……”

她毕竟没失忆，昨晚发生的不愉快历历在目，所以对着这人，自然也就没好气。

见这闯入者还恶人先告状，林竞薄唇微扬，眼中闪过一丝戏谑：“我就洗个脸，难道还要防贼？”

他声音里还带着晨起时独有的慵懒沙哑，听在耳里，莫名有些性感撩人。

真要命。

齐玥头皮发麻，手心里也沁出一层薄汗。

“你现在感觉怎样？”她错开眼神，转了话题，语气淡得像是在谈论今天的天气。然而饶是语气再怎么冷淡，也掩不住她脸颊的薄红。

那强装镇定中又夹杂着一些别扭的样子，不似以往的干练严肃，莫名让人觉得有些可爱，林竞不自觉地就勾了一下嘴角：“还不错。”

齐玥微微有些不耐烦："不错的意思是？"

林竞回答："烧好像退了。"

"好像？"齐玥显然不太满意这个答案。

她踮起脚，伸手就探上了林竞的额头……

温度确实降了下来。

伤势似乎得到了控制，齐玥也稍稍放下心来。这一放心，就难免有些尴尬了。

因为踮脚这个动作，她仰头的时候，视线正好撞上林竞的。两人之间不过一拳之隔，彼此都能在对方的瞳孔中看清自己的样子。

两人都因为这突如其来的半亲密接触有些僵硬，一时似乎连时间都定格了。

齐玥忽然退开两步，垂眼道："洗好了叫我。"扔下这句话，转身就回了卧室。

齐玥在床上呆坐片刻，而后从霍念成让人送来的那一大摞干净的衣服堆里挑了些不太夸张的款式。

过了会儿，林竞赤着脚从浴室里走了出来。他腰间依然裹着浴巾，脖子上也搭着一条白色的短毛巾。他显然是洗了头，额发湿润柔软地搭下来，

齐玥秉持着目不斜视的原则，迅速拿起换洗衣服，向浴室走去。

与林竞错身而过的瞬间，他忽然伸手拦了她一下。

齐玥只觉十分莫名其妙，冲他微微一扬眉。

林竞偏头看着她，眉心微拢："你……要穿那衣服？"

齐玥皱眉："不然呢？"

他们之前在外奔波逃亡几天，身上的衣服早被折腾得又脏又破。若不是之前条件限制，她早就想把衣服扒下来了，现在有了干净的衣服不换，难不成还要为了什么可笑的尊严啊骨气什么的继续 cosplay（角色扮演）丐帮？

齐玥戏谑地睨着他："少校，您也收一收不合时宜的骨气吧。或者，您是想裸奔？"

林竞又盯着她手中的黑色蕾丝内衣瞧了一眼，眸色暗了一些，腮帮

子微微鼓动了一下，却没再继续说什么。

舒舒服服地洗了个澡，又享受了霍念成派人送来的丰盛早餐，齐玥终于感觉又活了过来。

不过早餐过后，立刻就有人过来“请”她去会议室。

“霍先生请齐小姐去商量手术方案。”五个保镖，恭恭敬敬地候在门外。

天下果然没有免费的午餐，这么快就上门讨债来了。齐玥一边收拾资料，一边腹诽着。

她收拾妥当正要出门，便见林竞也一脸严肃地跟了过来，竟是一副打算和她一同赴会的样子。

齐玥说：“我是去商讨手术方案……”

林竞下巴微微朝门口一扬：“那还不走？”全然的我行我素，似乎并不打算跟她废话的样子。

他也换上了干净的衣服，简单的白T恤，休闲裤，人字拖。

明明是很随意的一身便装，但是他身材高大，肌肉线条漂亮，倒是穿出了懒散痞帅的感觉。

齐玥耐着性子道：“你去又帮不上忙，还不如留下来养伤。”

林竞冷着张脸，不为所动：“我们还是一同行动比较好。”

齐玥：“……”

会议室里一片寂静。

静得连根针掉地上都能听见。

而这份让人压抑的寂静，是从齐玥陈述完她的术前评估开始的。

因为没人说话，也没人动，在旁人眼里，此刻会议室里的画面甚至是静止的——齐玥十指交叉放在摊开的资料上，安静地等待霍念成的答复；林竞面无表情地坐在她身侧，观察着霍念成以及身后几名黑衣保镖的一举一动；而霍念成，全程和两人视线没有交集，他低垂着眼，一直盯着自己的手，仿佛多看两眼就能看出朵花来。

齐玥和他打过几次交道了，大约也摸清了这人的脾气。基本上来讲，此人在很爽和很不爽的时候，都喜欢用这种死一般的沉寂来消磨对手的意志。

此刻，大约是后者。

过了许久，霍念成才慢慢有了动作。

他低眉垂目，缓慢地转动着左手食指上戴着的一枚镶着蓝宝石的装饰戒指。这本来也不是什么夸张的举动，但莫名地就让人觉得他拧的不是戒指，而是谁的脑袋。

霍念成转戒指都转了八九圈了，才撩起眼皮，看向齐玥："你刚刚说，这手术的成功率是多少？"

齐玥瞪着他。这人是聋了吗？

齐玥说："百分之二十。霍先生，我刚才也说了，这只是一个风险评估系数。"

霍念成："不能当成绝对参数。"

齐玥："……"这不是没聋嘛。

霍念成："所以，你是说，手术有很大概率失败，而佳南可能会……死？"

他说得很慢，然而说到"死"这个字时，却忽然抬眼看向齐玥，眼神也瞬间变得狠戾。

站在齐玥身后的黑衣保镖，在霍念成停顿的刹那，忽然掏出怀里的枪……

本来他们是想要将枪对准齐玥的脑袋的。

想法是好的，可惜现实是残酷的。

"啊——"一个保镖忽然发出一声痛呼。

谁都没看清林竞是什么时候、怎么动作的，等他们反应过来的时候，离齐玥最近的那名保镖的胳膊已经被他反转钳住了。那保镖膝弯被林竞狠狠一踢，此时半跪在桌子前，头也被林竞压在桌上。他的胳膊被林竞牢牢掌控着，拧成一个扭曲的角度，手中的枪直直指向了坐在桌子另一端的霍念成的脑袋。

因为这个突如其来的变故，所有的保镖都有些措手不及，但出于本能的应急反应，所有人都将枪口对准了林竞。

倒是因此解了齐玥的围。

就那么几秒钟时间，齐玥手心悄悄渗出一层薄汗。

方才霍念成抬眼时，她在那眼神里看到了认真的杀意，虽然转瞬即逝，她相信，这些精英保镖大概也是感受到了那杀意，才做出了这样的举动。

霍念成微微一挑眉，声音冷冽阴鸷："谁让你们擅自动手的？"

保镖们："……"

霍念成微微抬手做了个手势。保镖们收起枪，退后了两步。

林竞也放开了那个手都快被折断了的倒霉保镖，面无表情地又坐下。

"手下人不懂事，齐医生勿怪。"霍念成冲着齐玥微微笑了一笑。

"你的身手的确比以前快多了，看来这几年在部队里没白待。"他后面这一句，显然就是对林竞说的了。

林竞一脸漠然，没理他。

霍念成也没生气的意思，冲齐玥轻轻一扬下巴："回到正题。怎么才能提高手术成功率？"

齐玥说："我刚才也提到了，这个手术的难度。如果只是移植，我一个人也能做下来。但是她现在出现了肠套叠的问题，情况就很危险了。处理肠套叠必须和移植手术同时进行，不然后期极有可能会引起腹腔感染。"

霍念成："你是说，你要一个技术精湛的一助。"

齐玥："我需要一个，和我一样，不，甚至比我技术娴熟、经验丰富的外科医生和我共同完成这台手术。"

霍念成："如果我能找到这样一个人，你的手术成功率能提升到多少？"

齐玥："百分之五十。"

霍念成："好，那我就给你百分之五十的机会。"

齐玥猜想到了霍念成这里还有别的外科医生，但没想到霍念成说的这百分之五十的机会，竟是一个故人。

"程冬临，你怎么会在这儿？"

齐玥目瞪口呆地看着被两个保镖"请"过来的男人，差点儿没惊掉下巴。

那个叫程冬临的男人显然是刚从病房里被直接抓过来的，他身上还穿着无菌服，口罩倒是已经摘了，挂在脖子上。

见到齐玥，他也是一脸的震惊，而后便微微苦笑了一下："玥玥……你也是被……请到这儿来看诊的？"

当着霍念成的面，他也没好直接用"绑"这个字眼儿。

玥玥？

林竞眸色一冷，面无表情地无声打量着那个男人。

男人的五官算是偏精致那类的，皮肤白皙，修长的眉眼上架着一副银边眼镜，浑身散发着温文尔雅读书人的气质。

呵，文弱书生。

林竞冷眼看着齐玥与那人聊得火热，垂在身侧的手指却慢慢收拢，不经意间已握成了拳。

"你这些年跑哪儿去了？说都不说一声就搬走了，音信全无。"齐玥对身旁林竞的变化毫无所觉，满门心思都放在了这个多年未见的发小身上。

当年两家住一个大院，大人关系要好，两个孩子也打小就在一块儿玩。然而十四岁那年，程家一家人忽然悄无声息地搬走了，只言片语都没留下，跟人间蒸发一样。

程冬临眼神微微一暗："是……遇着些变故，后来我跟着父母移了民。"

"难怪……"齐玥点了点头，"你不够意思啊，这么多年都不跟我联系。"

观他神色，似乎隐情颇多。齐玥也没好再多问。

程冬临："抱歉。"

他眼神微闪，一副欲言又止的模样。

其实他回国后就打听过齐玥的消息，只是一直阴错阳差没联系上人。后来听说她去了陆军某特种大队，再后来便失去了她的消息。却没想到兜兜转转找了一圈，竟然在这儿碰上了。更没想到的是，两人竟然是同行。

齐玥摆了摆手："当时肯定事出突然，怎么能怪你。对了，你还没跟我说，你怎么会在利维亚？"

程冬临："我本来是带着我们医院的团队过来支援，结果，刚下飞机不久，就……遇到了霍先生的车队，说是，想找我帮忙看诊。"

他说得客气，但齐玥知道，他肯定也是被霍念成用暴力绑过来的。

霍念成忽然轻咳一声，打断了两人的叙旧："原来，齐医生和程医生是旧识？"

齐玥大方承认："嗯，这我发小。"

她顿了顿，睨着霍念成："霍念成你下手够黑的啊……逮谁你都敢绑。"

她语气里带着明显的刺，很有些替她发小鸣不平的意思。

霍念成似笑非笑："怎么，齐医生这难道是……心疼了不成？"

他语气里带了几分刻意的暧昧，话一出口，几人均微微变了脸色。

林竞阴沉，齐玥无语，而程冬临……似乎是有些尴尬，但这尴尬中又好像带了点意味不明的羞涩。

霍念成似乎对尴尬的气氛毫无所觉，继续道："放心，我可没欺负你发小。是不是啊程医生，你在我这儿做客这些天，我没亏待过你吧？"

尴尬归尴尬，从小养成的良好教养还是让程冬临礼貌地回答了霍念成的问题："没有，没有……"

"呵……"

齐玥还要再说什么，霍念成直接掐断了她的话头："我请两位医生过来的目的，想必两位都已经知道了。眼下齐医生定了一个手术方案，程医生也帮忙参详参详？"

霍念成说完，食指压在他面前的文件夹上，看似轻轻一推，那文件夹就顺着光滑的桌面迅速滑至程冬临面前，分毫不差。

程冬临打开文件夹，垂眼扫了两行，整个人的气场瞬间变了。

"这个地方血包供应本来就不足，只能用体外循环。以她目前的身体情况来看，手术时间最好不要超过三个小时。所以我建议……"

他在极短的时间内，根据医疗设备和病人身体状况的限制，精准地提出了几条方案需要调整的意见。

"刚才说的那几条，我同意。难怪病案准备得这么齐全。"齐玥一边对他的意见表达了赞同，一边又感叹道，"原来是背后有高人。"

她在阅读检查报告和看病案的时候就有种感觉，霍念成这边一定有一位经验丰富的外科医生，现在一看，果不其然。

两人专业水平相当，理念也相同，沟通起来异常顺利，很快就敲定了最后的手术方案。

霍念成见推进速度这么快，深如寒潭的眼里也终于有了那么一丝笑意："既然方案定了，那就尽快准备手术吧？"

纪佳南以肉眼可见的速度一天天衰弱下去，多等一天，就多增加一分危险。

齐玥说："在此之前，我还有一个疑问。"

霍念成："你说。"

齐玥问："你的肾源，是打哪儿来的？"

几人跟着霍念成下到地下第四层。

这一层的构造和监狱差不多，一个囚室接着一个囚室的，头顶那一排惨白的白炽灯晃得人心里发慌。

齐玥跟在霍念成身后，强忍着心里的不适，悄悄观察着这些囚室。

每间囚室造型都一模一样，一面巨大的玻璃墙上嵌着一道纯钢打造的光滑的窄门。透过玻璃墙，能看见被关在里面的囚犯，他们或面朝里躺在床上一动不动，或是双眼空洞地盯着雪白的墙一言不发，给人一种死气沉沉的感觉。而且很多人身上，都有大大小小的伤——那种一看就是拷问留下的伤。而且不知道是不是因为修建囚室用的是隔音材料，整层楼寂静无声，感觉非常压抑阴森。

齐玥想起林竞之前对霍念成的态度，又想起程冬临对待那人时有些违和的惧意，不由得重新看了走在他前面的男人一眼。他看上去依旧是风度翩翩、温和无害的样子，但也许，那真的只是表象。毕竟，他的狠戾，还完全没在他们面前展现过。

她暗自在心里打着腹稿，便听见林竞忽然冷哼了一声："霍念成，你真的是堕落了。非法拘禁、动用私刑，可都是重罪。"

霍念成的声音从前方传来："不劳你挂心。"

霍念成在走廊尽头倒数第二间囚室前停了下来，他伸出手，用三根手指在门上那个指纹锁上轻轻按了一下。只听"滴答"一声，门"唰"地滑入墙内。

霍念成举步迈进囚室，齐玥他们也跟在他身后走了进去。

齐玥一进去，就发现了这间囚室所关的犯人和别间的不同。

这“犯人”看上去年纪很小，是个当地人，长相介于男孩与男人之间，十七八岁的模样，正值青春年少大好时光。

他的嘴上贴着胶带，身上也捆着七八根厚皮带，完全被限制了行动。

霍念成刚一进去，他就用阴怨的眼神瞪着他。就算是沦为了阶下囚，也能感受到他身上强烈的恨意和倔强。

霍念成冲着这少年微微一点下巴：“身体健康，各项指标都完美契合。”

他语气凉薄，仿佛嘴里说的不是一个人，而只是一件商品。

齐玥喉头干涩，再看向霍念成的时候，眼神仿佛在看一个怪物：“这少年是哪儿弄来的？他是自愿捐献的吗？”

霍念成笑了一笑：“他是以瑟组织的成员。”

霍念成偏头，对手下道：“把器官捐赠志愿书拿给齐医生过目。”

手下很快将一纸文书呈上来。英文和阿拉伯文一式两份，看起来还是政府授权过的正规捐赠书，双方签字，盖章，手印，一样不少。

齐玥安静了一下：“这捐赠书，真是他签的？”

在她的理念里，捐献器官这事全凭自愿。就算是恐怖分子，犯了错，也应该交由法律来裁决。他们没权利随便决定他人的生死。如果捐赠者不是自愿的，这手术她无论如何都是不能做的。

霍念成的眼神骤然失去温度，身上忽然迸发出真实的杀意，连声音也冰到极点：“齐医生这话什么意思？”

林竞不动声色地上前一步，挡在齐玥身前。

霍念成的一个手下见气氛微妙，赶紧打圆场：“齐医生，捐赠同意书真的是他自愿签署的，不信的话，你可以亲自问他。我们手里还有他签字时拍摄的那段视频为证。”

齐玥沉默了。

她不是怀疑他们所说的话，以霍念成的手段和刚才的态度来看，他是不屑于在这种事情上撒谎的。只是，她不知道，霍念成是以何种手段让少年同意签字的。

齐玥想了想，对霍念成道：“我想和他说两句话。”

霍念成冲手下偏了偏头：“照她说的做。”

少年被松了绑，拿下了嘴上的胶带。

齐玥用英文问他："你是自愿在器官捐献书上签字的吗？"

少年一言不发，眼神中露着凶光，像蛰伏的猛兽一般。半晌，他咧开嘴笑了。

那样的，视死如归、似要与人同归于尽的眼神，让齐玥心底微微一颤。

还不等齐玥做出任何反应，便见少年忽然以迅雷不及掩耳之势，一个箭步冲到霍念成一个手下面前，夺过了他手里的枪。

林竞以为他要对齐玥不利，抬腿就踢向他拿枪的手腕……

电光石火间，却见少年用枪抵住了自己的脑袋……

"砰——"

事情发生得太快了，等齐玥反应过来，冲上前去检查的时候，那人已经断了气。

这一连串的神转折，让齐玥有些蒙。

"这样，你就不用犹豫不决了。"

霍念成漠然的声音，从背后传来。

齐玥心中微微一动，忽然怒道："你早知道他会自尽，所以才会那样绑着他？"

霍念成揶揄："我没工夫去猜一个杀人犯的心思。倒是齐医生你，莫不是对这人还生了恻隐之心？"

霍念成的一个手下见齐玥没说话，便上前道："对啊齐医生，这人死不足惜。你别看他年纪轻轻，手段可不是一般的歹毒。我们当初端了他们窝点的时候，他们正在网络上直播杀人……被他们杀掉的全是无辜的国外来的志愿者和客商，妇女、小孩儿，他们一个都没放过。而这个败类，当时正一刀一刀地将一个五六岁小孩儿的肚子划烂，用手将内脏硬生生扯出来，那小孩儿是被活生生折磨死的……"

齐玥："……"

霍念成转身对同样愣怔在当场的程冬临道："还愣着干什么？等人凉透？"

程冬临安静了片刻，看向齐玥，眼神竟是征求她意见的意思。

齐玥闭了闭眼，过了片刻，才缓缓嘘出一口气。

"准备手术。"

虽然不齿霍念成的手段，但逝者已矣，她现在该做的、能做的，是抢回另一条命。

手术室外，两个高大的男人一左一右地站着，跟门神似的。

他们本来是可以去休息室舒舒服服地等待的，然而两人谁都不肯离开半步，宁愿在门外罚站。

霍念成脚下堆了一地的烟头，他微蹙着眉，眼睛眨也不眨地盯着手术室门前亮起的灯，门边的电子显示器上写着时间——四小时十七分钟。

“啪嗒——”

安静的走道上，忽然响起一声有些违和的、类似水珠砸落地面的声音。

那声音很微弱，不仔细听根本就不会注意到。但林竞耳力很好，他的视线立刻就循着声音传来的方向看了过去……

光洁的大理石地板上有一小圈突兀的鲜红印记，那是一滴血……从霍念成攥紧的拳头上滴下来的血。

林竞抬眼看向霍念成。他身体挺得笔直，面无表情地盯着手术室门口的计时器，仿若一尊石像。

霍念成注意到林竞的视线，眉梢微动，却也没说什么，只是缓缓将手揣进了西裤的侧裤兜里。

片刻，他从里面摸出一包烟。

他抖出一支烟，看了林竞一眼，递过去。

林竞摇了摇头。

霍念成：“怎么，戒了？”

林竞：“嗯。”

一开始也不是刻意要戒，只是自某一天起发现齐玥一闻到烟味就直皱眉，慢慢地，他就抽得少了。

霍念成将烟头咬在嘴里，偏头就着火机点燃……

不过几个小时，他的烟盒已经空了一半。

“她的技术很厉害。”林竞忽然说了这么一句。

霍念成夹着烟的手指微微一顿。

“谢谢。”过了片刻，他才道。

抽了半支烟，霍念成忽然侧过身，与林竞并肩靠在墙上：“你的口味变了。我记得你以前喜欢的是软萌傻白甜类型的？”

林竞盯着天花板上的白炽灯，没作声。

许久，霍念成本来以为林竞不会回答了，却忽然又听他说道：“连人都会变，何况是口味。”

顿了顿，林竞侧头看向霍念成，眼神里多了几分戏谑：“这道理，我还是从你这儿学到的。”连语气里也夹杂了些讽刺。

霍念成垂下眼皮，沉默。他向来不屑于解释。

手术室的灯忽然熄灭了。

两个男人同时直起身，走到手术室门口。

几秒钟后，手术室的门被人从里面拉开。

首先露面的是齐玥。

霍念成长腿一迈，就堵在了她面前。

霍念成低头看着她，却什么都没有问。他的眼神依然宁静深沉，古井无波，然而垂在身侧的手指，却轻轻颤抖着。

齐玥伸手摘了口罩，露出一个略显疲态的浅笑：“手术很成功。接下来只要度过七十二小时的危险期，她的情况就能稳定下来了。”

霍念成忽然松了口气。

经过接连几天能将人烤熟的高温洗礼后，利维亚迎来了一场绵绵细雨。龟裂的大地受了这场及时雨的滋润，终于得以从这炽烈的酷刑里喘上一口气。

三辆黑色吉普，迎着绵密的雨点，稳稳当当地疾驰在蜿蜒绵长的山路上。

齐玥、林竞他们，此时正坐在中间那辆吉普上。

手术过后，齐玥、林竞他们在霍念成的基地里又待了三天，等到纪佳南的情况稳定后才离开。

“我欠你们一个人情。有需要随时可以来找我。”临别时，霍念成对他们这样说道。

霍念成派了两队雇佣兵，护送齐玥、林竞他们返回医疗队所在的营地。

齐玥坐在后排，有些困倦地靠在椅背上，阖着眼休息。

从被绑走到现在，她没有哪一天是真正好好休息过的。之前又是逃亡又是手术的，一桩桩一件件的应接不暇。所以她一直拧着一股劲儿，只要那劲儿不散，她就能坚持屹立不倒。

现在破事儿都顺利解决了，身体里那根紧绷的弦松懈下来，莫名地就觉得四肢乏力、头痛欲裂，甚至连浑身肌肉也开始酸痛起来……很有种病来如山倒的架势。

车内一直保持着一种诡异的沉默氛围，坐在前排的程冬临本来想跟大家聊聊天缓解一下尴尬的气氛，然而司机是个酷酷的冰块脸，坐在齐玥身边的林竞则是更酷的冰块脸，看上去都不太好搭话的样子。而唯一能和他聊得起来的齐玥在闭目养神。于是程冬临也只能紧闭嘴巴，假装看风景。

车队一路平安回到了医疗队的大本营。

程冬临跟司机道了谢，而后转回头。

齐玥偏头靠在座位上，一动也不动，像是睡着了的样子。

“她……”程冬临的视线和林竞的在空中对上，他顿了顿，“还是叫一下她吧。”

林竞没搭话，只伸手轻轻拍了一下齐玥的肩：“醒醒。”

没有反应。

林竞复又捉住齐玥的肩头，摇晃了一下：“齐玥？”

齐玥依然耷拉着脑袋，毫无反应。

林竞忽然觉察到不对劲，手掌下的温度，似乎比正常的体温要高。

他不再犹豫，伸手探向齐玥的额头——滚烫。

“齐玥！”林竞揽过她的肩，将她从座位靠背上扶了起来。

失去了椅背的支撑，齐玥瞬间像是没有生命的布偶，软倒在林竞怀里。

她已经彻底晕了过去。

林竞眉心紧蹙，片刻也不耽搁，一手扶着她的背，一手穿过她的膝下，迅速平稳地将她抱下了车。

他大步流星地朝营地走去，程冬临在后面跑了一截才追上他。

“等下回营，让我帮她看看吧。”

林竞像是充耳不闻一样，径自抱着齐玥走向医疗营，过了好一会儿，才“嗯”了一声。

齐玥醒来的时候，天色已经完全暗下来了。

她的头依然是昏昏沉沉的，浑身又热又痛，胸口很闷，喉咙也像是被刀割过一样。她有些艰难地侧过头，看到了立在床边的吊瓶和苏青。

齐玥刹那间眼眶微微一热：“老师。”

苏青也红着眼眶看着她，哑着嗓子低声道：“我差点以为你回不来了……”

齐玥缓慢地扯了扯嘴角：“我这不没事嘛……”

苏青嗤道：“你烧到42℃了，肺炎。这叫没事？”

两人对视片刻，忽然同时笑了。

她们都知道，比起这点病痛，死里逃生才是最艰难的事情。

苏青忽然俯下身，轻轻抱了齐玥一下：“欢迎归队。”

齐玥：“嗯。”

苏青：“你这几天就好好养病。医疗营的事，别操心。你早点好起来，才是帮了我大忙。”

齐玥：“好的，老师。”

苏青走后不久，又来了第二位探病者。

程冬临手上提着一个保温桶走了进来。

“现在感觉怎么样？”

“糟透了。”齐玥干瘪瘪地说道。

程冬临笑：“一般情况，不应该客气地说一句‘好点了’吗？”

齐玥无辜地看着他：“我从来不说谎的呀。”

程冬临：“你就贫吧。”

齐玥问：“带了什么好吃的来？”

程冬临将保温桶放在床头，然后打开了盖子。

一缕热气从保温桶里升起，清淡的米香顿时溢了出来。保温桶里装着煮得软烂黏稠的白粥。

齐玥探头看了一眼，露出一个嫌弃的表情：“寡淡。”

程冬临好脾气地看着她：“你现在只能吃这个。”

他拖了张椅子在床边坐下，从餐袋里拿出洗好的勺子，微微搅拌了一下桶里的粥，舀起一勺吹了吹，而后送向齐玥嘴边。

齐玥往旁边让了一下，跟看怪物一样地看着他："不用了，我自己来就好了。"她被他这种突如其来的周到弄得浑身不自在。

程冬临："你右手打着点滴，不方便。"

齐玥坚持道："我左手一样好使。"

两人正在这边你来我往僵持不下的时候，门口忽然响起一声轻微的闷响，像是什么东西磕在门板上的声音。

齐玥立刻循声望去，而后看见一个熟悉的身影，正转身要朝门外走。

"林竞！"齐玥先发制人。

那人微微一僵，而后又转身走了回来。

他面无表情地走进了病房，漠然道："我就是过来看看。你感觉怎么样？"

齐玥："好点了……"

程冬临："……"

林竞："……"

齐玥这才注意到林竞手上也提着一个保温桶："你手上什么东西？"

"哦，炊事班晚上炖了鸡汤，顺便给你带了点。"他说完，随意地将保温桶搁在了床头。

程冬临笑："你们部队的伙食开得不错嘛，我们大部分时候都在啃馕，沾着那些稀奇古怪的豆子酱吃。有专门的炊事班可真好。"

林竞转头看了他一眼："你想过来吃饭也可以。"

程冬临摆了摆手："我开玩笑的。"

齐玥伸手，揭开了保温桶的盖子。一股浓郁的土鸡醇香顿时弥漫在整个房间里，肉香里又夹杂着一股淡淡的药香，汤面上漂着一层黄金般色泽的油珠，轻轻吹一下，雪白的汤底顿时呈现在眼前。

齐玥忍不住感叹："这鸡汤看着真不错……谢了啊。"

林竞嘴角勾出一道浅到几乎看不见的弧度："你好好养病，我先走了。"

第五章

当我思念你的时候

齐玥在床上躺了三天，身体好得七七八八了，于是也没好意思继续躺着当大爷，赶紧投入了医疗营忙碌的工作中。

齐玥她们的医疗队会在利维亚驻扎两个月，日常工作除了接待来自战区的伤病号之外，每周还会去一个附近的村落进行义诊。

今天从交战区一连送来了好几个枪伤患者，齐玥一上午都在手术室泡着，三台连轴，从早上七点开始一直站到接近下午一点。下了手术她就赶紧抓着同样陪站了一整个上午的赵天昕奔向饭堂。

“希望饭不要被抢光了。”齐玥一边走向打饭的窗口，一边跟赵天昕感叹，“我今天早饭都没来得及吃就直接上了手术，现在饿得前胸贴后背了。不愧是战区，比在咱们院的时候还忙，随时给人在打仗的感觉。”

“哈哈哈，是你运气太好了。”赵天昕乐不可支，“这么扎堆送来枪伤患者的事，我们之前一周都没遇到过。大概这是为了欢迎你回归，给你准备的特别贺礼呢。”

赵天昕说完，还俏皮地冲她眨了眨眼。

两人说话间已经走到了打饭的窗口。

这次跟着医疗队过来的，是炊事班的二厨张晓刚，炊事班老班长的得意门生，大家都叫他张小哥。

“张小哥，还有饭吗？”齐玥透过窗口朝后厨张望。

“有，想吃什么？”张晓刚大大咧咧地从后厨走了出来，一边在围裙上擦手，一边招呼齐玥，“嘿，齐医生回来啦。病好了？”

齐玥笑着一点头：“嗯。谢谢你做的鸡汤，很美味。”

张晓刚愣了一下：“什么鸡汤？”

齐玥：“食堂大前天晚上不是炖了鸡汤吗？”

张晓刚被她说得有点蒙：“没有啊……嗨，你别说，这边市场都买不到鸡，猪牛羊倒是挺多。”

齐玥：“……”

张晓刚忽然一拍脑袋：“啊……我想起来了，林队那天下午用过我们厨房。我说怎么垃圾桶里一堆鸡毛……”

站在齐玥身边的赵天昕忽然暗搓搓地用胳膊肘捅了她一下，冲她别有深意地眨了眨眼。

齐玥无视掉挤眉弄眼的赵天昕，礼貌地冲张晓刚笑了一下：“张小哥，现在还有什么吃的？”

张晓刚大手一挥，特豪迈：“想吃什么，我给你做。”

齐玥问：“想吃什么都能做？”

张晓刚挠了挠头：“你说说看，我以现有的食材，尽力而为。”

齐玥“扑哧”一笑：“不为难你了，给我来碗面就好。”

张晓刚点头：“好嘞，炸酱面？排骨面？”

齐玥一笑：“来点简单的吧，我现在特别想吃番茄煎蛋面。要……番茄汤汁特别浓的那种，煎蛋要皮脆一点的。”

张晓刚转向赵天昕：“没问题，这有什么难的。那，赵医生呢？”

赵天昕：“我和她一样。”

张晓刚：“好嘞，稍等，你们在那边先坐，马上就好。”

等面的时候，空荡荡的食堂里又进来几人。

为首那人一见到齐玥，立刻就兴奋了，整个人像是瞬间开出一朵花来。

“哟，这不是嫂……哎哟……”

站在他身后那个身材偏瘦的高个男人猝不及防地给了他一个栗暴。

被揍了的男人捂着头，冲齐玥讪笑了一下：“玥姐。”

“陈冲。”齐玥忽然站起身，跟陈冲打了个招呼，又看向他身后那两人，“之前谢谢你们来救我。”

这两人她都比较眼熟，都是林竞特别行动队的成员。然而真正打过交道的，也就只有比较话痨一点的陈冲了。

陈冲身后的高个男人向齐玥敬了一个标准的军礼：“猎鹰小队，

余海。”

余海身边站着的和他同样高大的男人面色就冷漠许多，他淡淡地看向齐玥，举手置于头侧：“猎鹰小队，单世钧。”

齐玥也赶紧回了一礼。

“其实你们不用这么客气的。”齐玥看着几人微笑了一下，“我没有那么强的等级观念，况且这又不是什么正式场合。”

齐玥的军衔，比他们几人高上一级。

陈冲大大咧咧地在齐玥那桌坐了下来：“就是啊，你们这么严肃干什么。玥姐可不像咱们队长……”

单世钧漠然地扫了他一眼。

陈冲忽然就闭上了嘴。

齐玥心里好笑，招呼其他两人：“一块儿坐下吃吧。”

另外两人这才落座。

张晓刚端着两碗煎蛋面走出来，看到坐在齐玥身边的陈冲：“哟，你们来啦？最近两天好像都比平时来得晚。”

陈冲做了个龇牙咧嘴的表情：“可不是，大魔王回来了，哥儿几个的好日子一去不复返喽。”

“扑哧——”坐在齐玥对面的赵天昕被陈冲那活宝样儿逗乐了，一个没忍住，直接将茶水喷了出来。

齐玥：“……”

余海：“……”

单世钧：“……”

陈冲摸了摸后脑勺：“美女，有那么好笑吗？”

赵天昕大大方方地伸出手：“我叫赵天昕，齐玥的室友。”

陈冲犹豫地伸出手和她握了一下：“猎鹰小队，陈冲。”

赵天昕俏皮地冲他眨了眨眼：“齐长官刚才叫过你的名字啦。”

“哦。”陈冲低头讪讪地摸了摸鼻子，又悄悄抬眼看了一下赵天昕。

被晾在一旁许久的张晓刚忽然轻咳了一声：“冲子，你们想吃什么？还是跟平时一样？”

陈冲先是点了点头，忽然又道：“再加一个大菜吧。”

他看了赵天昕一眼：“赵美女，你能吃辣吗？”

赵天昕笑："可喜欢了。"

"知道了。"陈冲转头对张晓刚道，"再加一份水煮肉片！"

张晓刚："好嘞，稍等。"

齐玥："……"

余海："……"

单世钧："……"

"话说，你们'猎鹰'为什么会到利维亚来？"

吃到一半，齐玥状似不经意地问起。

陈冲摆了摆手："嗨，前段时间不是刚完成了一个大任务，大队长说要给我们放个假。当然，说是放假，也不能躺着什么都不干啊，于是就让我们过来负责医疗队的安全。"

齐玥手中的筷子微微一顿，抬眼看着陈冲："你们不是来执行什么特殊任务的吗？"

陈冲一脸茫然："没有啊……"

齐玥的神色忽然变得有些微妙起来。

单世钧和余海注意到这个细节，互相交换了一个眼神。

余海忽然开口道："也许队长已经接到了通知，只是时机未到，还不能跟我们说吧。"

陈冲转头看向余海："啊，这样吗？"

单世钧说："以前也不是没有这种情况，缅甸那次，你忘了？"

陈冲后知后觉地点点头："有道理。哇，不会吧……打着休假的旗号过来，莫非真有什么隐藏任务？"

余海冲齐玥笑了笑："不过这些都是机密，真有任务，我们也不方便透露。"

齐玥不甚在意地"嗯"了一声，换了话题："对了，你们队长怎么没来吃饭？"

陈冲说："哦，西边的战区今天有交火，位置离这边有点近。林队不太放心，守在瞭望台，我们待会儿给他打包带过去就好。"

齐玥："我去吧，正好有事找他。"

齐玥走上瞭望台，一眼就看见了趴在狙击步枪面前的男人。他身材高大，四肢修长，紧身T恤包裹下微微隆起的肌肉线条充满力量感，悄无声息地趴在那里，就像一头蛰伏在暗处等待时机的猎豹。

“林竞。”

“你怎么过来了？”男人沉静漠然地应了一句，没回头，眼睛片刻没有离开枪上的瞄准镜。

齐玥弯下腰，将一个饭盒放在他手边。

林竞：“谢谢，以后让陈冲他们来就好了。”

齐玥不自觉地紧了紧手指，安静地低头盯着他看了片刻，才缓慢地开口：“我有事要问你。”

林竞安静了片刻：“什么事？”

齐玥：“谢谢你的鸡汤。”

林竞：“……”

齐玥观察着男人的反应，然而他依旧面色平静，平静到毫无波澜。

林竞忽然抬起手，调整了一下瞄准镜的焦距，而后才心不在焉地说：“你那天已经说过了。只是顺手的事，不用放在心上。”

齐玥有些好笑地看着他。

演得跟真的似的。

装，让你装。

齐玥索性在他身侧坐了下来，一副不问清楚不走人的架势。

“今天在食堂吃饭的时候，张小哥跟我说了件有趣的事情，你猜是什么？”

林竞放在扳机上的手指微微动了一下。过了一会儿，他移开手指，从瞄准镜上抬起头来，和齐玥对视。

齐玥：“他跟我说，你前几天征用过厨房？”

林竞：“……”

齐玥：“他还说，这边市场都买不到鸡。”

林竞不置可否。

齐玥：“鸡汤挺好喝的，林队深藏不露。”

林竞额上青筋微浮，面无表情地扯了一下嘴角：“你到底想说什么。”

齐玥无辜地看着他：“哦，没有，我就是挺好奇，你那鸡是哪儿来的？要是我下次又想喝鸡汤，总该知道去哪儿找吧。”

林竞微蹙了一下眉，语调里忽然带了一丝不耐烦：“那只野鸡是我在营地外巡视的时候恰好看见了，于是顺手就打了回来。刚好你生病，我就想着不如就做成鸡汤。”

齐玥低头看着他：“我在想……你是什么时候养成做好事不留名的习惯的。”

林竞不耐烦地打断她，语气也不太好：“知道我为什么不告诉你？就是不想让你多想。成天有这个瞎琢磨的工夫，还不如多看两个病人。”

齐玥安静地盯着他看了片刻，眸色转冷：“不想别人多想，就不要多管闲事。拿不起又放不下的，就没意思了，你说是吧？”

她这话说得丝毫不留情面，林竞瞬间变了脸色，瞳孔微微缩紧。

不等林竞再说什么，齐玥忽然站起身，朝瞭望台下走去。

她走得极快，以至于根本没看见躺在最上层阶梯边缘的弹壳，脚后跟直接踩了个正着，身子整个以迅雷不及掩耳之势滑了出去……

通往瞭望台的石阶又高又陡，整个阶梯呈四十五度角螺旋上升状。搞不好她真要成为身体力行“一失足成千古恨”的第一人了。

然而并没有她预想中磕得头破血流、四肢骨折的状况发生，等她回过神来，才发现身下垫着块人肉垫。

林竞在千钧一发之际捞住了她。他一手抓着阶梯旁的外墙稳住两人下坠的趋势，一手紧紧搂住了她的腰。

齐玥被他这样牢牢箍在怀里，胸口那两团柔软抵在他坚硬的胸肌上。

“怦——怦——怦——”

她甚至能感受到那结实的胸膛下，有力跳动着的心脏。

齐玥有些狼狈地想要爬起来，抬头时，柔软的唇不小心擦过他的喉结。

林竞揽着她的手微微一僵，浑身的肌肉都绷紧了，脖子上浮现出隐隐的青筋。

“能起来吗？”林竞松开她，声音有些低哑。

齐玥像是被什么烫了似的，一把将他推开，手忙脚乱地爬起来，匆匆转身往楼下去了……

林竞听着那串急促的脚步声逐渐远去，才转头看向瞭望台上摆着的那个孤零零的饭盒。

他拾级而上，弯腰将饭盒捞起，手掌轻轻覆到饭盒盖上。里面的饭菜，还是温热的……

“林队，你干吗像摸狗一样摸这饭盒？到底是吃还是不吃啊？”

身后传来一个略显困惑的声音，林竞的脸霎时黑了。

陈冲挠了挠头：“我来跟你换班，你赶紧把饭吃了吧。”

林竞“嗯”了一声，站到一旁，打开饭盒盖。

菜香扑鼻而来。然而对着这满盘珍馐，他却忽然没了食欲。

“队长，你的手怎么了？”陈冲忽然又在一旁咋呼。

他的左手从上臂到前臂，一整块皮都被蹭了下来，伤口渗着血丝，上面还沾着碎石和泥土，看上去就挺疼的。

那是他刚才冲下去时，在石阶上剐蹭到的。

林竞不甚在意：“皮外伤，不碍事。”

陈冲小心翼翼地观察了一下林竞的脸色，又道：“我刚才过来的时候看见玥姐脸色难看地跑下楼去了。队长，你跟嫂……玥姐吵架啦？”

林竞冷冷睨了他一眼：“你是不是太闲了？”

陈冲被他那一眼看得后背凉飕飕的，赶紧道：“没有，我忙着呢！我这就就位！”

陈冲说完，“啪”一个标准的卧倒动作，立刻就趴在了狙击枪面前，开始校准瞄准镜。

他仿佛后背长了眼睛，依然感受到来自自家队长的死亡凝视，不免内心忐忑，额上冷汗都出来了。

然后他就听见林竞不紧不慢地在他身后道：“既然这么闲，今天就加跑十公里的三十斤负重越野。”

陈冲瞬间绷不住了，开始号：“队长……我真的不闲啊……”

林竞：“二十公里。”

陈冲：“……”

“还有……下次再乱叫，小心我削你。”

陈冲默默在心中流下了宽面条泪，他觉得自己很无辜。

医疗队每几天就会派出一支小队去附近的村落义诊。

之前都是苏青带队过去，现在齐玥回来后，这个担子自然落在了她头上，这样苏青也能坐镇大本营，以应对突发紧急情况。

齐玥一边跟同行的医护人员交代着一些注意事项，一边拉开了越野副驾驶座的门……

坐在驾驶席上的男人侧过头来，无声与她对视。

齐玥颇为嫌弃地皱了一下眉："怎么是你？"

为了方便行动，林竞今天没穿迷彩服，而是穿了一身黑色的便装。黑色的夹克衫敞开着，胸膛上大片古铜色的结实肌肉在黑色紧身背心下微微隆起，浑身散发着一种略带痞气的荷尔蒙。像是为了配合这"黑社会"一般的打扮，他甚至还戴了一副黑色的墨镜。墨镜遮住了他此刻的神情，只露出高挺的鼻梁和线条刚毅的下巴。

齐玥朝后面那辆吉普车看了一眼，那辆车已经座无虚席了——前排坐着两个负责保护医疗队的战士，后排已经塞了三个医护人员。

齐玥："……"

"齐中尉？"站在齐玥身后的小护士见齐玥一直站着没动，有些不明所以，于是好奇地探出脑袋，"怎么了？"

然而当她看见坐在驾驶室里的林竞后，立刻站得笔直，冲林竞行了一个军礼："首……首长好！"

因为情绪激动，她连声音都有些打战。

她之前就听说这次猎鹰小队的人也来到了利维亚，而那个传闻中获得两次特等战功勋章、"飞刃"最年轻的少校也来了。

以前都只能远远看着这位传说中的人物，现在头一次和偶像这么近距离接触，她的心脏都快蹦出来了，差点儿因为缺氧而晕倒。

林竞淡淡地回了一个军礼："上车吧。大家在外共事，不用那么拘谨。"

小护士："是，是！首长！"

齐玥忽然伸手拉住自觉走向后排的小护士："你坐前面。"

小护士整个人激动得几乎要晕过去，然而嘴上却说着欲拒还迎的话："不，不好吧，还是中尉你……"

齐玥直接打断她："让你坐就坐。"

小护士没敢再拒绝，乖乖坐到了副驾驶座上。

她搁在腿上的手指紧张地绞紧，悄悄用余光打量着身侧的林竞，鼻尖和双颊染上微红。

齐玥拉开后座的门，坐了进去。

“砰”的一声，车门被她摔得震天响。

隔着老远，都能感到吉普车的颤抖……

远处的瞭望台上，三个并排而立的身影目送医疗队的车远离营地。

陈冲学着电影里的模样，沧桑地吐出一口烟圈：“你们说，队长为什么老要干这种费力不讨好的事？既然他和玥姐气场不和，绕着走不就行了？”

余海“扑哧”一声笑了，用关爱智障的眼神看了陈冲一眼，顺手将他手中的烟抄走：“小孩子就不要学大人抽烟了。”

单世钧专注地擦着他的爱枪，低声自言自语：“这二货到底是怎么混进‘猎鹰’的……”

陈冲瞬间爹毛：“我听到了！姓单的你别仗着自己资格老就欺负人啊……告诉你，我当时可是亲自被队长选进‘猎鹰’的。他说我的爆破能力，是他见过几届新兵里最牛的。我拆弹可比你快多了，敢跟我比比吗？”

余海悄然叹了口气，这二愣子的确也就这点能拿得出手了。

齐玥一行人去的那个村坐落在首都西南部的河谷地带。

临近村落，齐玥就看见村口已站了一大群人，有大人有小孩儿。大人热情地冲他们的车队招手，几个半大的小孩儿则拉着一条横幅——横幅上用歪歪扭扭的英文写着“welcome”（欢迎）。

齐玥注意到，许多大人身上的长袍都很旧了，还破着洞。

“呀，那些小孩子都光着脚，这是他们的习惯？”前排的小护士忽然问道。

齐玥喉头微微一哽，而后才道：“不是，是因为穷。”

小护士缩了缩脖子，小心翼翼地“啊”了一声，没敢再乱问。

齐玥一行人进村后也没耽误，立刻挨家挨户地走访了那些有病人的家庭。

他们遇到的大部分是一些比较好处理的常见疾病，除了一个小女孩儿。

她的症状非常奇怪。

女孩儿捂着肚子虚弱地躺在床上，不断地小声呻吟着，浑身还发着热。据女孩儿的母亲说，她下腹部疼痛频繁，同时又有尿急、尿痛和血尿的症状。

齐玥问：“她这样的情况有几天了？”

女孩儿的妈妈一边抹眼泪，一边用阿拉伯语道：“一个星期了，眼睁睁地看着她一天一天瘦下去。”

齐玥皱着眉思索片刻：“她最近有吃什么奇怪的东西吗？或者，她有去什么地方玩儿吗？”

翻译给女孩儿的母亲翻译后，女人摇了摇头：“每天都是在自家里吃的，和平时吃的没什么不同。不过，她前几天和一帮小孩儿去河那边玩儿的时候呛了几口水。”

齐玥微微皱了一下眉。

女人忽然握着齐玥的手，“扑通”跪了下去：“医生，我求求你，一定要救救我女儿！”

齐玥赶紧将她扶了起来：“您放心，我们一定全力救治你的女儿。不过她的病情很严重，现在也不好断定病因是什么。您不介意的话，能不能让我们带她回医疗营？那边才有设备为她做比较全面的检查。”

女人连连点头：“没问题，没问题，只要能救她，什么我都可以。”

齐玥说：“不过，我们车上的座位不够。今天先带她回去，明天再来接您去医疗营，行吗？”

女人听了点头：“好，好！谢谢医生！”

午休时间，大家都在吃饭，齐玥却独自一人向着村落附近的河流地带走了过去。

穿过小树林，走过一片杂草丛生的浅滩时，齐玥忽然觉得脚下踩到了什么硬邦邦的东西。

齐玥低下头，看到了脚下踩着一个被埋在土里的、像是装糖果的小铁盒一样的东西。

她正想抬脚，身后却忽然传来一声暴喝：

“别动！”

齐玥转头，见林竞一脸阴沉地快步向她走了过来。

齐玥皱眉："你一直跟着我？"

她从村里一路走过来，完全没听见身后有脚步声，甚至没有任何声响。林竞这跟人技术，也算是神出鬼没了。

林竞从腰间掏出随身携带的军用匕首，径自走到齐玥身前蹲下："废话等下再说。你脚下踩的，是枚诡雷。"

齐玥："……"

诡雷她在理论书上读到过，但没有真正见过。毕竟齐玥是医学生，制造诡雷和拆弹都不是必修课程。诡雷名字和地雷很相似，灵活性却比地雷高，运用也很广泛。与地雷不同的是，诡雷里面不一定要加上炸药，也不一定会埋在地下。它可以以任何一种姿态出现在人面前，比如一支口红，一个啤酒瓶，一个巧克力糖盒。而引爆机制可能只是一些普通的日常行为，像是开门、拆箱、捡起物品，甚至是开灯。

齐玥在一开始的发蒙之后，背上渐渐沁出一层冷汗。刚才如果不是林竞叫住她，也许她此时已经"凉"了。

林竞先观察了一下这枚诡雷的外部结构，用刀柄轻轻敲了一下铁皮匣子的外壳，而后对内里结构有了一个初步判断。

他抬起头看向齐玥，发现齐玥也正低头盯着他。

她面上的表情还算淡定，然而眼神里的凌乱无措却泄露了她此时的心情。

林竞忽然就抬起手，握住了齐玥垂在身侧那只微微颤抖着的手。

他的手掌温暖，掌心干燥。她能感受到他手掌上那些因为常年握枪而磨出的老茧，并不讨厌，反而让人有种淡淡的安心。他就这么一言不发地、有力地握住她的手，将她的无助和动摇紧紧包裹其中。

林竞看着她："相信我吗？"

齐玥轻而缓地点了点头。

林竞说："好，我现在要开始拆弹了。你能做的，就是保持你现在的力道，踩住这枚雷。能做到吗？"

齐玥又点了点头，这次坚定了许多。

"林竞。"齐玥忽然出声叫住他，声音又低又哑，"如果拆弹失败，你可能也要死在这儿了。"

林竞低着头，嘴角微微勾起一点清浅的弧度："那就死在这儿。"

话音刚落，他手中锋利的刀刃，刹那间切开了铁皮匣子的侧面……

林竞小心翼翼地取下那块被切割下来的侧面，扔在一旁。他低头贴向地面，专注地看向铁匣内部——纷繁缠绕的彩色电线中间静静躺着一根小指大小的雷管，雷管头上连着一截非常细的、肉眼不易轻易看见的铜丝。那就是这枚诡雷的引线，林竞需要将它切断。

雷管埋的位置非常的刁钻，硬将雷管勾出来的话也不是不可以，但有直接将其引爆的风险。

林竞问：“你身上有没有带平时用的手术剪？”

齐玥外出时身上随时都背着急救包，里面有很多基本的急救工具，林竞显然也是想到了这点。

齐玥说：“缝合剪可以吗？”

林竞：“可以。”

齐玥立刻打开急救包，从里面翻出了缝合包，拿出里面那把小小的缝合剪，递给林竞。

林竞一手用军刀压着杂乱的电线，一手持缝合剪，探入了铁匣内。

缝合剪精准地夹住了那根引线，林竞微微停顿了一下，而后手下一个用力，瞬间剪断了那根引线。

他继续用剪刀轻轻夹住雷管的头，小心翼翼地将它从铁匣子内拖了出来。

林竞捏着雷管，站起身。

齐玥见到他手里的东西，呼吸一窒，大气也不敢出一下。

林竞淡淡道：“这东西太危险了，我去处理一下。你站这儿别动，你周围还有不止一个雷。”

齐玥说：“我的脚总可以动吧。”踩着铁匣的那只脚都麻了。

林竞忽然笑了一下：“可以。齐中尉，听口令。”

齐玥：“？”

林竞：“立正！”

齐玥：“……”

刚刚九死一生，这人竟然还有心情开玩笑。

林竞拿着诡雷走进了一旁的树林里，没多久，又重新出现在了齐玥视线内。

齐玥问：“你怎么处理的？”

林竞：“埋在地下了。”

林竞看她一脸不信任的表情，好笑道：“埋得很深，路过的人踩过那片区域也不会有事的。放心。”

齐玥松了口气：“这次谢谢你了。”

林竞一只手随意地搭在腰上，居高临下地看着她：“你没事到处乱跑什么？今天要不是我跟着，你就已经凉透了。你是不是瞎，没看出这片都是雷区吗？屁本事没有，还敢跑到战区来。”

齐玥：“……”

还真没看出来。

齐玥自知理亏，所以也没顶嘴，只闷声解释道：“那女孩儿的病有古怪，她的症状有点像我所知道的一种寄生虫病。我怀疑是这边河流被污染了，但我不是很确定，所以想取点水样回去化验。”

林竞抬头向河滩附近扫了一圈，脸色很不好：“这片河滩都被人埋了诡雷。”

齐玥心头微微一动：“刚才那雷，看着新吗？”

林竞低头看着她：“很新，而且像是仓促赶制出来的。”

两人同时想到什么，一时间都有些面色凝重。

齐玥说：“这水可能真有问题，这样本必须取。”

林竞沉默片刻，点了点头：“行，你把东西给我，我去取。”

齐玥斩钉截铁地拒绝：“不行！”

林竞狠蹙了一下眉。

齐玥：“我身上带着菌群试纸，只有我知道哪儿的水可能有问题。”

林竞：“你可以把试纸用法告诉我。”

“不要。”齐玥认真地看着他的眼睛，“要么一起，要么我自己去。”

林竞缓缓嘘出一口气：“别闹。”

齐玥：“我没闹。”

林竞眉心聚拢，狠咂了一下舌，眼看就要爆发，又听齐玥道：“林竞，你不能死在这里。而我也不会死在这儿。还有很多事情等着我们去做。”

林竞：“……”

最终，两人各自退让一步，由林竞背着齐玥向河边前行。

林竞的背宽厚结实，齐玥贴着他温暖的身体，紧紧搂住他的脖子，似乎能听见他强有力的心跳声。每当这种危难的关头，林竞都会给她一种错觉，仿佛两人本就该是一体，没有那些不快，没有那些隔阂。

林竞一路以树枝探路，无惊无险地背着齐玥安全抵达河岸。

齐玥选了几个点，取了整整八瓶样本。

林竞在一旁看着她认真严肃工作的样子，不禁莞尔："用得着这么多瓶？"

齐玥一边给样本贴标签一边道："确保万无一失。"

林竞听到这话，眼神霎时间变得有些柔和。

从学生时代起，齐玥就一直是这样的性格。做事情，要么不做，要么就做到百分之百。

采集好了样本，两人又轻车熟路地沿途返回。

"你看，这里竟然有鸢尾！"

视野里忽然出现一抹漂亮的紫白色，齐玥惊喜地拍了拍林竞的肩。

林竞顺着她手指的方向看过去，近河的浅滩上长着一丛开得正盛的鸢尾。紫白色的花瓣飘逸如蝴蝶，又像是微微垂着头的姿态优美的舞者。

"你很喜欢这种花？"林竞问。

齐玥点头："嗯。我一直觉得，鸢尾是这世界上最好看的花。我忘了以前在哪儿看到过，说鸢尾的样子像极了思念一个人的姿态。"

林竞问："为何？"

齐玥："你看这花瓣，像不像仰望一个人的姿态。"

林竞神情微变，安静观花，沉默不语。

齐玥浑然不觉，继续道："一个人在离你最近的地方思念你，如此之久，你却都不知道，所以他又带着些颓丧。因为不管他如何思念你，你都不曾了解……"

林竞背着齐玥继续向前又走了许久，直到快走出雷区了，却听林竞忽然低声道："的确很像。"

第六章

他心中的秘密

按照和女孩儿母亲的约定，齐玥他们当天回医疗营的时候，便将那个小姑娘一并带了回去。

齐玥晚上查房的时候，赵天昕拿着一沓检查报告敲在齐玥的肩上。

“喏，阿丽娅的体检报告。”

阿丽娅就是他们从村子里带回来的那个小姑娘。

齐玥接过来，快速扫完了报告。

“果然是铁线虫。”齐玥微微皱眉，转头看向赵天昕，“我带回来的那几瓶水的检测结果出来了吗？”

赵天昕点头：“他们说其中两瓶里面发现了铁线虫的虫卵。”

齐玥：“……”

赵天昕问：“你怎么了？脸色这么难看？”

齐玥：“这事有蹊跷。”

齐玥将在河边发生的事告诉了赵天昕。

赵天昕：“你怀疑是……人为？”

齐玥：“嗯。村里人说以前从来没人得过这怪病，而且河边那些雷是新埋的，像是怕人靠近一样。”

赵天昕：“如果真是这样，河流沿途所经村镇的人都会受到感染。他们为什么这么做？”

齐玥沉默了片刻：“明天让人去看看这边市面上还有没有打虫药卖。没有的话，我会向上级申请调一批货过来。”

赵天昕回过神来，惊呼：“你觉得有人想垄断药品？”

齐玥：“这又不是什么新鲜事。”

垄断某类药物，再高价卖给民众和医院，是当地一些武装组织积累资金的一种常用手段。利维亚目前政局动荡，战火连绵，根本没人能腾出手来管这些事。

一时间两人表情都有些凝重。

齐玥：“阿丽娅现在的情况，肯定已经有成虫寄生于组织里了，必须做手术取出来。”

赵天昕：“行吧，你打算什么时候做？”

齐玥：“明天吧，还得先征求她妈妈同意签字。”

赵天昕：“我跟你上台？”

齐玥：“不用，小手术。”

赵天昕抬头看了一下墙上的挂钟：“都这么晚了，还不走？你在外面跑了一天了，回来还加班，真当自己身体是铁打的？”

齐玥：“你先回去洗澡吧。我把注意事项跟这个病人交代一下。”

赵天昕：“行，先走了。”

齐玥查完房回宿舍，刚推开门就见一个人湿漉漉地坐在床上，神情哀怨地看着她。

齐玥问：“怎么了你？一副被蹂躏过头了的样子。”

赵天昕瘪了瘪嘴，一把抓下缠在头上的毛巾。

赵天昕头上顶了个鸡窝，还是落水鸡窝，上面还沾着没冲掉的洗发液泡沫。一大股香波味随着她的动作，在房里溢散开来。

“扑哧——”齐玥终究没忍住。

赵天昕：“笑屁！水管坏了，你也没得洗。这会儿可没人给你修，后勤战士应该已经休息了。”

齐玥：“我去老师房里洗。她肯定还没睡。你去吗？”

赵天昕噎了一下：“不了吧……反正我澡都洗了，就是头上有点泡沫，擦干就好了……”

齐玥了然：“赵天昕，你哪天要是死了，一定是懒死的。”

赵天昕：“快滚！别打扰我看视频！”

齐玥：“……”

苏青果然还没睡。

说明来意后，苏青立刻让齐玥进了屋。

齐玥洗澡的时候，门口忽然响起一阵急促的敲门声。

苏青打开门，见是医疗营一个负责守夜的小护士，一脸的焦急。

苏青：“怎么了？”

小护士：“36 号床的病人突然吐血，止都止不住，您给过去看看？”

苏青：“好，我马上去！”

她刚要拉上门，就见林竞拿着一沓东西向这边走来。

小护士也看见了林竞，立刻行了一个军礼：“首长好。”

林竞回了一礼，转向苏青：“苏老师，之前的资料我给您送过来了。”

“谢谢你，还专门跑这么一趟。”

“应该的。”林竞看了看旁边一脸焦急的小护士，“苏老师你们有急事？”

苏青点头：“有个病人出了点状况，我现在得赶过去。报告你先放我桌上吧。”

林竞：“好。”

苏青急匆匆地带着小护士走了。

林竞推开虚掩着的房门，走了进去。

浴室里传来淅淅沥沥的水声，林竞愣了一下，屋内还有别人？

深夜，浴室，水声……

本着不窥探他人隐私的想法，林竞快步走到窗边的办公桌前，将手中的报告放下。

刚准备静悄悄地离开，浴室的门就被人从里拉开了……

“老师，外面怎么那么吵？发生什么事……”

齐玥：“……”

林竞：“……”

看清屋内来人，齐玥本来擦着头的动作，顿时像卡了壳的电影胶带，一帧一帧慢慢停下，手和脚都尴尬得无处安放。

一时间屋内静得诡异，只能听见“啪嗒啪嗒”的声音。那是从齐玥发尖上滴落的水珠砸在地板上时发出的声音。

她平时都是一副英气干练的模样，此时看向林竞的眼神却有了几分猝不及防的动摇和羞赧。湿漉漉的头发柔顺地贴在双颊边，衬得下颌线条极为秀气，眸中氤着水汽，莫名的有了几分柔弱的感觉。虽然“柔弱”这个词和齐玥很不搭。

她身上只裹着一条白色的浴巾。

那浴巾也不大，上方匆匆裹在胸前，下方堪堪没过臀部。

平时被军装和白大褂掩盖住的玲珑曲线在半湿的浴巾包裹下毫无保留地被展现了出来。

胸前的两团饱满而柔软，正随着她的呼吸微微起伏着。浴巾将它们紧紧挤压在一处，中间形成一条漂亮的沟壑。发丝上不断滴落的水珠沿着她漂亮的锁骨一路下行，有几颗恰好没入了那条深壑中，消失无踪。

线条紧实纤细的长腿从浴巾下摆支出来，轻盈地踩在地板上。更要命的是那裸露的双足，肌肤白皙，五趾线条漂亮，如玉雕冰琢，指甲盖呈淡粉色，不见一丝瑕疵，有种天真的性感。

那一瞬间，林竞只觉口干舌燥，浑身血液都在翻腾上涌，四肢僵硬，心跳如雷，像是被人捏住了七寸的蛇。

他的视线落在她裸露在外的光洁皮肤上，仿佛带着灼人的温度，能烫到她一般。

齐玥在他安静的注视下动了动手指，而后抬手掩在胸前，艰涩地开口：“你……”

林竞却因为她的那个动作，突然惊醒一般。他未说只言片语，仅仅是在原地杵了片刻，而后便迅速迈开长腿，似风一般地夺门而去。

“砰——”

门被带上的时候，震得山响，似乎连门框都在轻微摇晃……

齐玥：“……”

她瞬间觉得有点眩晕，后知后觉那种，脸腾地烧得绯红。

真是怕什么来什么。

显然这么想的不止她一个人。

林竞回屋后便将自己关进了浴室。

里面的水声持续响了一个多小时。这时间长到连心比海宽的陈冲都开始担忧了。

他先轻轻敲了敲门：“队长，你没事吧？”

没人回应。

陈冲等了一会儿，再次抬起手，这次重重地用拳头砸在了门上，一次又一次：“队长！队长，开门哪！队长你没事吧？队……”

浴室门被霍然拉开，林竞冷着一张脸走了出来。

和陈冲错身而过的时候，他身上冰凉刺骨的水汽引得陈冲哆嗦了一下。

“队长，你很热吗？”

不然怎么会洗一个小时的冷水澡。

陈冲有些疑惑地摸了摸后脑勺，他们房里有冷气，一般都开的是20℃。难道温度开太高了？

林竞径自走到房里的小冰柜面前，拉开柜门。

“之前买的冰棍呢？”林竞的声音低而哑。

陈冲不好意思地摸了摸鼻子：“被我吃完了……”

林竞从里面拿出冷冻冰块的模具，从里面敲了十几个冰块出来，扔进杯中。

他又往杯中倒了些水，端着杯子坐到了窗边，拿出手机来看。

安静的屋子内，一时只听得见林竞咀嚼冰块的声音。

那“嘎嘣嘎嘣”的脆响听得陈冲毛骨悚然，险些以为被嚼的不是冰块，而是他的骨头。

他小心翼翼地摸过空调遥控器，将温度又调低了几度。

“队……队长，我把冷气调到16℃了。”

林竞没理他，他低头看着手机里的照片，脑子里却依旧在不断回放着刚才看到的那一幕……

如同附骨之疽，挥之不去。

齐玥原定计划是等阿丽娅的母亲来医疗营签字后，再给她做手术的。

然而她没有等到阿丽娅的母亲，却等来了一个噩耗。

“村子被轰平了。男人都死了，女人和小孩儿不知所终。”

齐玥手中的针剂应声落地。

“姐姐，你的东西掉了。”躺在病床上的阿丽娅轻轻拉了拉齐玥的衣袖，用当地语言小声说道。

齐玥将针剂捡起来，摸了摸女孩儿的头。

阿丽娅乖巧地冲齐玥笑了笑。

齐玥握紧那瓶针剂，心情复杂。她还不知道要怎么跟女孩儿解释，一夕之间，她可能已经成了一个孤儿。

“惨，太惨了！”像是怕齐玥不相信一样，陈冲还在没眼色地继续补充着细节，“满地的断臂残肢，大部分人连个全尸都没有，简直就像是屠宰场一样，而且你知道吗……”

“啪——”陈冲的脑袋瓜子狠狠地挨了一下。

本来林竞是打算出手的，但这次有人抢了他的先。

出手的是赵天昕，她叉着腰数落陈冲：“你不说话没人当你是哑巴。你都不会看气氛吗？”

陈冲摸着被敲的脑袋，讪讪地闭上嘴。他嘴角委屈地向下瘪，眼睛却还一直偷偷地瞟着赵天昕。

齐玥：“……”

林竞：“……”

齐玥轻咳一声，干涩地对林竞说道：“谢谢你们跑一趟，我知道了。”

林竞低头看着她，眸色深沉：“你接下来打算怎么办？”

齐玥缓缓嘘出一口气：“先做手术，把病治好了再说。”

手术自然是顺利的。

齐玥帮阿丽娅清除了体内所有现有的成虫和虫卵。

阿丽娅虽然年纪小，却比很多大人都更能忍耐。齐玥怕影响她的智力发育，手术麻醉药效过了之后，也没敢用太强的镇痛药。大部分时候，她都默默忍受着身上的疼痛，不哭也不闹。只是，她半夜睡不着的时候，总会盯着病房的门看，像是在期待什么似的。

然而真正让齐玥觉得煎熬的部分才刚开始。

齐玥第一次去检查阿丽娅的术后情况，小姑娘便一直拉她的手，眼里泪光盈盈。

一开始齐玥以为她是因为疼，后来才发现不是，她在找她的母亲。

“umm……”阿丽娅眼里噙着泪花，嘴里翻来覆去地就只有这一个词。

阿拉伯语里面 umm 就是妈妈的意思。

每次换药和查房时面对阿丽娅单纯清澈的目光，齐玥都觉得如鲠在喉。她只能让翻译员告诉阿丽娅，她妈妈有事情不能来看她。等她病好了，就带她去找她妈妈。

“我觉得是我太鲁莽了。”

忙碌了一天的齐玥坐在病房外的阶梯上，接过赵天昕递给她的饭盒，却没有打开。

“也许是因为我们动了雷区，打草惊蛇，那帮人才会急着将他们灭口。”

赵天昕拍了拍她的肩，在她身边坐了下来：“想这么多，活得多累？再说你当时也只是想救人。这也能怪到你头上？”

齐玥安静了一会儿：“是我考虑不周吧。”

赵天昕说：“你已经尽你所能阻止了他们荼毒更多的人，也算是功德一件了。”

赵天昕说的是齐玥让人去调查市场上铁线虫打虫药的事，结果他们发现打虫药果然全部断了货。齐玥已经向上级报告了这件事，紧急调了一批打虫药过来，准备投入水源中，并分发到沿河的村庄去。

见齐玥依然没说话，赵天昕拍了拍她的肩，伸手掀开饭盒盖：“吃饭，今天有你爱吃的糖醋排骨。”

她知道言语上的安慰在这种时候并没有任何意义。在生死面前，再漂亮的话都显得太空了。

齐玥点了点头：“说得对。吃饱饭，还得继续干活儿。”

离她们不远处的石柱后杵着一个人，也不知道在那儿站了多久。齐玥拿起筷子开始吃饭后，那身影才转身离去。

林竞回到宿舍，余海、陈冲、单世钧他们仨正坐在床上打斗地主。

“回来啦，队长。要不要加入战局？”陈冲兴致勃勃地招呼他。

林竞扫了他们一眼：“让你们查的事情有眉目了？”

余海说：“队长你预料得没错，确实是以瑟组织的人。我们在村落附近找到了几个他们的联络站，这几天好像确实有过行动的样子。”

林竞问：“查到失踪人口的下落了吗？”

单世钧汇报：“暂时还没有。不过，我听说首都南面的集市上最近经常有贩卖奴隶的交易。”

林竞皱了皱眉：“派几个人去盯一下。”

单世钧点头：“已经安排好了。”

“做得好。”林竞微微点一点头，径自走到墙角，弯腰从桌子下面提溜出一个塑料袋。

里面是他们白天去河边清理诡雷时顺手挖回来的鸢尾。

“冲子，你那个淘汰掉的饭盒呢？”

陈冲：“在抽屉里。对了，队长你挖这花来干什么啊？”

林竞：“看着好看。”

陈冲：“哦。”

半晌，他又觉得哪儿不太对的样子。

然而还没等他想明白，林竞已经拿上饭盒，拎着那袋花出门去了。

单世钧叹了口气：“蠢不忍睹。”

陈冲：“单猪头，你是不是又骂我？”

单世钧：“你想多了。”

陈冲：“……”

三人又打了一轮牌，余海忽然站起身：“我出去抽一支烟。”

皎洁的月光将树荫下蹲着的人影拉得老长。那人手中拿着一个锥子，一下一下地在铁皮饭盒底部凿出规整的圆形小孔。饭盒上方的边缘也被他微微切开成几瓣，做出向外卷曲的造型。不过几分钟，一个笨重的军用饭盒就在他手里变成了一个颇为有趣的简易花盆。

孔凿好了，他捧了些刚才从树坑里挖出来的松软泥土放进饭盒底部，一手扶着那两株鸢尾直直插入饭盒正中，另一只手抓起泥土慢慢填满周围的空隙。

“我有时候真的搞不懂你。”

花盆上方忽然笼罩下来一片阴影。余海从背光处走了出来，站到了林竞身边。

“既然这么在意，为什么又总是把她推开？”

林竞没说话，继续做着最后的工作——将土填平，拍匀。做完这一切，他才拍了拍手上的泥土，站起身来。

他撩起眼皮看了余海一眼：“祁翔的媳妇今天来电话了。”

余海愣了一下："啊，怎么样？生了吗？"

林竞点了一下头："听说阵痛了十五个小时，不过好在母子平安。"

余海安静了一会儿："唉，祁翔这小子后继有人了……可惜……"

可惜他见不到自己的儿子出世。这句话余海没说，但两人都明白。

林竞点开手机，调出一张婴儿的照片，递给余海："像他吧？"

余海手指在屏幕上轻轻划拉了一下："真像。"

他眼眶忽然微微一红。

这是猎鹰小队每个人心中一道不可触碰的伤，它一直在那儿，没有结痂。祁翔的那个位置仍然空着，林竞一直没有找新人去填补。

林竞收了手机，低嗤了一声。

"其实祁翔这小子也挺浑蛋的。你想想，他媳妇刚有了小孩儿，他就出了事……现在得一个人把孩子拉扯大。户口得解决吧？还有上学问题。现在的人都现实，她想要再找个好的，恐怕也没那么容易。"

余海没说话。祁翔出事，是意外，也不是意外。干他们这行的，其实每次出任务前都是要写遗书的。今天看着活蹦乱跳，也许明天人就没了。

因为毕竟是跟着林竞出任务的时候出的事，所以林竞一直心存愧疚，时不时也会给祁翔媳妇儿打点钱去接济一下。余海他们有时候也会买点婴儿用品或是别的。

但这些都是杯水车薪，再多的金钱补贴，都填补不了心里的伤痕。

余海还记得上次去看祁翔媳妇时，她说过的一句话——他活着，是我的丈夫；他走了，我是他的未亡人。

余海这么一个铁铮铮的硬汉，当场就红了眼圈。

林竞安静了许久，才又说了一句："答应了的事，做不到，不如不答应。你说呢？"

"咦……齐玥，齐玥！你快来看这是什么？快过来！"

第二天早上，赵天昕一推开窗，就跟吃了兴奋剂一样，手舞足蹈地招呼齐玥过去。

齐玥扣上衬衣的最后一颗扣子，才不疾不徐地走到窗边，朝外望去。

窗台上摆着一个军用饭盒做成的花盆，花盆里种着两株开得正艳的紫白色鸢尾。晨风拂过，微微摆动，像是朝着齐玥点头一样。

齐玥愣怔地盯着那盆鸢尾看了片刻，嘴角慢慢勾出一个浅笑。

她伸出手，将那盆鸢尾端了进来。

赵天昕：“这什么花啊？长相深得我心。看着像兰花，比兰花漂亮。”

赵天昕自恋地摸了摸下巴：“鲜花赠美人，莫不是哪个暗恋我的小战士送来的？”

“当我思念你的时候。”齐玥忽然道。

赵天昕蒙了：“哈？什么？”

齐玥眼里闪过一丝促狭：“你不是问这花的名字吗？”

“这么文艺的吗？”赵天昕忽然一副如临大敌的模样，“完蛋了。之前我去食堂打饭的时候，张小哥就老冲我眨眼睛……啊，还有门口那个哨兵，最近也老瞅我……不会真惹上什么桃花债了吧？”

齐玥笑，配合她演：“嗯，一定是。要是被陈冲知道了，就更不好了。”

赵天昕的自嗨戛然而止，尴尬地摸了摸鼻子：“你说什么啊……”

齐玥冲她眨眨眼：“要想人不知，除非己莫为。”

赵天昕清了清嗓：“我先走了，还要去看看 3 号床的病人。”

赵天昕脚底抹油，一阵风似的溜了。

齐玥的视线转回到那两株鸢尾上，停驻了一会儿，心中的抑郁莫名地淡去许多。

一个星期过后，就是中国的端午节。

医疗队虽然远在大洋彼岸，但这传统节日还是要热闹热闹的。

一来是慰藉医护人员的思乡之情，二来也是为了让病人们一起开心开心，齐玥她们医疗队和来自普通医院的医疗队一起策划了一场端午晚会。

因为具有艺术细胞的人实在是有限得很，齐玥也被拉去凑人数。

晚会开始前，齐玥她们医疗队还搞了个内部聚餐。

张小哥弄了几大锅火锅，大家高高兴兴地围在一块儿涮火锅。

飞刃大队严格规定平时不能喝酒，但重大节日除外，于是端午节就成了他们在利维亚这两个月唯一能喝酒的日子，众人自然不会放过。酒过三巡，有几个大胆的小护士怂恿大家一起玩酒瓶游戏。在场大部分都是年轻人，纷纷同意。

酒瓶游戏简单粗暴，就是将一个空酒瓶平放在桌上旋转。停下来的时候，瓶口对准谁，谁就得接受惩罚。真心话，大冒险，二选其一。

不过毕竟都是军人，还有长官在场，玩得也不可能太过分。选大冒险的，一般会被要求从手机里挑一个异性，打电话告白，或者干脆魔鬼训练走一套；选真心话的，问的不外乎是“有没有喜欢的人”“初吻什么时候”这类温和的问题。

又一次转动停止时，瓶口直直地指向了林竞。

所有人都安静了一瞬，而后爆发出一阵热烈的起哄声。

“给首长来个猛的！”

“哇，好不容易逮着机会，绝对不能轻易放过林队！”

坐在林竞对面、瓶尾对着的那个小护士激动得差点尖叫出来，因为这意味着，她有资格来出这次的惩罚题目。

小护士俏脸微红，抬起头害羞地看了林竞一眼，磕磕巴巴地问：“真，真心话，还，还是大冒险？”

林竞吐出三个字：“真心话。”

小护士感觉自己心脏都要蹦出来了，她深吸一口气，问出了心中好奇已久的问题：“林队你有喜欢的人吗？”

所有人都将目光转向了林竞，屏息凝神。

这个问题不仅仅是那个小护士想知道，在场所有人都想知道。这么多年，他们都没见林竞和任何女人交往过。

林竞的出众已经是众所周知的事了，但林竞的归属问题，至今是飞刃大队十大未解之谜之一。

林竞目光微敛，沉默了很久。他不知想到了什么，嘴角竟然出现了一个很浅很浅向上的弧度。漫长的等待过后，众人见到林竞轻而缓地点了一下头。

“有。”

全场安静了三秒，而后瞬间炸锅，此起彼伏的起哄声争相而出——

“哇，这个幸运的姑娘是谁啊？”

“林队，今天不说清楚不准走人！”

“你看我们这么多漂亮的小姑娘都等着你的答案呢，你不能让她们失望呀。”

“少校，就跟我们透露一下吧，是我们认识的人吗？”

林竞冷面冷心，断然拒绝：“惩罚问题只有一个，我已经回答了。”

“啊……林队你太狠了！”

“说话说一半，这是要杀人啦……”

一时间，哀鸿遍野。

齐玥坐在桌子另一端，隔着闹哄哄的众人，将视线安静地投放于林竞身上。

只见他仰头喝完杯中酒，将搪瓷杯往桌上一扔：“走了。”

“哎——哎，林队你去哪儿啊？不留下来看晚会吗？”

“我去巡逻。你们好好玩儿。”

余海站起身：“队长，你不去看晚会？要不，还是我去巡逻吧？”

他知道，今天齐玥有演出。

林竞淡淡摆了一下手：“不用。你们也难得放松一次。若有情况我再联系你。”

他说完，转身消失在了夜幕里。

从始至终，他的视线没有向齐玥这边看过一次。

晚上九点，晚会准时开始。

利维亚医疗志愿队的医护人员和行动无碍的病人都集中在了广场搭建的舞台前面。

虽然没有专业的演员、舞美和灯光，但每个人都全力以赴的态度，和想要尽力呈现出一场完美演出的诚意，还是深深感染了在现场的每一个人。

他们每天面临的是大量来自战区的伤员，要在物资短缺、医疗设备不足的条件下争分夺秒地和死神抢人，还有不知道什么时候可能出现的来自当地武装部队的威胁。有过精疲力竭的时候，也有过情绪崩溃的时候，却没有一个人想过要放弃。而这场温暖的晚会，让所有人疲惫的身心都得到了短暂的休憩和充电。

齐玥也被抓来充当“壮丁”。

她以前在军校时，也参加过文艺会演，不过那个时候，她是和几个女生表演的 street jazz（街头爵士乐）。

这次，熟识她的人以为她又要故技重施的时候，她却选择了独唱。

唱的是陈小春的《独家记忆》。

在这之前，都没人知道她会唱歌的。

就连她的闺蜜赵天昕都替她捏了一把汗。

“你行不行啊？之前你从来没跟我们出去唱过K，我们还悄悄怀疑过你五音不全呢。”

齐玥对此只是笑了一下，不置可否。

“是骡子是马，拉出来遛遛不就知道了。”

于是她的演出现场，俨然变成了众人“啪啪”打脸的现场。

她的声音是柔美大气的，既有江南女子的婉约，又融入了带有个人特色的沧桑感。整个演唱过程，音准和节奏都没问题，没有惊艳的高音，有的只是淡淡的叙述，像是一个老朋友在给你讲故事。声声入耳，穿过耳膜直探人的内心。

这晚过后，有两件事成了医疗营茶余饭后讨论度最高的话题——

林队喜欢的人是谁？

齐医生那首歌，是唱给什么特别的人听的吗？

齐玥在后台卸妆的时候，程冬临忽然找了过来。

他递给齐玥一杯仍微微冒着热气的奶茶。

一股佛手柑的香味扑鼻而来。

齐玥低头喝了一口：“你去哪儿找的这么纯正的佛手柑？”

她还记得小时候第一次去程冬临家玩的时候，他妈妈拿出了从斯里兰卡买回来的红茶招待她。那是她第一次尝到佛手柑的甘香，从那以后，她喝奶茶只喝伯爵奶茶。

程冬临说：“那天去市集上采购，看见一个商人在卖 Dilmah 红茶，就买了几盒回来。回头我给你拿过来。”

齐玥展颜一笑：“好啊。”

程冬临低头看着她，眼神柔和：“有空吗，陪我出去走走？”

齐玥微微一点头：“走吧。”

两人远离了热闹的人群，朝着医疗营的外围走去。

刚走到医疗营后面那片椰枣林，齐玥就看见树下有两人在接吻。

这还不是重点，重点是，那两人她都认识，正是陈冲和赵天昕。

齐玥停下脚步，使劲拉了还未察觉的程冬临一下。

程冬临问："怎么了？"

他甫一开口，树下那两人瞬间弹开，齐刷刷朝这边看过来……

齐玥正尴尬地纠结着要不要跟两人打个招呼，就见陈冲大剌剌地冲她招了招手："哟，玥姐。程医生也在啊。"

是她多虑了。陈冲的字典里，大概就没有"尴尬"两个字。

倒是赵天昕脸颊微红地冲齐玥笑了一下，此地无银三百两地说道："啊哈哈，你们也来散步呢？晚上吃太多，我们过来消消食。"

陈冲纳闷地看了赵天昕一眼，又转向齐玥："对，消食。要不一起？"

齐玥："……"

她可没兴趣当电灯泡。她摆了摆手："你们忙。"而后自觉地和程冬临换了个方向走，往瞭望台那边去了……

过了一会儿，程冬临忽然"扑哧"笑了："你这俩朋友还挺配的。"

齐玥："可不？两个活宝。"

程冬临叹了口气："感觉每次来找你，你不是在忙这就是在忙那，都没有好好说过话。"

齐玥："这不是特殊情况嘛，你不也忙得够呛。"

程冬临莞尔一笑："没想到你也入了这一行。要说，也真是巧了。"

齐玥："是啊。我记得你小时候说你要当宇航员的。"

程冬临："那时候小朋友的梦想，大概不是科学家就是宇航员吧。"

齐玥："哈，这倒是。我就想过要当科学家。"

程冬临冲她眨了眨眼："医生也算半个科学家——生物科学。"

齐玥："哈哈……"

她和程冬临幼年相识，一起长大，直到初中时程冬临一家忽然搬去国外，自此失去联系。

中间隔着这么长的时间，说没有生疏是不可能的，但更多的，还是亲切。她们依稀能在对方身上看见年少时的影子，两人之间的某些默契，也依旧存在。

程冬临转头看着她："这些年在你部队里，过得还好吗？"

齐玥："挺好的。你呢？"

程冬临低头的时候，眼镜的镜片在月光下微微反光，看不清他的眼神，也不知他在思考什么。

过了一会儿，程冬临才缓缓道："无所谓好不好……你知道吗，我一直很遗憾，没能亲眼见证，没能陪着你一起成长。我也很后悔没有早点回来。"

齐玥听出他话里有话，而她对他将要说的话也隐隐约约有些预感。

其实这段时间程冬临经常往这边跑，甚至有时候齐玥这边忙不过来，程冬临还会主动替她上台手术。

他的存在，就和他的人一样，像是和风细雨，不会让人觉得突兀，或是感到不舒服。

她也不是草木，程冬临对她的好感，她是能感觉到的。

果然，程冬临接下来说道："当年离开得匆忙，我甚至没有想到还有机会能回来。所以就算后来打听到了你的消息，我也没有跟你联系……没想到我还是回来了，还再次遇到你了。"

程冬临忽然停下脚步，于是齐玥也只能跟着停下来。

程冬临转身走到齐玥对面，狭长漂亮的眼睛透过镜片温柔地凝视着她："玥玥，我想问你，能不能给我一个重新了解陪伴你的机会？"

齐玥："……"

程冬临："我知道这对你来说很突兀。但是，现在能有机会和你朝夕相处，我不想错过这次机会。"

齐玥有些艰难地开口："程冬临，我们一起长大，你也知道，我从来没有往这方面想过……"

程冬临："你不要觉得有压力，也不用马上回答我。我只是想告诉你我的心意。如果你现在还没有遇到合适的人，要不要考虑试着……和我相处一下？"

齐玥沉默了片刻："程冬临，以咱俩的关系，有话我就直说了。我不想骗你也不想耽误你，我已经有喜欢的人了。"

程冬临微微苦笑了一下："我知道。"

齐玥微微惊讶。

程冬临叹了口气："只要看着你，就明白了。"

程冬临："你的眼神，一直都是追随着那个人的。他在的时候，你整个人状态都是不一样的。”

齐玥抬手示意他停下：“别说了。”

程冬临顿了顿，低声问道：“可是这么多年了，你们也没在一起，我是不是可以理解为……我还是有机会的？”

齐玥：“……”她答不出来。程冬临这话戳痛她的软肋了。

程冬临见她神色突变，立刻解释道：“抱歉，我不是那个意思。”

齐玥干巴巴地打断他：“我知道。”

程冬临：“今天太晚了，我送你回宿舍吧，你明天一大早不是还有台手术吗。”

齐玥：“嗯。”

两人刚拐过墙角，齐玥忽然本能地察觉到点儿什么，结果一抬头，就看到了一个身材高大颀长的男人靠坐在树枝上，用军用望远镜观察着远处丛林里的情况……

齐玥身体一僵，本能地停下了脚步。

她忽然想起，这里是一个医疗营的一个哨点。

他有听到刚才的对话吗？听到了多少？但他们说话的声音，并不大……

齐玥脑子里乱糟糟的，一时间也分不清到底是想让他听到，还是不想让他听到。心跳一声盖过一声，手指也微微攥紧了……

“怎么了？”程冬临注意到她停驻的视线，也抬头看过去，而后，镜片后的目光微微转冷。

树上那男人一手拿着望远镜，另一手还夹着半支烟。

他似乎感受到了来自树下的诡异关注，于是侧头瞥了过来，视线薄凉，无波无澜。

程冬临和男人的视线直直对上，谁也没说话。

一阵风过，将那呛人的烟味吹向了齐玥这边。

齐玥微微皱了一下眉。

程冬临收回视线，转头对齐玥柔声道：“我们走吧。”

齐玥点了点头，与他并肩走远了。

端午晚会顺利结束，大家闹了一整晚，尽兴而归。

夜深，有些人沉睡着，而有些人还醒着。

林竞躺在床上，往耳朵里塞上了耳机。

耳机里单曲循环播放着一首歌。因为是现场录制，而且大约是收音的位置不太好，除了歌曲本身之外，还有现场闹哄哄的欢呼声、说话声和猎猎风声。

然而歌曲传到林竞耳里，那些喧闹的杂音被他的大脑自动屏蔽了，只剩下女人清亮又略带忧郁的嗓音，一遍一遍地唱着——

我希望你　是我独家的记忆

摆在心底　不管别人说得多么难听

现在我拥有的事情

是你　是给我一半的爱情

我喜欢你　是我独家的记忆

谁也不行

从我这个身体中拿走你

在我感情的封锁区

有关于你　绝口不提　没问题

…………

第七章

SHANHEWANLI
WOLAIJIANNI

为她做早餐

齐玥难得地失眠了。

按理来说，在每天变态级的繁重工作量下，失眠是一件不可能的事情。然而今夜，再疲惫的身体也挡不住齐玥飞速运转的大脑了。她想到林竞聚餐时说的那句话，想到程冬临的温柔。人总是习惯对爱自己的人残忍，为不爱自己的人飞蛾扑火。

齐玥在床上辗转反侧了半宿，最后彻底饿醒了。

左右也睡不着，她索性爬起来，悄悄去了备用厨房，至少吃饱了有力气干活儿。

这间备用厨房是专门辟出来给营地的大家伙儿开小灶的，有简单的厨具、食材和饮料。有时候守夜的士兵半夜饿了也会到这里来找吃的。

厨房的推拉门张着一条缝，里面黑漆漆一片，没有开灯。

齐玥将门拉开一点，挤了进去，而后又轻手轻脚地将门关上。结果刚一转身，她就被杵在窗边的高大黑影吓了一跳。

那人一点声响也没有，不细看都很难发觉那里站着一个大活人。

齐玥“啪”地按开了墙上的灯。

白炽灯那惨白明亮的光线直直射过来，一时间晃花了齐玥的眼。她眯了眯眼，这才将那人看清——原来是让她失眠的罪魁祸首之一。

“你怎么在这儿？”齐玥敛眸，掩去刹那的慌乱和动摇，淡淡问了一句。

林竞手中端着一个杯子，有些慵懒地靠在墙上，偏头看过来，神色莫名。

齐玥这才发现，屋内充斥着淡淡的咖啡香气，桌上还摆着一个空了一半的咖啡壶。

他没有回答她的问题，却反问道：“睡不着？”

齐玥点头：“嗯，饿了。”

她走到灶前，拿出一口锅撴在炉上，然后打开头顶的橱柜。

要是能煮点什么意面啊挂面啊，甚至弄个馕来吃都是好的。

然而从她的角度能看到的，只有一袋大米。

呃……

想法是好的，现实是令人绝望。

林竞忽然动了。

他长腿一迈，两三步便站到了齐玥身后。

齐玥瞬间感受到了来自身后的压迫感。

太近了。

她甚至能闻到来自他身上的，她所熟悉的，那股好闻的荷尔蒙味道。

齐玥心跳微微加快。

那人一伸手，轻易从柜子深处掏出了一把挂面。

他将面递给齐玥的时候似乎有些犹豫，无可无不可地看了她一眼。

“你这是什么眼神？”齐玥被他眼神里明显的怀疑冒犯到了。

林竞：“我记得你……不会做饭？”

真是哪壶不开提哪壶。

齐玥硬邦邦地说道：“把面煮熟还是会的。”

林竞伸手拉开旁边的小冰箱，里面还有鸡蛋……和葱。

他把葱和鸡蛋都拿了出来，放在灶台上，而后走到齐玥身边，伸手从她面前的刀座里取出菜刀。

他的手臂几乎挨到了她，男人身上偏高的温度瞬间传了过来。

齐玥像被烫到了一样，往旁边避了避：“你干什么？”

林竞：“我来吧，这样快一点。”

齐玥：“……”

林竞转头看她一眼：“我也饿了。”

齐玥看着他熟练而快速地将洗好的葱切成大小一致的小段，仿佛他将在部队里学到的格斗技巧都化用到了这砧板上。然而，却没有任何违和感。

不过，光是切东西的话，她也能切，尤其剖得一手好鱼。

林竞将锅烧热，倒入油，换小火将葱段煎成焦黄色，再往锅里倒入一点生抽，加入一勺糖。

厨房瞬间溢满了葱油的香气。

齐玥的胃已经蠢蠢欲动了，却还要努力克制，力求面瘫："你要做葱油拌面？"

"嗯。这里没有别的香料，只能做个最简单的版本了。"

锅里的葱油酱汁开始冒泡，林竞将锅移至旁边不用的炉子上，换了一口锅，煮面。

在等面好的过程里，他将葱油沥出来，倒进旁边的碗里晾冷。

面好后捞出，过了一遍冷水。

"这样面不会糊，更有嚼劲。"林竞接触到齐玥疑惑的眼神，解释道。

拌好面，他又往刚才熬葱油用的锅里打了两个蛋。

他身上没有穿平时的制服，只套着件黑色的紧身背心。单手颠锅时，裸露在外面的手臂上的肌肉微微隆起。火光照映下，健康的小麦色皮肤像是上了一层精油，充满野性的魅力。

"秀色可餐。"她情不自禁地低喃了一句。

林竞疑惑的视线扫过来："什么？"

齐玥摆了摆手："我饿了。"

煎至两面金黄的蛋放在葱香四溢的面条上，看着让人特别有食欲。

林竞将拌好的葱油面递给齐玥。

齐玥是真的饿了，不一会儿就吃掉了半碗。

林竞倒没怎么动筷，他看着齐玥吃面，眼中露出几不可察的笑意，忽然将碗里的面又拨出一半给了齐玥。

齐玥："呃……不用。"

林竞淡淡地说："我看你比较能吃。"

"……"

齐玥也懒得跟他计较。美食当前，先吃为敬。

她一边吃面，一边悄悄打量着对面那人。

他骁勇强悍，高大俊朗，上得厅堂，下得厨房，做事硬派却又不乏细腻，偶尔无心流露的温柔能够迷死人。纵然心有怨怼，但齐玥还是不得不承认，他是真的很好。

可惜不是她的。

古人说饱暖思淫欲，还真是饱含智慧的总结。

喂饱了胃，齐玥的心思自然就转到了别的事上。

她眯眼打量着坐在对面安静吃面的林竞，忽然恶向胆边生。

“林少校，聊聊呗？”齐玥忽然伸脚，踢了林竞的小腿一下。

她脚上还穿着拖鞋，脚背裸露在外。

那力道不重，对林竞来说更是不痛不痒，然而那蹭过他小腿的光滑细腻的触感，却足以让他血液沸腾起来。

他抑制住想要一把握住那捣乱的脚的冲动，椅子向后挪了半尺，继续埋头吃面。

人在半夜里说话做事总是比青天白日里要冲动，据说是因为这时大脑控制理性的前额叶皮质的活性随着生物钟降到很低的程度，而控制本能的杏仁体的活跃度大大提高。

换在别的时候，齐玥也许会就此打住。

然而她今天辗转反侧大半夜，脑子里一直回想着今晚聚会上的那一幕，想到林竞最近的种种举动……于是在此时此刻，她忽然有了种天时地利人和的感觉，心中也升起寻根究底的冲动。

她站起身，半个身子靠在桌沿上探向林竞那边：“嘿，跟你说话呢。”

她身上穿着一件棉质T恤，身子往前倾的时候，胸口那两团柔软沉甸甸地撑着棉T恤的布料，形状漂亮而饱满。V字形的领口微敞开，从林竞的角度看过去，能看到那道漂亮的“沟”。

林竞眼眸一暗，喉结不自在地上下滚动了一下，身上本就不安分的血液又开始躁动起来。

他强迫自己转移视线，拿过搁在一旁的冰水，喝了一大口。

“你要说什么？”他声音微哑，低下头用筷子卷起碗里剩下的面。

齐玥看着对面专注吃面的男人，眯了眯眼：“今晚……你是不是都听见了？”

林竞吃干净最后一口面，将那瓷碗往桌上一撴，撩起眼皮看向她：“听见什么？”

他这油盐不进的模样，让齐玥一时吃不准他在想什么。

林竞起身收拾了碗筷，往水槽走去。

齐玥也跟着站了起来，亦步亦趋地跟到了水槽边上。

齐玥背靠在旁边的流理台上，半仰着身子。

林竞拧开水龙头，动作利落地开始刷碗。

齐玥将自己的碗也搁在了水槽里，转头盯着他认真刷碗依然冷峻的侧脸看了一会儿，忽然道："哎，你觉得……程医生这人怎么样？"

她其实有很多话想问林竞，然而那些纷乱的想法到了嘴边，却变成这样一句话。

林竞手下动作微顿，嘴上却答得很快："挺好的。"

齐玥神色莫名地看着他："真的？"

林竞静了片刻，语气稍微放缓了些，竟像是真的在与她推心置腹一般："你们青梅竹马一起长大，知根知底，又在一个领域工作，以后交流起来也方便。他看上去像是个靠谱的人，跟你也很般配。"

齐玥收了笑："你果然听见了。"

林竞戏谑地看她一眼："就这事儿还用得着听？"

他低头的时候，眼神中闪过一丝黯然，转瞬即逝。

齐玥神色莫名地看着她："那刚才的话……是什么意思？"

"字面意思。"

她像是没听清一般，又固执地问了一遍："你真的这么认为？你看着我说。"

林竞扔下手中的碗，转头看向她。他的眼神无波无澜，平静如同镜面。

"嗯，真的。"他缓缓道。

他用力地擦着手里已经很干净了的碗碟，像是在努力证明什么似的。

齐玥安静地盯着他看了片刻，心里那些跃跃欲试的念头像是被泼了盆冷水，安分下来。

"林竞……你真的是……很好。"齐玥冷冷地勾了一下嘴角，转身走了。

厨房里的水依然哗啦啦地放着。

然而洗碗的人像是被按了暂停键一样，动作停滞了很久，似是毫无所觉。

过了许久，他手中握着的那个玻璃杯，铮然碎裂，清脆的响声在这万籁俱寂的凌晨时分显得格外突兀，让人难以忽视。

门外的走廊上，齐玥倚墙而立，眼底闪过一丝狡黠。

她走到半途又折返回来，本来是打算告诫那人别再不清不楚暧昧不明。

然而那声玻璃碎裂的响声，却刚刚那么好，传入她的耳中。此刻她竟然觉得，那清脆得甚至有些尖锐的声音，比春天冰雪融化的声音还要动听。

那晚过后，齐玥但凡见到林竞都会绕着走。只要有他出现的地方，她绝不踏足半步。

她现在手上有了底牌，倒是能理直气壮地陪他下这盘棋了。

既然人家演得那么卖力，她岂有不配合的道理。

林竞这次似乎也挺自觉，配合她的节奏似的，错开任何一个和她有交集的时间段。

倒是程冬临，这几天往齐玥这边跑得更勤了些。

不过他没有再提那晚的话题，只是过来帮忙，时不时送点新鲜的特产或者小吃过来。

每次他一来，医疗队的小护士们都眉开眼笑，嘴跟吃了蜜一样甜，毕竟——好吃，养眼。

这天，程冬临再次到访，竟带了两只烤鸭过来。

齐玥刚下手术，也被那烤鸭香味勾得饥肠辘辘，于是招呼了众医护人员，一行人浩浩荡荡地向饭堂去了，准备分而食之。

一进饭堂，就看见林竞和他的队员坐在中间那桌吃午饭。

陈冲是正对着门坐的，看见齐玥，便热情地挥了挥手：“玥姐！”

林竞筷子微微顿了一下，而后继续埋头，快速地将碗里剩下几口饭菜扒干净。

他放下筷子，扫了几人一眼：“我先去训练场，你们吃完过来。”

单世钧和余海同时放下了筷子。

余海：“我也吃好了。”

单世钧拿起纸巾擦了擦嘴，示意自己也好了。

陈冲郁闷地看了一眼碗里剩下的几口米饭和一块红烧肉，又看了一下其他三人，最后迅速将红烧肉塞入嘴里，忍痛割饭：“我也好了……”

他们几人起身向外走，而齐玥他们刚好将几张桌子拼在一起，坐下。

有小护士朝林竞他们招手：“林队，程医生带了烤鸭过来，一块儿吃点儿？”

程冬临也转向了他，神色坦然：“这次带了两只烤鸭，分量足，管够，叫上兄弟们一起吧。”

林竞淡淡道：“不了，还有训练。”

他走到门口，回头看了一眼落在后面被烤鸭馋得流口水的三个，蹙眉：“还不走？”

三人嘴里应着，一步三回头地跟着林竞走了出去……

齐玥一行人刚吃完饭从食堂出来，就听见训练场那边传来了激烈的吆喝声，混杂着掌声还有加油声，声声震天。

赵天昕：“哇，那边好像很热闹。我们去看看吧！”

齐玥瞪她：“看看看，不干活儿啦？”

赵天昕：“哎呀，就一会儿！就当饭后消消食好了。”

赵天昕瞅了眼站在齐玥身后的程冬临：“程医生也一起吧？”

程冬临笑着摇头：“不了，我还要赶回去做手术。”

程冬临走到齐玥身边：“那我先走了。”

齐玥：“今天谢谢你了。”

程冬临：“小事，别这么客气。”

赵天昕也冲程冬临挥了挥手：“程医生常来玩啊，再带点儿好吃的。”

程冬临笑着一点头：“好。”

程冬临走后，齐玥转身就给了赵天昕一个栗暴：“什么叫‘再带点儿好吃的’？吃吃吃！你就知道吃！”

赵天昕无辜地捂着头：“我这不是……给你们制造机会吗……”

齐玥作势又要捶她：“反了你了！成天没事就在那儿乱八卦，净给我捣乱。”

赵天昕嘀咕：“拜托，有眼睛的都看到程医生对你好了好吧……”

她忽然一扯齐玥的胳膊，神神秘秘凑到齐玥耳边：“端午晚会的时候，跟你告白了吧。”

齐玥："给我歇菜！这事儿以后都不准再提了。"

赵天昕："你不会……还喜欢那个谁吧？冷冰冰硬邦邦的，哪儿有程医生好。程医生温柔体贴、善解人意……"

齐玥反唇相讥："这么好，你怎么不去喜欢？那陈冲有什么好？呆头呆脑愣头青一个，你喜欢他哪儿？"

赵天昕面红耳赤："这，这哪能一样……而且……而且陈冲不是你说的那样，他……他很好。"

齐玥："哇，你这口狗粮要噎死我了。"

赵天昕知道被齐玥套路了，恼羞成怒地轻轻推了她一把。

两人说话间，已经走到了训练场地前。此时的训练场已经被一圈人给严严实实地围住了。

赵天昕往场上一看，瞬间兴奋了："看——是猎鹰小队的人！他们好像在比赛自由搏击！"

而后她不由分说，就将齐玥拽到了场边。

看清场内情形后，齐玥才明白为什么围观的人这么多。

场上的搏斗已经进入了白热化的状态，目前的情况是一挑三——林竞一个人打陈冲、余海和单世钧他们仨，或者应该反过来说，陈冲、余海和单世钧他们三人挑战林竞。

齐玥还是第一次这么近距离观看林竞他们的搏击训练。

每个人的动作都太快了，行云流水一般。到了他们这个程度，这已经不像是训练，更像是电影里一场漂亮的武打戏。

陈冲、余海和单世钧这三人配合得张弛有道，几乎是一个人被林竞击退后就立刻换另外一个人上，中间连零点几秒的间隙都没有。拳飞腿影之间，围观的众人几乎看不清他们的动作。

最让齐玥吃惊的，是他们的搏击不是什么花拳绣腿，不是她在学校学的那些什么防身制敌的拳法。这几人的招式都是野路子，他们出手时招招都是奔要害去的，是在千百场实战中练出来的克敌致命的真把式。这就是高手之间的对决，跟普通部队完全不是一个等级的。

只见陈冲一记角度刁钻的斜拳冲着林竞的左肋而去，林竞侧身闪过，不等陈冲反应过来，抬肘飞速击撞上陈冲的肩，翻身拧臼，利落地将他放倒。

陈冲倒下后，余海从林竞身后冲上来，擒住林竞的手腕向外翻，被林竞一个利落的空手解套脱身。而后林竞趁势架起余海的腿往上一掀，反守为攻，余海连推带挡，朝后连退几步。然而林竞进攻速度极快，瞄准余海的一个空当，一记手刀切进余海胸前，又化刀为掌，抵住余海胸口用力一推。余海下盘重心失衡，直接被他推坐在地。

单世钧从旁提脚踹向林竞的膝弯，手上配合直拳和勾拳的夹击，上下两路全给他封死。林竞被逼退了半步，单世钧乘胜追击，林竞却猛然抬手一架一拧，将单世钧捉了个正着。林竞反手架住单世钧的胳膊，用膝盖别住他的腿弯，逼得他向下栽倒。单世钧反应也很快，顺势拖住了林竞的手臂要来个背摔，但林竞手一松一推间，直接卸了单世钧的劲道，脚下配合轻轻松松一记扫堂腿。于是，单世钧也被扫倒在地。

“……”

在场众人均看得目瞪口呆，眼都不敢眨一下。

林竞低头看着躺倒在地的三人：“再来？”

陈冲第一个不服气地爬了起来：“再来！哥就不信邪了，三个还干不过你一个，传出去还要不要做人了！”

林竞居高临下地对着陈冲冷冷一笑，冲他竖起一根食指，勾了一勾。

陈冲被他这轻蔑的态度搞得哇哇大叫，毫无章法地扑了上去……

余海单手撑地坐起身，一脸惨不忍睹的表情，他已经预见到结局了。

…………

最后，三挑一以一边倒的局面惨淡收场。

三个人都多多少少挂了些彩，陈冲更是被两名队友给架着出场的。

“哎哟——”

“哎哟——”

他一边走，嘴里还大声呼痛……

走在他左侧的余海额上青筋浮现，咬牙低声道：“能别装了吗……不就蹭破几块皮。”

单世钧在旁边点破陈冲的小心思：“求关注。”

他话音刚落，赵天昕已经跑了过来，一脸担心地跑上前来：“陈冲，你没事吧？怎么样？”

陈冲一脸委屈地看着她，颤声道：“疼……”

赵天昕听后，立刻皱起了眉：“你们把他扶到急诊室这边，我给他检查一下。”

余海：“……”

单世钧：“……”

林竞：“……”

赵天昕看了一眼石化在原地的三人：“你们也一起来吧。不是擦伤了吗，都来上点儿药吧。”

林竞：“咳……你们去吧，我就不用……呃……”

林竞身侧，齐玥忽然捉住了他的左手，微微抬高。

“你确定？”齐玥斜睨着他，“这个，不需要复位吗？”

林竞左手的小指，以不自然的弧度微微弯曲着。

“队长！你的手！”那三人不约而同地看了过来，露出了关切的神情。

林竞：“……”

刚才在过肩摔单世钧的时候，他注意到单世钧脑袋跌落的位置有块坚硬的石头，于是伸手拉了他一下，小指就是在那个时候扭到的……

因为他们正常搏击速度都很快，这点小插曲根本没人留意……只有齐玥，立刻就发现林竞在那一瞬间表情微微僵硬了一下，然后她很快发现了他小指的异常。

林竞微微垂眸，看着齐玥：“那麻烦你了。”

一张薄薄的布帘，将急诊室分隔成了冰火两重天。

坐在布帘左边的赵天昕和陈冲嘻嘻哈哈打得火热。相较之下，齐玥和林竞这边，则显得非常公事公办了。

齐玥：“我现在要帮你把小指复位。深呼吸——”

林竞：“没关系，动手吧。”

齐玥：“……”

“咔——”

她手下用了巧劲，迅速地将林竞的小指关节推回了关节臼里。

她撕了一段纱布，将林竞的手指包了起来。

“这两天这只手尽量别做剧烈活动，别负重。”

“嗯。”

一帘之隔的赵天昕听完两人这段毫无情趣的对话，忍不住翻了一个白眼。

陈冲：“天昕，你干吗翻白眼啊？”

赵天昕：“……”

齐玥：“……”

“谢了……”林竞说完这话，忽然站起身，掀起了这层薄薄的布帘。

他低头盯着陈冲那被包扎得跟粽子一样的手臂看了两秒。

如果他没记错，陈冲只是前臂上被擦掉了一块皮而已……

赵天昕在那审视的目光下，悄悄红了脸，尽管，那目光根本没投放到她脸上。

林竞：“伤口处理好了就跟我走。”

陈冲傻乎乎地问：“啊？去哪儿啊？”

林竞冷冷睨了他一眼：“训练。”

…………

当天晚上——

被折腾得四肢酸痛、骨头都快散架、躺在床上动弹不得的陈冲冲着天花板干号：“你说队长最近抽的什么风……训练强度这么大！真不是人干的事！”

和他并排“躺尸”的余海默默接了句：“怕不是邪火上头。”

陈冲呆头呆脑：“火？什么火？”

平时一向沉默寡言的单世钧一反常态地插了一句嘴：“邪火。”

陈冲：“……”

如果不是这天要出门采购，齐玥觉得自己都快忘记林竞这人长什么样了。

毕竟，他最近出现在她面前的频率已经史无前例的低了。以前是抬头不见低头见，现在是抬头低头都不见。

齐玥睨着坐在驾驶室里目不斜视的那人，心里不是没有怨怼的。这人演得还真挺像那么回事的。

于是她故意神色恹恹：“怎么又是你？就不能换个人？”

路过她身后的小护士直接被她“以下犯上”的彪悍作风惊掉下巴，手中抱着的药筐子应声落地。

齐玥听到声响，回过头看了一眼，叮嘱小护士：“小心点，里面有液体针剂。”

小护士慌乱地收拾好脚边撒落的药品：“抱歉！”

而后她便听到车内那位首长对齐中尉说道：“要么上车，要么就别去。给你三秒钟。”

小护士：“……”

这莫非……就是长官之间特殊的对话方式？

小护士带着这样的疑惑走远了。

齐玥冷哼一声，开门上车，再甩上门，动作一气呵成。只是，这车门再一次被她摔得震天响。

林竞凉飕飕地瞟了她一眼：“这车是公家的。”

齐玥：“知道！”

林竞踩下油门，猛士的功率一下子提升至最高，像只公路怪兽一样，瞬间攀上了陡峭的山路……

齐玥采买的地点在步行街。因此他们到达市中心后，先找了一个就近的点停车，而后徒步走去步行街。

这是齐玥到达利维亚之后第一次进入首都市中心，在这里，她见识到了贫穷和富裕最极端的对比。

比如穿着华贵的富人出入的奢华酒店对面，就摆着一个接济难民的食物发放摊位。因为是民间组织，本身也没什么经费，发的都是馕和一些干豆子。

救济者身上穿着和难民差不多破烂的衣服。

他们的摊位旁边立着一块巨大的告示牌，牌子上同时用阿拉伯语和英文写着“募捐”。然而那些在酒店进进出出的富商，大都连看都不曾看一眼。

当真是朱门酒肉臭，路有冻死骨。

齐玥掏出身上的钱夹，从里面翻出几张大钞，塞进了旁边的捐款箱内。

她刚做完这个动作，本来还在一旁排队等着领救济餐的难民忽然呼啦啦围上来一群，有大人，也有很多小孩子。很多人都冲她伸出了手，一双双渴望的眼睛将她重重包围。年纪小一点的孩子，干脆直接上前抱住了她的腿。

齐玥尴尬了。

她钱包里的零钱并不多，也不能这个给，那个不给……但钱包里就那么些大钞，都是打算用来买医用物资的。

林竞忽然拨开了人群，径自走到齐玥跟前。他也不与人废话，只握住她的手，直接将她拉出了包围圈。

齐玥回头看了一眼那些在后面跟了一段路而后失望而归的人，心里拧得难受。

她想到那些围上来的难民，有些已经瘦得脱了形，只剩一副皮包骨架，眼睛还微微外凸，明显是长期营养不良。他们是真的走投无路了，才会不顾一切地围上来，像抓紧最后一根救命稻草一样抓住她。她在那些人眼里，看到了真正的绝望。

“林竞。”齐玥从他手中抽回了自己的手，忽然停下脚步。

她不知道该怎么帮那些人。

林竞也停了下来，转头看着她。

两人沉默对视片刻，林竞叹了口气：“这一整个国家土崩瓦解，大部分人流离失所，衣不蔽体、食不果腹，你难道要挨家挨户去送钱？”

齐玥没说话。道理她都懂，但情感上还是会难受。

林竞放缓语气：“你已经在帮他们了。”

齐玥：“……”

林竞朝她走近一步，低头看着她：“你现在在做的事，就是在帮他们。”

齐玥心中微微一动。

林竞：“赶紧先把物资买了吧，我们不能在这里耽误太久。”

林竞说的不能耽误太久，是因为大部分地区在战乱中被毁去了太多供电设施，导致全国处于供电不足的状态。为了保证重要地区和设施的供电，很多居民区从晚上六点到第二天早上六点都会处于断电状态。

他们现在所在的区域，就是断电区域。

齐玥也知道不能耽误，于是将心中的歉疚和难受暂时搁置一旁，赶去供货地点备齐所需物资。

回程的路上，车辆驶过了市中心的广场区。广场的一角，被人里三层外三层围了个水泄不通。

人群中央是个简陋搭建的木台子，台上整整齐齐站着一排女人。她们的手被镣铐铐着，锁在一根碗口粗的铁链上。一根铁链上锁了十几个人，就跟拴牲口似的。

齐玥之前在国内就听说过，利维亚的奴隶贩卖很猖獗，没想到竟然真的在这里见到了。因为国家混乱，政府对这种事也是睁一只眼闭一只眼，而有些人在这种生意里尝到了甜头，于是就更加肆无忌惮了。那卖家真的就像是在贩卖什么货品一样，脸上挂着油腻的笑容，热情地吆喝着，毫无廉耻之心。

齐玥的目光在那群即将被贩卖的奴隶身上逡巡而过，在看到一个身影的时候，心里忽然一激灵。

“林竞，停车！”

林竞踩了急刹车，将车别到道旁停下。

“怎么了？”

齐玥颤着声道：“我好像看到了阿丽娅的妈妈。”

林竞微微蹙眉，顺着她手指的方向看过去，而后目光停在了被拴在铁链上的一个中年妇女身上。

齐玥艰难地开口：“我没看错吧？”

像是在向他求证一样。

林竞：“没错，是她。”

齐玥：“没想到竟然被卖到这里来了……不能放着她不管！我答应了阿丽娅，要帮她找回妈妈。”

林竞嘴角微微上扬，转头看她：“你是想文斗还是武斗？”

对于他答应得这么爽快，齐玥惊讶了一瞬，眼睛微微睁大。

林竞：“怎么，太感动了？”

齐玥忍不住低声吐槽：“我还以为你会说这违反规定什么的……”

林竞笑了一笑：“规矩是死的，人是活的。规定这东西，并不能规范世间所有事。”

齐玥肃容道：“林少校。”

林竞：“？”

齐玥：“我突然发现，你今天很帅。”

林竞：“……”这是需要突然发现的事吗？

齐玥和林竞他们混到了围观人群里，很快他们发现，这不是单纯的买卖，更像是一场拍卖会。如果一个奴隶有多人争抢，那么出价最高的人才能获得那名奴隶。

奴隶们一个一个地被卖给新主人，签了卖身契。不一会儿，就轮到了阿丽娅的母亲，阿明娜。

奴隶主用有点蹩脚的英文介绍道：“这个是新到的，干净，健康，能干活儿，能生育。”

齐玥瞬间皱起了眉。什么意思？既要当牲口用，还要当泄欲、生育工具的意思？

阿明娜虽然不年轻了，但看上去还算是风韵犹存，于是这回竞价的人就多了些。

“七百。”

“一千！”

“一……一千五！”

“我出一千八——”

…………

起价是五百美元。

几个回合内价格就飙升到了两千三百美金。

对于奴隶市场来说，这已经是高得有点离谱的价格了。之前有一个二十几岁的漂亮姑娘也就卖到了三千美金的价格。

眼看阿明娜就要被一个白白胖胖的中年男子买走，人群中，一只纤细的手忽然举了起来——

“三千。”

“哇哦……”

所有人，包括阿明娜，都朝着那只手的方向看过来。

举手的是个英气漂亮的短发亚裔女子，她目光锐利清亮，虽然身材纤细，然而气场强大，不怒自威。

阿明娜看见齐玥和站在她身边的林竞时，呼吸瞬间屏住，眼里泛上泪光。

“恭喜这位小姐！请到后台去签订契约，提货。”奴隶主一脸餍足的表情，高兴地挥了挥手让人将阿明娜带往后台。

在众人或羡慕或嫉妒的眼神中，林竞一边伸手揽过齐玥的肩，挡开拥挤的人群走向后台，一边低头凑到齐玥耳边：“咱们的钱好像所剩无几了吧。”

利维亚形势混乱，街上围堵打劫的也四处可见，所以一般他们出门，身上带的钱基本不会超过购物所需。

齐玥也抬起头与他咬耳朵：“所以之前的战略作废，改武斗。”

她的声音很低很轻，气息温柔地拂过他的耳朵，像情人的亲吻。

她没有注意到，在那一瞬间，林竞的耳朵，悄悄地爬上一抹绯红。

也是在那一瞬间，他脑中莫名地蹦出一句话——面若桃花，呵气如兰。

第八章

SHANHEWANLI
WOLAIJIANNI

为她挡子弹

在后台见到阿明娜的时候，她抿紧了嘴唇，目光灼灼地盯着齐玥、林竞二人。

齐玥几不可见地对她摇了一下头，示意她不要张扬相互认识的事情。

阿明娜目光微闪，明白了齐玥的意思，于是低眉垂目，不再与他们对视，一副乖乖认命的模样。

负责交易的是奴隶主手下一个包着头巾的小胡子男人。齐玥与小胡子男人随意地闲聊着，而林竞则在观察着房间里的陈设和人力。

小胡子男人一边回答着齐玥的各种问题，一边领着她来到了柜台前，拿出了契约。

“请先付款，然后在契约上签字，人就是你的了。”

齐玥做出一副检查“货品”的模样，上下打量着阿明娜：“刚才在台下也没看太清，你把人带近点给我看看。”

小胡子男人对挟持着阿明娜的两个壮汉挥了挥手，两人一左一右地将阿明娜架到了齐玥面前。

齐玥上下打量了阿明娜一番：“你们说保证干净，没病，也不能空口无凭，有体检证明吗？我要带她回美国，要是携带疫病，可是会给我惹麻烦的。”

小胡子男人谄媚地笑道：“体检证明当然是有的，您稍等。”

他回头去柜子里翻找所谓的“体检证明”的时候，齐玥转头，和林竞对视了一眼。

下一秒，林竞忽然动了……

架着阿明娜的壮汉，一个被踢中膝盖，一个被重拳打到小腹，同时表情扭曲地跪倒在地。

林竞趁势迅速地缴了两人的枪，并将阿明娜从那两人身边抢了过来。

齐玥配合林竞的动作，掏出他事先交给她的军用匕首，架在了正打算摁下警报铃的小胡子男人的脖子上：“别动。”

这一切都发生在电光石火之间，小胡子男人就眨了眨眼，脖子上的利刃就已经割破了他的皮肤，丝线一般的红色顺着他脖子上的那道细口流下来。

小胡子男人脸色苍白，四肢僵硬。他哆嗦着腿，颤颤巍巍地举起双手，以示自己的无辜无害。

被林竞秒速揍趴下的那两个壮汉本来还想挣扎着爬起来，然而林竞根本没给他们喘息的机会，直接给他们一人后颈来了一下。那两人连哼都没哼，就直接晕了过去。

小胡子男人目瞪口呆地看着林竞行云流水般地收拾了两个一米九几的壮汉，整个人抖得跟筛糠似的，话都说不利索了：“你、你……你们是什么人？”

在他所站的位置，地面忽然慢慢洇出一圈水痕，空气中也骤然散发出一股人体排泄物的异味。

这没出息的，竟然直接被林竞吓尿了。

林竞对齐玥偏了偏头：“撤？”

齐玥用刀柄拍了拍被吓尿的小胡子男人的脸：“这家伙怎么办？”

林竞眼中闪过一丝狡黠。

最后，小胡子男人被绑了手脚，嘴上贴了胶带，扔到了柜台的桌子下……

阿明娜在车上一边不停抹眼泪，一边一个劲儿地跟齐玥、林竞道谢。

齐玥和她一起坐在车后排，从随身的医药包里拿出消毒棉球给阿明娜手腕上被镣铐磨破的地方消毒。

齐玥不会阿拉伯语，阿明娜不会英语，于是会一点阿拉伯语的林竞就成了她们的翻译官。

阿明娜哭了一会儿，逐渐冷静下来，而后打听起阿丽娅的情况来。

林竞：“阿丽娅的手术很成功。现在正在我们医疗营地休养。”

阿明娜激动之下，再次热泪盈眶："太感谢了，太感谢你们了！"

林竞微微勾了一下嘴角："要谢就谢你身边这位齐医生吧。多亏她医术高明，做出了精准判断，及时发现那是一种寄生虫病。"

阿明娜忽然紧紧握住齐玥的手："谢谢，谢谢你齐医生！你真是我们一家的恩人哪！"

齐玥听两人叽里咕噜说了一串，听得一头雾水，不过看阿明娜反应，大概也知道她在跟自己道谢。

于是她赶紧摆了摆手："不用谢，这是我应该做的。"

在两人相互客气、其乐融融的氛围中，林竞忽然猛打方向盘，一脚将刹车踩到了底。

一枚火箭弹落在了他们车辆方才行驶轨道的前方，瞬间爆炸。

虽然他们及时躲过了这枚火箭弹，但爆炸时掀起的风暴，还是将他们的车向旁边推了数米远。好在这军用猛士笨重，本身抗震能力也够强，所以没有被掀飞。

对于这突如其来的剧变，齐玥没有丝毫准备，眼看脑袋就要狠狠撞上旁边的车窗，一只宽大的手掌忽然伸过来，垫在了她的脑袋下……

虽然还是撞到了，但托人肉垫的福，也不是很痛。

齐玥甫一抬起头，便对上林竞关切的眼神："没事吧？"

齐玥神情复杂地看着他，摇了摇头。

阿明娜则没那么幸运了，她的头重重撞上了座椅靠背，过了好半天才捂着额头直起身，手拿下来时，额头上微微肿起一片。

齐玥："……"

林竞轻咳一声，说明情况："前方变成了交战区……我们得绕路才行。"

距离车辆前一百米距离的路段两侧，已经被政府武装的装甲车和各式导弹队占据了。整片地域上空黑烟密布，时不时还有子弹呼啸而过……

看情况像是"以瑟"那边突袭，政府出兵在此迎战。

齐玥一脸惨不忍睹的神情："也只能如此了。"

医疗营地位于首都的南边，本来顺着这条公路下去不出两个小时就到了。

现在他们必须先从首都西北面出城，再向下绕一大圈才能开回营地了。

西北面的路况不似南边这样一条康庄大道直通罗马这么简单，各种大小道路纵横交错，岔路很多，山路也很多。于是齐玥坐到了副驾驶座，拿着地图负责指路。

大约行驶了一个小时，路过一家简陋的自助加油站的时候，林竞将车靠边停了下来。

“还有两三个小时的路程，油可能不太够用了。”林竞说完，下车去加油了。

“正好，我去上个厕所。”齐玥也跟着下了车。

加油站旁边是一家当地的快餐店，齐玥走进快餐店内。店里只有一个长胡须、店长模样的中年男人站在前台。

听见开门的声响，他抬起头看过来：“欢迎……”

他定定地盯着齐玥看了那么几秒，直看得齐玥莫名地背脊发凉。

就在她犹豫要不要退出去的时候，中年男人就像被按了重启键一样，扬起一个微笑：“请问有什么需要吗？”

齐玥点了一个套餐，付了钱，而后问：“我能借用一下你们的厕所吗？”

男人点了点头，殷勤地将钥匙递出来：“走廊尽头左拐。”

齐玥上完厕所出来，见到那男人正背对着她，很小声地在用阿拉伯语打电话。

齐玥走上前，将钥匙放在柜台上。

男人见她回来，跟电话那头的人简短地说了一句什么，而后迅速挂掉了电话。

他这副鬼鬼祟祟的样子，让齐玥越发感受到了那股诡异的违和感。

她当机立断：“我赶时间，快餐不用了。”

她说完，回过身快步向店外走去。

中年男人忽然慌了，忙不迭地从柜台后面跑出来：“哎哎哎，别走啊，马上就好了！”

齐玥充耳不闻，推门而出。

她快步走到还在加油的林竞身旁。

林竞见她神色匆匆，疑惑道：“怎么了？”

齐玥说：“咱们赶紧走。这地方不对头。”

林竞刚想问哪里不对头的时候，视线忽然捕捉到一点冰冷妖娆的红，无声地向齐玥心口滑去。林竞不假思索地扑过去抱住齐玥，下一秒就听到很轻的“噗”声，像是有蜜蜂蜇了他右肩。然而很快，炽热的灼痛顺着伤口蔓延至全身，仿佛连五脏六腑都要付之一炬。

齐玥惊疑不定地喘了口气，手下触碰到林竞的肩膀，一片温热黏湿。

而后她抬眼就看到林竞的右肩迅速染开一大片鲜红，温热的血顺着他的胳膊一路流淌下来……

齐玥大脑“嗡嗡”一响，空白了片刻。

林竞忍着伤口那撕扯人神经一般的疼痛，揽着齐玥到了车旁。他打开车门，迅速将齐玥塞了进去，而后自己也迅速绕到驾驶室旁，坐了进去。

坐在后排的阿明娜看到了车窗外发生的一切，林竞一上车，她就焦急地问：“是不是来抓我的？我……我们现在怎么办？你……你的肩膀，你的肩被子弹击中了！”

林竞简短地答：“不是。”

算是回答了她的第一个问题。

他神情冷漠而严肃，迅速点燃发动机，一脚轰在油门上。猛士像是离弦之箭，迅速飙上了马路。

齐玥抖着唇，看着林竞一直不断浸出鲜血的伤口：“林竞，你的伤……”

林竞说：“先回医疗营再说，他们肯定有追兵。”

齐玥咬了咬牙，忽然低头，从刚才采买的急救物品里翻出止血带，动作迅速地给林竞扎上。她初步观察了一下伤口，应该没有伤到大血管，算是不幸中的万幸。

齐玥：“只能先这样了……”

林竞微微笑了一下：“谢谢。”

齐玥嘴里发苦，他怎么还笑得出来……

齐玥脑子里乱糟糟的，过了好一会儿，才逐渐恢复冷静：“刚才那是……远程红外狙击？”

林竞点头：“嗯。”

齐玥想了想：“难怪……我就觉得那快餐店的店长不对劲，敢情他当时是在打电话通风报信……”

林竞：“警惕性不错。多亏你注意到，不然这会儿我们说不定已经被他们的人堵了。”

齐玥皱着眉：“你说会是……那个奴隶主派来的追兵吗？”

她一方面是真心讨论，一方面也是希望能分散一下林竞的注意力，好让他的意识不要一直聚焦在伤口的疼痛上。

林竞：“有可能。不过……也有可能是‘以瑟’的人。”他顿了顿，“毕竟……你已经坏过他们两次事了。”

齐玥：“发现他们在河里放寄生虫这个，算一次，我承认。还有一次是……”

她忽然“囧囧”有神：“你说的不会是你从他们手里把我救出来那事儿吧？”

林竞：“不然呢？已经吃到嘴里的鸭子飞了，谁都咽不下这口气吧。”

齐玥嘴角微微抽动了一下：“少校……准确来讲，那次应该算你的……”

林竞莞尔：“大概他们觉得，目标设定为你，任务难度会低一点。”

齐玥：“……”

又开了一段路，林竞从后视镜里看见三辆吉普正在以极快的速度向他们靠近。

林竞对齐玥说了句“抓紧扶手”，又用阿拉伯语对阿明娜说了一遍，接着一脚将油门踩到了底……

强劲的推动力从车尾一路传过来，齐玥立刻拉紧了扶手。在引擎和排气管发出的激昂轰鸣声中，猛士顿时化身一头公路怪兽，全速在道路上奔驰起来，晃眼间车速就飙上了每小时 200 公里。

他们现在行驶在蜿蜒曲折的山路上，然而林竞根本不减速。眼看弯道近在眼前，坐在后排的阿明娜双眼一闭，尖叫出声。

只见林竞猛然打满方向盘，踩住离合器，挂入一挡，脚下配合着轰油门、弹离合。齐玥只听见轮胎在地面摩擦时发出的锐响，而后车尾向外一甩，车子便不着痕迹地出了弯。

齐玥手心里出了一层冷汗，她只见过人用赛车玩漂移的，还没见过谁用猛士也能漂的。林竞的这一系列操作精准得让人起了一身的鸡皮疙瘩。

齐玥看到，后面有一辆车跟着林竞玩漂移，结果直接冲出了悬崖……

惨不忍睹。

不过另外两辆车的司机显然要老练一些，过了连续弯道，驶入平路后，他们很快又追了上来。

就在后面的车辆离他们越来越近之时，后窗的玻璃忽然发出了“当当”几声脆响。

林竞眉心一拧，忽然伸手猛地将齐玥的头按低。

他刚做完这个动作，后窗整个就碎掉了。

“趴下！”林竞对阿明娜喊道，而后自己也埋低了头。

几发子弹“咻咻”从他们头顶飞过。

他刚才倾身过来将她按下去的时候，用半边身子挡住了她的头，自己却暴露在了子弹能够击中的位置……

齐玥抬头时看见，林竞的大半件 T 恤都被染红了。

她喉头泛上一阵酸意，眼眶微红，死死地盯着林竞的伤口……

她清楚地知道，就算暂时不致命，枪伤带来的钻心疼痛和灼烧感，也足以让正常人晕厥。

林竞的侧脸看上去依旧严肃冷静，对自己的伤势竟丝毫不在意。他从后视镜里密切关注着后方动静，左手依然稳稳地握着方向盘，保持着车速，稳稳当当地继续前行。

然而对方的攻击依然没有停止……

“这样不行。”林竞忽然道，“你能握着方向盘吗？”

齐玥：“我？”

林竞：“对，给我半分钟时间。得把后面的狗先收拾了，咬得太紧了。”

齐玥：“好。”

他从怀里掏出了枪，扔下一句：“保证不撞车就行了。”

他说完，忽然转身，迅速拉开了车门，刚一探出身子，就朝后面的车“啪啪”连续开了三枪……

他也不打人，直接瞄准了对方的车胎，一枪一个，一颗子弹也没浪费。

对方三个车胎被他打爆，车身立刻失去平衡，像个陀螺一样，在公路上旋转起来。

而后面的第二辆车显然没料到这一突发状况，根本没有减速，一头就撞上了前面的这辆车。两辆车被巨大的冲力挤压在一块儿,引擎盖爆开，冒出滚滚黑烟……

林竞坐回了驾驶室，拉上车门，扭头对齐玥道：“做得好。”

齐玥摇了摇头：“你现在感觉怎么样……”

林竞额上已经因为剧烈的疼痛而布满细密的冷汗，然而他坚定地摇了摇头：“没事，先回营再说。”

他就这样带着枪伤，一路快而稳地开回了营地。

抵达营地的时候，整个驾驶座的椅背都被他的血染红了。

齐玥双眼通红，一下车就赶紧召来医护人员，立刻将林竞送进了手术室……

赵天昕闻讯赶来手术室：“这，这是怎么回事？出去的时候还好端端的，怎么回来就倒了一个……”

“我们在路上中伏了……林竞为了救我……”她说到此处，已然哽咽。

赵天昕张了张嘴，似乎也不知道怎么安慰她，最后只能说：“往好处想，至少不是致命伤。”

齐玥点了点头。

现在不是悲春伤秋的时候，林竞的战场在外面，她的战场在这里，在眼前。她定了定神，站到主刀位置，抬头看向就位的医护人员，掷地有声：“麻醉就绪，准备清创！”

林竞睁开眼，看到的是一片雪白的天花板和熟悉的顶灯。这是他的宿舍。

鼻尖充斥着一股他很不喜欢的，消毒水的味道。

“林竞，我都不知道你这么能忍。”

一个声音从身侧幽幽传来。

林竞转过头，看见了坐在窗边的齐玥。

床头上的电子钟显示着 1:43。

“子弹刚好卡在两根重要的神经之间，再偏一毫米，你就要变杨过了。”齐玥一边慢慢地说着，一边将桌上的保温桶打开。

林竞没说话。

她将椅子挪到林竞床头，坐下：“你肯定饿了吧？”

“你一直守在这儿？”林竞一开口，嗓音沙哑。

“我刚下手术，过来看看你。陈冲被我踢到余海他们房里去了，他太吵了。不介意吧？”

林竞弯了一下嘴角：“踢得好。”

林竞的整个右臂都被夹板固定着，包得跟粽子似的。他用完好的那只胳膊支撑着身体坐起来，齐玥赶紧扶了他一把，帮他把身后的枕头竖起来让他靠着。

林竞朝保温桶里瞄了一眼：“什么东西？”

齐玥：“烩面。”

烩面是一道以高汤和多种配菜熬成的面片儿汤，营养价值丰富，方便吞咽。

林竞：“挺香的。”

齐玥拿起勺子，从保温桶里舀起一勺汤面，送到林竞嘴边。

林竞：“我自己……唔……”

他一张口，齐玥就将那面片儿汤塞到了他嘴里。

“你个残疾人还你什么你。食不言寝不语，张嘴吃饭！”

林竞：“……”

林竞难得沉默地接受了齐玥的好意。

为了不影响别人休息，屋内只开着一盏小小的台灯。暖黄的灯光将两人的身影映在深蓝色的窗帘上，一个人安静地喂，一个人安静地吃，空气里散发着一种静谧的暧昧。

面片儿汤见底，齐玥看着林竞，眼中神色莫名：“林竞。”

林竞“嗯”了一声，与她对视，等着下文。

大约是刚做完手术的原因，他的目光不似平常那样犀利，逆光看过去，眼神竟还挺温柔的。

过了一会儿，齐玥才道：“谢谢你救我。”

林竞的直觉告诉他，她本来要说的不是这句话。

但他没有戳破，只淡淡道：“也算不上救，搭伙儿逃命。”

他还有心情开玩笑。

齐玥叹了口气："如果不是你挡着，恐怕开瓢的就是我的脑袋了。"

林竞："不用谢……"

齐玥："喂。"

林竞："嗯？"

齐玥："是不是我以后每次遇到危险，你都会来救？"

林竞抬眼看向她，认真道："我希望你以后，都不要再遇到危险了。"

她到底是不明白，他是以怎样的心情，看她一次又一次地以身犯险，一次又一次地命悬一线。他不是神，不能保证自己每次都能及时赶到她身边。而见不到她平安的每一秒，对他而言都是一种凌迟。

齐玥张了张口，本来想插科打诨过去，但撞见林竞的眼神，到了嘴边的玩笑话又吞了回去。

他眸色深沉，薄唇抿成一线。

他是认真的。

林竞安静了一会儿，又沉又缓地说："这次任务完了，你能不能就好好地待在国内别乱跑了？"

齐玥："不能。"

林竞眉心微蹙："以你的技术和经验，去哪儿不能安安稳稳地过好日子？非要跑到前线来闹腾干什么？"

齐玥："那你告诉我，什么叫安稳的好日子？"

不等林竞回答，齐玥继续抢白道："做一份不好不坏的工作，嫁一个不好不坏的人，也许再生个一儿半女的，就是你所谓的安稳日子？"

林竞垂下眼皮，过了片刻，才缓缓道："大部分人所求，也不过是工作安稳，家庭幸福，还有儿女承欢膝下。"

齐玥盯着他："那你告诉我，我们是大部分人吗？"

林竞："……"

齐玥忽然笑了一笑，掷地有声地说："林竞，我不是温室里的花朵。我和你身上穿着同样的衣服，我也是军人！从入伍第一天，我就知道自己肩负的是什么责任。既然选择了这条道，我所说所做，就要对得起这套军装。你不也一样吗？"

齐玥继续说："林竞，你觉得我和你，有什么区别吗？你杀敌，我救人。我们本就应该是并肩作战的战友，是能把后背交给彼此的关系！你都忘了吗？”

林竞安静地凝视着眼前这个眼睛如星辰般明亮的女人，忽然觉得，他也许想错了许多事……

俗话说伤筋动骨一百天，这句话针对普通人适用。

齐玥本来预测林竞的伤怎么也得三个星期到一个月才能好。

没想到十天左右他就已经好得七七八八，拆了绷带，手也能活动自如了。

真是个怪物。

不过，中央的一项重要指令也在这时候传达了过来。

两年前，中国科学院的田正光院士在利维亚做研究的时候遭遇车祸去世。然而最近，他们最新截获的情报表明，以瑟组织手上极有可能掌握着之前田院士在利维亚取得的一项重要科研成果。这项成果对于人类攻破 Y 病毒有着决定性的作用。

“以瑟”最近忽然有了行动，似乎是打算将这项成果高价卖给欧洲的制药公司。于是中央紧急下达了追回科研成果的任务。这次任务由猎鹰小队和利维亚政府派来的参谋一起，联合行动。苏青和齐玥作为医疗队的顾问，也将参与到这项任务中，负责辨别情报，即研究成果的真伪。如有需要，利维亚政府也会派出武装力量来协助他们行动。但相对的是，如果能顺利追回研究成果，中方也会将这一成果与利维亚中央医疗研究院分享。

毕竟，这片大陆长期蒙受 Y 病毒的侵害，每年都有无数无辜生命葬送在这种可怕的病毒手里，利维亚也是重灾区之一。中国一开始派中国科学院院士来研究这种病毒，也是希望能够帮助这些国家，推动人类医学共同进步。

要执行这项任务，他们首先要解决的问题，就是这份研究成果目前的所在地。以瑟组织遍布整个利维亚南部，大大小小的据点分支不计其数，核心领导团队一共十个人，分别镇守在十大主要城市。据说为了安全，组织内所掌握的核心机密，也是由十个头目轮流保管，三个月一换。为了不打草惊蛇，他们必须在了解东西在谁手上以后，才能动手。

他们目前有一个机会，就是下周在邻国首都图尔斯举行的一场医学研讨会。届时，世界各地的很多制药大佬、学术泰斗都会参加，“以瑟”自然不会放过这个能和买家接触的机会。

但是能参加这次医学研讨会的，都是收到了正式邀请的，在医学界有名望的医生、学者或是制药公司的人，要想混进去，也不是那么简单的事。

众人聚在一起集思广益，沉默许久的林竞忽然道：“我认识一个人，他可能有办法。”

众人：“谁？”

林竞顿了顿：“你们听说过先锋科技吗？”

齐玥心中一凛，忽然想到什么，神情复杂地看了林竞一眼。

苏青：“你说的是国内那家赫赫有名的生物科技制药公司？他们好像在世界各地都有研究所。”

一个负责情报收集的战士在手提电脑上飞快地敲击了一串代码，而后道：“先锋科技在这次与会名单上。”

林竞点了点头：“我认识他们的……负责人，最近他刚好在这边，也许可以从这边着手。”

苏青有些惊讶：“据我所知，先锋科技没有公开在市面上发行股票，对管理层和股东的信息保密工作做得非常好。林少校真是人脉广阔。”

林竞：“一个故人，碰巧罢了。”

陈冲摩拳擦掌：“队长我们什么时候动身？”

林竞：“我一个人去，谁也别跟着。”

单世钧皱了皱眉，没说话。

余海帮他说出了疑惑：“你确定？人多好办事，也让兄弟几个好放心。”

林竞：“这事人多了反而不好办。”

林竞看了眼还想插话的陈冲：“我有分寸，就这样。”

余海：“好吧，凡事注意安全。”

林竞说的那个人，自然就是霍念成了。

临到出发的时候，半路杀出了个程咬金挡住了他的去路。

齐玥拍了拍他的车门，示意他开门。

林竞将窗户摇下来：“有事？”

齐玥：“带我一起去。”

林竞安静了一下，面无表情地问：“为什么？”

他的面无表情总的来讲可以分为两类：一是真的内心毫无波澜，二是不爽。此时显然是后者。

齐玥耸了耸肩：“哦，没什么。好久没看到那张妖孽的脸了，甚是想念。”

林竞骤然蹙眉：“我记得我跟你说过，那男人不是善茬儿，离他远点儿！”

齐玥趴在车窗上，歪头看着他：“我见过最善良最正直的人就是林队你了。我好像……也没讨到多少好处呀？”

林竞：“……”

“开个玩笑而已，用不用这么面目狰狞？”齐玥继续调侃了他一句，而后正色道，“我想去看看纪佳南的恢复情况。移植手术完成将近一个月，算算时间，也差不多该做个回访了。”

林竞：“上车。”

第九章

SHANHEWANLI
WOLAIJIANNI

假夫妻

“霍念成和先锋科技是什么关系？”

齐玥向来都是有话当场就直说，所以上车后，立刻就开启了打破砂锅问到底的模式。

林竞：“你知不知道霍念成是什么人？”

齐玥：“知道我还问你？”

林竞：“B 城的霍家，你应该听说过吧。”

齐玥眯眼想了一下：“霍氏地产那个？”

林竞点头：“嗯。不过他们家的生意可不止地产，医疗、能源，甚至娱乐圈，他们都有涉足。先锋科技只是霍氏集团旗下的一家公司。”

齐玥：“所以你是想说，霍念成是那个霍家的人？”

林竞冷冷勾了一下嘴角：“霍家三公子。”

“哦……财大气粗，难怪行事那么嚣张。”齐玥若有所感地点了点头，“啧啧，那还真是可惜了。”

林竞蹙眉：“可惜什么？”

齐玥吊儿郎当地随口答：“这么个矜贵公子哥，没睡一回多可惜啊，要是能留下个一儿半女，指不定还能继承点什么财产呢。有了钱，也可以过点什么‘安安稳稳’的好日子了嘛。”

林竞忽然猛转一下方向盘，避开了横在路中央的巨坑。

齐玥没防备，脑袋直接撞到林竞怀里。

男人的胸膛硬邦邦的，跟铁做的一样。

“扑哧……”

脑袋挨了这么一下，齐玥心情反而不错，忽然就笑出了声。

“不过林竞，你面上看起来挺嫌弃霍念成的，怎么背过身就暗搓搓地把人家底都翻出来了？你说，你是不是老这么口不对心？”

林竞：“……”

再次见到霍念成，他整个人的状态似乎比上次见到要好些了，至少，周身的戾气没那么重了。也许是因为纪佳南的病情好转。

他对林竞他们的到访也毫不意外。

霍念成笑：“这么快就来找我还债了？”

齐玥拇指一勾，指了指杵在一旁面瘫的林竞：“他来找你要债，我来看我的病人。”

霍念成点头：“甚好，那我们先去看病人吧。”

在去纪佳南病房的路上，霍念成对他们说：“肾移植的事情不要告诉佳南，我怕她受不了。”

他语气平淡，就像在讨论当日的天气一样。

齐玥：“你一直瞒着她？”

霍念成看她一眼：“国内某些地方对肾移植者的态度，你又不是不知道。这个社会没那么宽容，我也不想她走出去被人戴着有色眼镜审视。我只希望她开开心心、没有负担地过好每一天。”

齐玥：“你能瞒一时，可能瞒一辈子吗？”

霍念成：“我的字典里，没有‘不能’这两个字。”

齐玥无语，本来想批他“狂妄”，后来想想还是算了。生活已然艰辛，何必再给人添堵。

霍念成：“还有一事。”

齐玥瞪着他，还有？！

霍念成：“利维亚政府依然在通缉她，‘以瑟’的人也在到处找她。这件事，也不要告诉她。”

齐玥：“嗯……这个我知道。”

刚走进病房，齐玥便注意到，纪佳南不知什么原因，看起来有些紧张。她只朝他们这边看了一眼，便又低下头，纤细苍白的手指攥着被单，细如丝的长发垂下来，遮住半张脸。

霍念成：“这就是我之前跟你提过的齐医生。”

听到这句，纪佳南忽然又抬眼看过来，这次眼里倒是浮现出了些微的笑意和生气。

霍念成：“你们聊吧，我去外面等着。”

他说完这话，转身走出了病房，林竞也跟着退了出去。

齐玥发现，霍念成走后，纪佳南整个人的状态瞬间放松了不少，眼里的那丝紧张没有了，四肢也不再僵硬地紧绷着。

纪佳南努力坐直身体，看着齐玥：“谢谢你齐医生！听说是你救回了我这条命。这份恩情，我永远不会忘记！”

齐玥扶着她坐起来，温和一笑：“我只是做了自己该做的。你身体还比较虚弱，不要勉强自己。我现在要给你做一些检查，主要是看一下你的恢复情况。”

纪佳南配合地点了点头。

纪佳南的各项指标都在恢复，人也不再是皮包骨头的火柴样儿，看来霍念成将她照顾得很好。

检查完后，齐玥又和纪佳南说了一些恢复期间的注意事项。

走之前，纪佳南忽然拉住了齐玥的手。

齐玥：“？”

纪佳南斟酌半天，才低声道：“齐医生，我大概什么时候能坐飞机？我想回国，我不想……在这儿待下去了。”她说到最后，已经像是在祈求了，声音里甚至带了一丝颤音。

齐玥微微蹙眉，直觉告诉她，霍念成和纪佳南之间的事，没有表面上看上去那么简单。

但毫无疑问的是，霍念成很在乎纪佳南。为了救她，他已经是不惜一切代价。

而且以纪佳南目前的情况，根本出不了利维亚海关。利维亚官员一发现她，就会将她扣下来。

就算是以霍念成的本事，估计也要折腾一阵子才能想办法把她弄出去了，何况她的身体还这么虚弱。

齐玥缓声安慰道：“你先别想这么多。你目前的首要任务是把身体养好。每个人的身体情况都不一样，因此有些人康复得快一点，有些人慢一点，这都是正常的。要想早点好起来，首先得保持愉快的心情，焦虑和抑郁，都对身体有害无益。”

纪佳南安静了一会儿：“嗯，我知道了，谢谢齐医生。”

齐玥伸手揉了揉她的头：“加油，一切都会好起来的。”

“好。”纪佳南点了点头，忽然朝外看了一眼，又压低了声，露出一个符合她这样年纪女孩子的笑容，“齐医生，你男朋友挺帅的。”

齐玥愣了一下，而后莞尔：“是挺帅的。”

处理完这边的事，自然就进入了今天他们来找霍念成的正题。

两人说明来意后，霍念成无可无不可地笑了一笑：“你们还真找对人了。”

他招来一个保镖，与他耳语几句。

保镖转身出门，不一会儿就又回来，手中拿了一个信封，恭恭敬敬递到霍念成手里。

霍念成：“我手上是有与会名额，也可以让给你们，不过……”

霍念成指间夹着那个信封，似笑非笑地扫了两人一眼：“参加会议的，原定是我们的一个项目负责人和他的夫人。”

林竞：“……”

霍念成顿了顿，继续道：“如果你们决定派两个男人去参加，恐怕会招来怀疑。”

霍念成将信封推到林竞面前：“请柬和流程都在里面了。具体怎么安排，决定权在你们身上。等你们决定好人选，我可以帮你做身份证明。”

林竞打开信封，将里面的邀请函取出来。

上面用漂亮的英文印刷体写着——诚邀林瑾文夫妇参加第十四届图尔斯医学研讨会。

除了邀请函，里面还有四季酒店的房卡、活动的行程、餐饮的菜单、停车卡。

林竞：“我考虑一下。”

齐玥在一旁“嗤”了一声：“还考虑什么，就我跟你去呗。”

林竞立刻道：“不行！”

齐玥挑眉：“你还有更好的人选？难道要让苏青老师跟你假扮夫妻？

老妻少夫，合适吗？”

林竞：“……”

的确没有别的人选，猎鹰小队全是汉子，医疗队这边参与任务的只有苏青和齐玥。

可是……

“你现在可能已经被‘以瑟’当成了目标，你还打算往枪口上撞？被他们发现怎么办？”

齐玥啧啧摇头：“有种技能，叫变装……林队，这对你来讲，应该是轻车熟路了吧？”

林竞：“……”

齐玥：“别看我这样，我也是个变装高手。”

霍念成笑着睨了齐玥一眼：“那我叫人给你们做员工卡了？”

齐玥：“嗯，劳烦。”

听说齐玥要和林竞一起执行任务，第一个咋呼的就是陈冲。

“哇，这岂不是公费约会？还有大佬赞助，简直不要太爽了！”

此言一出，他同时收获了鄙视和拳头。

拳头当然是来自林竞的，至于鄙视——来自参与任务的所有人。

当天训练完了后，林竞忽然对陈冲勾了勾手指。

“冲子，陪我去瞭望塔上看看。”

陈冲一脸难色：“啊……好吧。”

林竞：“怎么，要陪女朋友？你小子，这么快就开始重色轻友了。”

陈冲不好意思地摸了摸鼻子：“也，也没有啦……”

余海在一旁拆台：“算了吧你，我看你简直恨不得二十四个小时跟赵天昕黏在一起，整个一人形泰迪。”

单世钧难得地附和道：“抬头不见低头见，夜半短信两三点。”

陈冲怒了：“闭嘴！你平时不是最喜欢当哑巴的吗？就不能继续保持优良传统？”

陈冲：“队长我们走吧，受不了这俩八卦的人了。”

林竞莞尔：“敢做就要敢当。”

陈冲：“……”

两人在瞭望台上巡视了一圈后，林竞转头看了正用望远镜观察着树林内情况的陈冲一眼。

“如果我没记错，这是你初恋？”

陈冲放下望远镜，脸微微一红：“嗯。”

林竞扑哧一笑：“大老爷们一个，害什么羞。”

陈冲嘴硬：“我哪儿有。”

林竞：“你……有长远打算吗？”

陈冲：“嗯，我想等下次放假的时候，带天昕回去给我爸妈看看。”

林竞从怀里摸出一支烟，捏在手里，却迟迟没有点燃。

他安静地看了陈冲一会儿，笑道：“感觉你突然长大了的样子。”

陈冲不好意思地笑了一下：“什么啊队长，我早就成年了。”

林竞：“等这个任务完了，我会跟大队长申请，把你调离‘猎鹰’。你是想去指挥部，还是当教官？”

陈冲收了笑，瞳孔剧颤：“队长，你要……开除我？”

林竞摇一摇头：“不是。”

陈冲一米八几的大老爷们，瞬间眼眶都红了：“我不走！队长，我就算谈恋爱，也能保证不会影响咱们执行任务的！”

林竞叹了口气：“冲子，我不是这个意思。你也知道我们的工作性质，朝不保夕的，随时都要做好牺牲的准备。你让人家姑娘就这样跟着你？”

陈冲呆了呆：“我没想过这个问题……”

“祁翔的前车之鉴，你想想。”

陈冲张了张嘴，好半晌也没能说出一个字来。

他微微垂着头，放在身侧的手逐渐用力地握成拳：“队长，我就问一句，我走了，你上哪儿去找我这么好的爆破手？咱哥几个一块儿出生入死几年了，这样的默契不是一天两天能培养起来的。你不就一直没找人填补翔哥的位置吗？要是我再走了……”

林竞冷冷地打断他：“这不是你该操心的事。你好好想想，对你来说最重要的是什么。”

陈冲怒道：“都重要！我不是小孩子了，不要替我做决定！”

林竞将手心里的烟捏成一团，拍了拍陈冲的肩：“不是让你急着决定，反正一时半会儿也回不去。文件我会给你准备好。你这段时间好好想想。”

陈冲小声咕哝了一句："反正我不会签字……"

回宿舍的路上，陈冲忽然道："我听余海说，翔哥的媳妇儿给他生了个大胖小子？"

林竞："嗯。想看看吗？"

陈冲："想！"

林竞点开手机里的一个相册文件夹，递给陈冲。

陈冲接过来，一张一张地翻看。

"真像。"他自言自语，"翔哥这基因，真强大。真……像……"

陈冲的声音忽然哑了。

过了一会儿，他才又哽咽地说了句："队长，我想翔哥了。咱以前的五人行，多快活啊……你说这人怎么就……突然没了呢？"

林竞伸手揉了一把陈冲的头，没说话。

夕阳将两人的影子拉得老长，看起来痞气又苍凉。

图尔斯位于利维亚西北方向，离他们所在的首都也很近，开车两个小时，就能抵达两国边境。

所以最快捷的方式就是开车过去。

一行人，两辆车，一大早就孤零零地踏上了"征途"。

齐玥和林竞开一辆车。

余海、陈冲、单世钧开另外一辆车。

他们三人没有邀请函，不能直接参加大会，于是就负责这次行动的外围安保和追踪工作。

"说起来……霍念成这人，做事还是挺周到体贴的。"途中，齐玥忽然随意感叹了一句，"人不可貌相啊。"

考虑到他们来利维亚的时候不会带太多行头，霍念成还特地给他们定制了几套高级西装和晚礼服，派人送到了医疗营。

林竞从后视镜里看了她一眼："你到底想说什么？"

以他对齐玥的了解，她是不会闲到没事专门发出这种无聊的感叹的。

齐玥也从后视镜里冲他眨了眨眼："你们俩，关系好像比之前要好些了？"

林竞：“……”

齐玥：“不打算说说吗？”

林竞蹙眉：“说什么？”

齐玥摊手：“左右这路途上也无聊得很，不如跟我讲讲你们的故事？”

林竞：“没什么好讲的……你想知道什么？”

齐玥：“随便说说吧。我认识你这么多年了，可从来没听你提过这个人。”

林竞安静了一会儿，才道：“那都是很久以前的事了。”

齐玥摸了摸下巴：“初中？”

林竞转头看她一眼：“猜得挺准的。”

齐玥笑了一下：“不用猜。你还记得高中那事儿吗……就你揍跑那帮地痞那次。”

林竞不知想到什么，眼底流露一丝柔和的笑意：“嗯。”

齐玥和林竞是高中时候认识的。认识他的时候，他阳光帅气，运动神经发达，人缘好，典型的阳光下茁壮成长的大好少年一个。

如果不是……她偶然遇见当地的地痞流氓在巷子里围堵林竞的那一幕，她也不会知道林竞的过去，和他展现出来阳光向上的一面，截然相反。

她以为林竞落难，赶去帮忙，结果没想到自己倒成了导火索。

那也是她第一次，见识到了林竞的冷和狠。

齐玥：“当时那群地痞流氓也提到过——你曾经也是‘混’过的人。然而上了高中后，不知道什么原因洗手不干了。我现在还记得他们最后吓得屁滚尿流、跪地求饶的模样。”

林竞握着方向盘的手指微微紧了紧，又逐渐松开。

“这么久远的事了，你竟然还记得。”

齐玥：“记性好，没办法。”

现在想来，这事儿应当与霍念成有着千丝万缕的联系。

林竞：“我初中的时候……在外面鬼混过一段时间，也是那个时候结识的霍念成。”

说完这句，林竞似乎陷入沉思。

齐玥也不着急，一边看着窗外的戈壁黄沙，一边安静地等着林竞的下文。

过了几分钟，林竞才又说："当时，我、霍念成，还有另外一个兄弟，一起组建了一个小帮派。我们关系很铁，真像是自家兄弟一样。"

齐玥嘴角抽了抽，本想吐槽"你那叫什么帮派"，但她看了一眼林竞的脸色，又把这句话吞回了肚子里。

林竞："后来因为帮派发展壮大，地盘也扩大了，自然和周边其他帮派的冲突多了起来……"

齐玥："呃……你们还'圈地'？"

林竞表情忽然阴沉下来："后来……有一次两边争地盘的时候，我兄弟被对方设计中了圈套，被打成重伤。霍念成当时对这件事是知情的，却选择了见死不救。我后来退出，金盆洗手，也是因为这件事。"

齐玥："呃……抱歉……竟然发生了这样的事。那……你和他也是因为这件事情彻底决裂？"

她没想到剧情竟然会以这样的方式急转直下，惨烈收场。

林竞："嗯。"

齐玥安静了一会儿，小心翼翼地问："这中间是不是有什么误会……我总觉得，霍念成虽然行事乖张，但不像是会对朋友见死不救的人。"

林竞冷嗤一声："你才见过他几面？就觉得自己很了解他似的？"

齐玥："……"

林竞长长嘘出一口气："这事你别管了。我跟他早就桥归桥，路归路。现在也不过是互相利用。"

齐玥："嗯……"

她还是相信自己的直觉。

虽然她接触霍念成的时间不多，但她能感觉到，霍念成是念旧情的，一个人的眼神不会说谎。

但正如林竞所说，这两人之间的心结，只有他们自己能解开。

解铃还须系铃人。

研讨会在图尔斯的四季酒店举行。

主办方提供餐饮，但不包住宿。

四季酒店的房价七百美元一晚起，对很多个人和公司的代表来讲，都不是最优选择。

但霍念成对他们出手也算是相当阔绰了，不仅替他们订了四季酒店，还特地选了一套豪华海景房。

干净透明的落地窗占据了卧室的一整面墙。

从这里看出去，刚好能看到雪白的沙滩和碧蓝的海平面。此时正是夕阳西下之时，霞光映在海平面上，红橙粉紫交汇在一起，像是出自大师手下的油画一样，美不胜收。

从某种意义上来讲，霍念成也算是贴心了。

唯一美中不足的，是他选的是一间情侣套房——房间里只有一张 kingsize 的大床。

这家伙还是一如既往的恶趣味。

林竞将简单的随身行李和礼服拿进房内："你在这儿休息吧，我去冲子他们那边挤一下。"

齐玥叫住他："喂，咱俩是以什么身份来的，你忘了？

"我都没说什么，你一个大男人有什么可矫情的？再说，被人看见我们分房睡怎么办？"

林竞："……"

说得好有道理，他竟无法拒绝。

林竞僵持了两秒，妥协："行吧，那我打地铺。"

齐玥心说，反正都共处一室了，打不打，真的有那么大区别吗？

当然，这话她没说出口。

研讨会的行程为两天，第一天晚上有个晚宴，以及酒会。一般这类大型活动附带的酒会，目的自然是方便与会人员进行交流和沟通。修栈道的修栈道，度陈仓的度陈仓……滚床单的滚床单。

像这样正式的晚宴，林竞和齐玥都需要穿晚礼服出席。

齐玥的礼服是一条纯手工定制的黑色旗袍，锦缎面料上用五彩线绣着色泽鲜艳的牡丹和凤纹，大气而端庄，每一针每一线都倾注了工匠的心血，细腻得让人叹为观止。后背的拉链是内藏式的，一直从后颈开到臀部。因为是照着她的尺寸做的，所以旗袍非常贴身。齐玥将拉链拉到背部就够不到上面了，废了好些劲儿也没能将拉链拉上去。

迫于无奈，她只能向林竞求助。

“林竞，你能帮我个忙吗？”

等了几秒，浴室的门被人拉开，林竞走了进来。

齐玥霎时间愣住了。这是她第一次看见林竞穿西服的样子。

林竞身上穿着是一套 Dior 的晚宴西服。西装笔挺，一丝不苟。修长的身躯裹在那身高级的手工定制西服里，英俊而不张扬。

黑色西服下是一件法式修身白衬衫，每一颗衬衫扣子都规规矩矩地扣起来了，甚至还戴了袖扣和领结。他今天将头发向后梳起，还特意戴了一副平光的银边眼镜，瞬间整个人身上的凌厉气息削减不少，平添了几分斯文儒雅。他眸色如墨、薄唇紧抿的模样，让齐玥心跳迅速加快，连血压也升高了。

越是禁欲，越让人觉得诱惑。

她在观察林竞的时候，林竞也正看着镜子里的她。

因为合身，再加上是真丝锦缎的材质，这身旗袍将她所有的身材优势毫无保留地展现了出来，看上去凹凸有致，优雅而性感。

为了掩饰真容，她戴了一副灰蓝色的美瞳，戴了一个栗色的发套，丝质一般的长发,被她梳成了一个漂亮的发髻。为了配合旗袍的古色古香，她还专门化了个带着旧上海气息的浓妆。复古的妆容配上她稍显英气的眉眼，俨然就是旧上海时代走出来的名媛，而且还是混血美人。

空气里浮动着的那丝暧昧，被醒过神来的齐玥率先打破。

她垂下眼帘，低声道：“拉链……能不能帮我一下？”

林竞眸光微动，而后走到了她身后。

他低头，视线落到她背后衣料敞开的位置。

她背上的肌肤白皙光滑，肩部的蝴蝶骨微微凸起，性感撩人。

林竞停顿了几秒，而后终于伸出手，缓缓将拉链上拉……

他的手指隔着薄薄的面料，若有若无地碰到她背部的肌肤。她能清晰地感受到他手指上传来的体温，还有指腹上因为常年握枪而生出的一层薄薄的茧。因为隔着旗袍，他的手茧蹭过她背上皮肤的时候，带来一丝丝痒意。

齐玥轻轻咬唇，忍住了那股从背后传到四肢百骸的战栗感。

“好了。”片刻后，林竞的声音从她耳后传来，音色里莫名多了半分沙哑。

齐玥抬起头，从镜子里与男人对视。

“林先生，你今晚很帅。”她真心地赞美着。

林竞勾了一下嘴角：“你也是，林太太。”

说来也是巧合，他们代替去参加会议的那名“先锋科技”的高层，刚好也姓林。两人对外的公开身份，就是林先生和林太太。

即便知道这只是任务需求要假扮夫妻，但在此刻听到林竞说出“林太太”三个字的时候，齐玥还是产生了一种微妙的错觉。

好像他们真的是夫妻一样。

受邀参与会议的一共有500名宾客，再加上很多人会携家属一同出席，能够容纳上千人的会场竟然被挤得满满当当的。

室内温度本来设定在22℃的样子，因为这满堂的宾客，硬是让屋内的温度又往上升了好几度。

就连进场的时候，也是人挨着人，摩肩接踵的，远远看去，像下饺子似的，一个两个前赴后继地往蒸笼里跳。

有两种场合，齐玥其实是很不喜欢的。

一是人多；二是虚与委蛇的社交场合。

可惜今天两样都占齐了。但她没有选择，只能迎难而上。

她脚下穿着十厘米的高跟鞋，挽着林竞的手臂，款款走向宴会厅负责接待宾客的前台。

林竞忽然偏头在她耳边低声道：“注意观察，别放过胸口和衣领上别一个黑枭纹章的人。那是以瑟组织的标记。”

齐玥：“你怎么知道？我之前……”

齐玥仔细回忆了一下，之前她被绑走的时候，的确看到过有人的围脖上绣着这个符号，还有人直接文手上或是胸口上。

林竞：“能出席这种正式会议的都是组织内的高层，会在身体的某个位置佩戴徽章，彰显身份。”

齐玥嗤了一声：“还挺有集体荣誉感的。”

林竞：“今天先摸清他们具体和哪些医药公司接触过。我和余海、陈冲他们会想办法把窃听器放到他们身边。”

齐玥：“嗯，知道。”

走到门口登记的地方，侍者礼貌地冲他们鞠了一躬："您好先生、女士！请出示你们的邀请函。"

林竞将之前从霍念成那里得来的邀请函递了过去。

侍者打开邀请函扫了一眼，在电脑上登了记，而后热情亲切地对林竞他们说道："林先生，林太太，欢迎你们来到四季酒店。你们的餐桌是 63 号，靠窗那边正数第九桌。"

侍者冲林竞眨了一下眼："林先生，您太太真漂亮。"

林竞淡淡地微笑了一下："谢谢。"

晚宴的顺序是先用晚餐，而后是舞会和酒会。

晚餐是五道菜式的法餐。前菜有黑鱼子配生蚝、Beef Tartare（鞑靼牛肉）、黑松露配鹅肝选择，一半以上是生的。

尤其是鞑靼牛肉。这道菜就是将剁碎的新鲜牛肉加上盐、胡椒及酱汁拌匀，再打上一枚生鸡蛋。

齐玥看着盘子里那团血淋淋的碎肉，感觉难以入口。

偏偏旁边的侍者还很周到体贴地询问她："请问您对菜式有什么问题？或是有什么不合口的地方吗？"

齐玥也不好直接跟人说她不吃生肉。

而且，这菜是完全没问题的。用的是顶级的牛肉和最新鲜的食材，根本没有什么可挑剔的。

坐在她对面的林竞倒是生冷不忌，甚至还鼓励她："很好吃，一点儿都不腥。你尝尝。"

齐玥忍着强烈的不适，用叉子叉起一小块碎肉，放入口中咀嚼。

齐玥："……"

经过了大厨的特殊处理，的确一点腥味都没有，味道还是不错的，肉质也很嫩很鲜美，但是……生肉在牙齿间磨碎的那种感觉，让齐玥有了一种自己是某种原始动物的错觉。

林竞抬眸，看向她："怎么样？"

齐玥干巴巴地说："像是在吃生肉。"

林竞："这本来就是生肉啊。"

齐玥艰难地盯着盘中肉看了一会儿："我可以把这个给你吗？"

浪费粮食是可耻的，尤其是在这种高级餐厅，盘中剩一大堆食物，看起来非常不雅。

林竞接过齐玥推过来的生牛肉，把自己面前那盘原材料昂贵的黑松露鹅肝换给了齐玥："这个总能吃吧？"

齐玥捂脸："很遗憾，也不能……"

林竞："……"

她一直很讨厌鹅肝的味道。如果硬要形容的话，她觉得鹅肝的味道像是过期的鱼肉罐头一样，又腥又黏。她不明白为什么有人会喜欢吃这玩意儿。

于是，三道前菜里，她只动了生蚝。

林竞一边充当着她的私人垃圾桶，一边哭笑不得地叹气："没想到你这么挑食。"

"我哪里挑食了，我只是吃不惯这些花里胡哨的东西。要我说，这东西再贵，也比不上一碗葱油面。"

她说完这句，两人都微微愣了一下。

不知是不是同时想起了那晚的事情，空气中浮动着若有似无的暧昧，气氛瞬间变得有些微妙。

还不等齐玥再继续说什么，主菜已经端了上来。

主菜是法国的传统菜式——血鸭。据说还是依照四百多年前的古法制作，将鸭骨头和内脏放入特制的器皿内搅动，把骨头内的血挤出；白兰地、柠檬汁和马德拉葡萄酒煮成酱汁，配合烹制到三四分熟的鸭胸脯肉一起吃。制作血鸭的鸭子是经过特别挑选的，肉特别柔嫩，血汁也很鲜美……

看起来感觉也很血腥……

但好歹，这次的肉至少是半熟的了。虽然看着很血腥，入口却没有任何腥味，有的只是鸭肉的肥美鲜嫩。

甜点是提拉米苏蛋糕和朗姆酒味的意式冰激凌。好歹这两样算是中规中矩，没有再继续挑战齐玥已然紧绷的神经了。

用过餐，就到了舞会和酒会时间。这时候客人们已经开始到处走动自由活动，跳舞的跳舞，拉关系的拉关系。

林竞去吧台拿酒，顺便探听情报，而齐玥就坐在桌边一边观察场内的情况，一边心不在焉地一勺一勺舀着高脚杯里的冰激凌。

她正在全神贯注地观察着视线范围内看到的那几个领口和胸口别着黑枭纹章的人，视线却忽然被一件深蓝色西服的下摆挡住了。

“噢，美丽的女士，我能有这个荣幸请你跳一支舞吗？”

居然真的有人在生活中用歌剧腔调说话，齐玥震惊了，她以为这种段子只会出现在电视上的搞笑节目里。

齐玥的视线顺着蓝西服上移，而后看见了一张低配版汤姆·克鲁斯的脸。

呃……她只想安静地当一朵“壁花”。

男人见齐玥没有反应，以为她听不懂英文，立刻又用蹩脚的中文问道：“小姐，能请你跳一支舞吗？”

齐玥满头黑线，她僵硬了片刻，用流利的英文回复：“抱歉，我不知道怎么跳舞。”

男人见她英文还挺好，眼睛里的火光都被点亮了，整个人呈现出一种亢奋状态，开始滔滔不绝：“没关系，我可以教你啊！你看过《花样年华》这部电影吗？我刚才在大厅那头远远看到你，就像看到了《花样年华》里的张曼玉，不，你比张曼玉还美丽！你是我见过的穿旗袍最好看的女人！”

齐玥微微一挑眉，这老外居然还知道《花样年华》。不过这一番商业尬吹，真的让人感觉很羞耻……

齐玥只能礼貌地回道：“谢谢……”

男人弯下腰，冲她伸出手，做了一个邀请的手势：“美丽的女士，请你一定要给予我这个荣幸。”

齐玥：“……”看来这人是真的不懂“拒绝”是什么意思。

“这位先生，请问你找我太太有什么事吗？”一个冷冷的声音忽然从男人身后传来。

低配版汤姆·克鲁斯愣了一下，而后回过头。

他看到一个英俊高大的亚洲男人站在他身后，面无表情地看着他。

林竞越过他，径自走到齐玥身边，自然地用手环住她的腰——仿佛他们是真夫妻一样自然。

齐玥：“……”

搭在她腰上的那只手掌有力而温厚，力量不大不小，刚刚好。

低配版汤姆·克鲁斯感受到林竞冰冷的视线在打量着自己，背脊莫名一阵阵地发凉。他尴尬地笑了笑：“哈哈，抱歉，我以为这位美丽的女士是一个人。”

林竞笑了一笑，没说话，眼神却依旧冰冷犀利，直看得人不寒而栗。

男人再也承受不住这样的低气压，对齐玥说了声“很高兴认识你”后，就赶紧溜了。

林竞松开搭在齐玥腰间的手：“刚刚那洋鬼子跟你说什么？”

齐玥心中好笑，忽然起了玩心，踮起脚，凑到林竞耳边：“他说我……很像《花样年华》里的张曼玉。”

温润的气息，带着一丝女人香，柔软地裹住了林竞的耳朵。

他的耳朵悄悄爬上一丝粉色，不动声色地向后退了一步：“是吗？”

齐玥偏头看着他：“你没什么想说的吗？”

林竞做思索状，片刻后点头：“还是张曼玉漂亮点。”

不愧是猎鹰小队的人，说到一句话把天聊死的本事，真是一个比一个强。

齐玥白了他一眼，转身坐下，继续闷声吃她的冰激凌。

然后，一只骨节分明、手指修长的手，绅士地伸到了她面前。

男人冲她微微弯下腰，嘴角轻轻勾起一个好看的弧度：“那么，这位比张曼玉还漂亮的女士，请问我有这个荣幸和你跳一支舞吗？”

齐玥脑袋“嗡”了一声，看着眼前这个硬朗帅气的男人，呆住。

这男人莫不是……入戏太深？

第十章

SHANHEWANLI
WOLAIJIANNI

手机里的秘密

林竞牵着齐玥的手走到大厅中央，他站得离她很近，一只手放在她的腰上，另一只手很自然地和她十指相扣。

在预备起舞的这短短的片刻，齐玥的注意力已经完全放在了林竞放在她腰上的手上。他的手掌宽厚，手指修长有力，像是一把就能握住她的腰似的。而且不知为何，男人的手掌温度灼人，隔着薄薄的锦缎，让齐玥有种后腰都被烫伤的错觉。

在这样的距离下，还没起舞，齐玥的心就已经开始怦怦狂跳。

随着音乐缓缓起舞后，不知是不是她的错觉，齐玥总觉得林竞离自己有些……太近了。她的胸口随着呼吸微微起伏，有好几次蹭到了林竞结实的胸膛。

齐玥脸颊微红，抬眼偷瞄了林竞一眼，脑袋中浮现出一个巨大的问号——难道他是故意的？

他还真是故意的。

在两人随着舞步走到大厅中央时，林竞忽然低下头，嘴唇几乎要贴上齐玥的耳朵。

然而他说的是——

“目前参加会议的以瑟组织成员已确定有四名。吧台靠左第二个背对我们坐的那个男人，注意他的袖口；一点钟方向，那个穿黑色西服的大胡子，他的领口别着一枚徽章。”

林竞带着齐玥转了一个圈儿，继续道：“还有颁奖台右侧的那桌那个正在看怀表的男人。”

齐玥：“……”

原来这才是他邀请她跳舞的原因。亏她还以为……他是吃醋。

林竞："还有……"

齐玥："还有甜品桌前那个端着红酒杯，正在和那位贵妇交谈的白西服男人。"

林竞："不错，观察入微。"

齐玥："其实，我刚才也只看到了这么一个。"

林竞给她发了一个安慰奖："初次执行任务能这么快进入状态，还是不错了。"

"扑哧——"齐玥忽然笑了。

林竞："你笑什么？"

齐玥："你说我们这样，像不像《真实的谎言》里的哈里和海伦？"

齐玥说的是《真实的谎言》里经典的最终幕，哈里和海伦夫妇一同执行任务的时候，跳的那曲探戈 *por una cabeza*。

当年他们上英语课的时候，英语老师给他们放了这部詹姆斯·卡梅隆的经典作品。

那时高中的毛头小孩儿，大都被电影里扣人心弦的谍战戏和男女主人公之间激烈的感情所吸引。尤其是片尾那曲 tango（探戈），惊艳而大气。性感诱人的舞姿下暗藏着重重杀机，然而只要他们拥有彼此，似乎就能克服千难万险。

林竞似乎还真的认真地想了一下，而后觉得她说得很有道理似的，微微地，勾了一下嘴角。

他们一边继续在场中跳舞，一边低声讨论着任务内容。他们默契的舞步和相配的外貌，引来了许多艳羡的目光。

齐玥："我刚才看了一下，他们主要接触的有辉腾医药、迈斯尔制药和普锐斯新。"

林竞："都是大公司。他们胃口不小。"

齐玥："接下来怎么做？"

林竞神色莫测地笑了一笑："刚刚说的，你们都听清楚了吗？"

齐玥："？"

守在场外的余海一行人："收到，我们现在就出发。"

齐玥："！"

她这才注意到，林竞耳朵里隐隐约约闪现出一抹暗蓝色的光，如果不是因为和他离得这么近，根本就注意不到。他身上一直戴着隐形通讯装置，所以对于场内发生的一切，猎鹰小队其他成员也都了若指掌。

齐玥忽然“囧囧”有神地想到……那她刚才说的话，这几人岂不是也全都听到耳里了……

齐玥干咳了一声：“所以你是打算……让他们跟踪监听这几个药商的行程？”

林竞微微一点头：“既然‘以瑟’亲自前来拉生意，势必要拿出些诚意来，肯定会在与会期间和药商进行详细的洽谈。”

齐玥：“那……我们现在干什么？”

林竞：“等。”

晚宴结束时，齐玥感觉双腿已经不是自己的了。

一进屋，齐玥就迫不及待地踢掉脚上那双十厘米的高跟鞋，像是在踢什么极度厌恶的东西一样。

虽然女孩子穿高跟鞋显得腿性感又修长，但总的来说……高跟鞋这样的设计太反人类了。

林竞无奈地看着她这个有些孩子气的动作：“你穿不惯高跟鞋又为什么非要穿？”

齐玥将自己往床上一扔，有气无力：“做戏做全套。”

齐玥：“说来说去都怪霍念成，选的什么破鞋。”

林竞忍俊不禁，霍念成要是知道她把几千美金一双的定制 Jimmy Choo 称作“破鞋”，脸上的表情一定很精彩。

林竞看了一眼躺在床上挺尸的齐玥，忽然转身走进了浴室。

不一会儿，浴室响起了水声。

齐玥心想：这人还真是不客气，招呼都不打一声就自个儿去泡澡了。直男就是直男。

她正躺在床上闭目养神的时候，忽然觉得头顶上笼罩下来一团阴影。

齐玥睁开眼，发现林竞正自上而下地凝视着他。

目光似乎……还有些温柔？

林竞：“洗澡水放好了，去泡个澡吧，会舒服一点。”

齐玥：“……”

这么体贴？看来是她小人之心了。

齐玥局促地道：“谢谢。”

她慢慢从床上坐起来，拖着疲惫的身躯走进浴室。

浴室里水汽氤氲，一开门，温热湿润的空气就扑面而来。透过蒸腾的水汽，齐玥看到浴缸里还真放好了大半缸热气腾腾的水。

她盯着那缸子水，有种骑虎难下的感觉。

她其实很反感用外面的浴缸。就算是五星级酒店，她也还是会担心上一个客人有没有奇怪的病，客房清扫做得彻不彻底……

但，感觉又不该辜负林竞的一片好意。

“放心，那浴缸在放水前我已经刷过一遍了。”

林竞的声音忽然从背后传来。

连这点心思都被看穿了，不可谓不尴尬。

齐玥：“咳，那个……谢谢你了。”

她以前对林竞，一定是有什么误解。

这人的心思根本就细腻如发丝，深藏不露，扮猪吃老虎。

林竞：“嗯，那你慢慢泡。”

坐在浴缸里，热气熏得人有些昏昏欲睡，身体依旧很疲惫，脑袋却轻得像一团棉花。

齐玥泡着泡着，不自觉地就靠着浴缸边沿睡了过去……

直到她被一阵大力的撞门声给惊醒——

齐玥脑子依然有些不清醒，茫然地坐起身，好半天，视线的焦距才对准门口撞进来那人。

她张了张嘴，对上同样有些哑口无言的林竞，下意识地抬手挡在了胸前。

林竞看上去又急又怒：“你到底在干什么？”

齐玥：“泡澡啊……”

这不是废话吗？

林竞：“你泡了快两个小时！在门外叫你也不应，敲门也没回应！”

他这么一说，齐玥才察觉，浴缸里的水早已经冷了……

齐玥：“我睡着了……”

林竞情绪似乎稍微缓和了一点，理智回归，视线落在她白皙的锁骨上，不敢再多看，摔门出去了。

然而，他暴躁的声音依旧持续地从门外传来：

“你身为一个医生，难道不知道，泡澡的时候睡觉是最危险的吗？你知不知道每年因为泡澡时睡觉而出意外死人的案例有多少？”

齐玥一边扯过一旁挂着的浴巾将自己裹起来，一边又觉得这样暴跳如雷的林竞有点可爱。

毕竟，林竞大部分时候向人展现的都是他高冷严肃的一面，像这样外放的跳脚，还真的是很少见呢。

“你说你，这么大个人了，怎么连最基本的安全意识都没有？要是没人看着你，是不是哪天死家里了都没人……”

齐玥忽然拉开门，微微仰头，和林竞对视：“对啊，我这么没常识，说不定哪天就自己一个人死家里了。这可怎么办才好？”

林竞和她对视着，喉结艰难地上下滚动了一下，好看的薄唇抿成一条线。

他安静了片刻，才哑着嗓子道：“知道几点了吗？赶紧睡觉！”

“哦。”齐玥顿了顿，眉梢微挑，“不用我等你？”

林竞额上青筋浮起，忍无可忍，走进浴室，“啪”地关上门。

齐玥嘴角微翘。

刚才她分明看见，一抹嫣红，悄悄地顺着林竞的脖子，爬上了他的耳朵。

齐玥刚掀开被子爬上床，便见林竞又风风火火地从浴室冲了出来，拿起叠放在床头柜上的换洗衣服，又一阵风似的冲进了浴室。

齐玥：“噗——”

他拿走了衣服后，床头柜上落单的手机就显得格外显眼了。

此时，手机屏幕忽然亮了起来。

齐玥的视线不经意地扫了一眼，而后顿住。

屏幕上弹出了一条短消息——

“奶粉收到了，谢谢。”

紧接着，又出现了第二条——

“小宝学会的第一个词就是‘爸爸’。可惜他爸不在身边，不能亲耳听到。”

齐玥在好几分钟内，都有点回不过神来，脑子里乱糟糟的，什么样的想法都有。

这两条信息，太奇怪了。

里面所含的信息量，也太大了。

作为一个旁观者，光是读这条信息，都能感受到里面暗藏着的浓浓思念。

对爱人的，对孩子父亲的。

发短信的是个叫“王轻语”的人。

齐玥已经在脑子里脑补这条短信主人的模样了——年轻，女性，也许还很娇柔美丽。

前两点是肯定的了，至于最后一个属性，纯属她的发散思维，只是对名字的一种联想，毫无根据。

然而，为什么一个年轻的女性，会在深夜给林竞发这样的短信呢？

齐玥潜意识里，并没有第一时间往那方面去怀疑。

毕竟，和林竞相识这么多年，她认为，林竞的人品，她还是比较了解的。

情感上，她是愿意相信林竞的，相信他不是那种脚踏几只船的人。

然而齐玥在头脑风暴的那一瞬间，忽然想起，高中那会儿，林竞也曾经浑过一段时间的。

高一高二的时候，他是学校的风云人物，身边的妹子也都是前赴后继的，一批倒下另一批又站起来，有种万花丛中过，片叶不沾身的感觉。尽管，当时他心中一直有一个喜欢的女生，可这也并不妨碍他和其他女生打得火热。

对于当时他的这种“作”的行为，她的解读是中二时期的叛逆心理……

上高三以后，他的这些劣习就完全收敛了起来。到后来进了军校，他更是像脱胎换骨一般，完全变了个人一样。

莫非这人身上还出现“返祖现象”了不成？

随后她又想到……之前陈冲聊八卦的时候，有提到过每次外出任务的时候，都有女孩子主动跟林竞献殷勤，甚至还有各种投怀送抱的。不过据说，无论环肥燕瘦，林竞都冷面冷心地拒绝了。陈冲他们还调侃林竞不解风情，饱汉不知饿汉饥。所以她当时也就当笑话听听罢了。

可拒绝得了十次，真的能拒绝一百次吗？身边诱惑多了，动心也不是不可能的事。万一这个就是一百个投怀送抱里，那个没能拒绝的呢？

再联想到那女人短信里处处散发着哀怨的意味，齐玥心中坚定的信念，出现了一丝动摇。

但转念一想，也许真的只是她想多了，也许只是他哪个亲戚或者朋友的小孩儿……

齐玥在这样反反复复的认定和否定之间无比煎熬，心里拧巴得难受，想得头都痛了。

但她也清楚，这种事情一个人瞎想钻牛角尖是没有用的。

可是，以她目前这尴尬的身份，要质问林竞肯定是不合适的。毕竟，她连一个能够合理质问的立场都没有。

就在她纠结无比的时候，浴室门忽然开了。林竞已经洗完了澡。

林竞一手用毛巾擦着头走出来，就看见齐玥背对着他，正躺在被子里玩手机。

林竞："还不睡？"

齐玥："有光我睡不着。"

林竞："抱歉。"

他安静地从柜子里拿出备用的被子和枕头，动作迅速地在一旁打了地铺。

齐玥竖起耳朵，听见他轻手轻脚地走过来，拿起了床头柜上的手机，顺手关了灯，又走回了他的地铺。

"哦，对了。刚才不小心看到你短信了。"齐玥貌似不经意地说了句，"主要你手机就放在床头柜上。"

林竞安静了一瞬，而后"嗯"了一声："嗯，没事。"

齐玥顿了顿，那句话在胸口踟蹰许久，终于还是问出了口："小宝是谁？"

"朋友的小孩儿。"

不知是不是她的错觉，感觉林竞这次回答时，声音低沉晦涩了一些。

但是他这样说，她就信。

她还是愿意相信他的。虽然，他说话时停顿的时长有点影响她的心情。

齐玥打了个哈欠："睡了，晚安。"

林竞："晚安。"

身后，手机屏幕幽蓝的光在黑暗的房间内持续亮了两分钟，而后熄灭。

第二天的研讨会从早上八点钟开始，于是齐玥、林竞他们也不得不起个大早。

齐玥坐在餐厅里，无精打采地用勺子搅着杯子里的咖啡。

坐在她对面的林竞担心地看了她一眼："没睡好？"

齐玥撩起眼皮看了他一眼，懒懒地应了一声："床垫太软了。"

林竞看上去神情如常，精神状态也不错，没有任何异常。

她却因为这事失眠了大半个晚上。

不过她也想通了，如果林竞那边是真有猫腻，那从生活的蛛丝马迹里还是能看出来的。

何况他也作了澄清，如此坦然。

再疑神疑鬼，倒显得她矫情了。

齐玥问："陈冲他们那边有消息了吗？"

林竞点了点头："都准备妥当了，现在就等鱼自己落网了。"

林竞又说："待会儿会议开始后，我中途会借故离开，赶去和陈冲他们会合。你自己一个人留在会场，凡事都要小心谨慎，随机应变。"

齐玥点头："嗯。"

林竞："通信设备都带在身上了吧？有紧急情况记得联络我。"

齐玥："知道。"

林竞忽然冲她笑了一下："别紧张，没事的。"

齐玥："我不紧张……"

林竞用明显不相信的眼神看着她眼底那圈隐隐的青黑，嘴上却说："不紧张就好。"

齐玥："……"

很明显，他对她失眠的原因有所误解。不过齐玥也不打算解释。

研讨会进行得很顺利，林竞中途开溜也很顺利。

今天他们出席研讨会，依然变了装。

会议中途休息的时候，齐玥忽然看到昨天和她搭过话的那个低配版汤姆·克鲁斯走了过来，很自来熟地坐在了她旁边的空位上。

“你先生去哪儿了？我看他听了二十分钟不到就离开了，到现在都没回来。”

这人居然一直盯着他们这边的动静，齐玥瞬间警惕了起来。

于是她露出点遗憾的神情：“他昨晚可能吃坏肚子了，今天早上一起来肠胃就不舒服。我看他实在难受，就让他回房休息了。”

“啊，那的确是蛮遗憾的，他肯定是吃不惯生肉。”男人摇了摇头，忽然冲齐玥伸出一只手，“还没做自我介绍，我叫史密斯，是杜兰特医药公司的代表。”

齐玥礼貌地伸出手和他握了握：“先锋科技，艾莉丝。”

史密斯：“你没有中文名吗？”

齐玥：“中文名对你们来说不好记吧。我在外面都用英文名。”

史密斯似乎是有些失落的样子：“好吧。”

齐玥的耳机里忽然传出林竞的声音：“齐玥，我这边需要你帮一个忙。”

齐玥站起身，对史密斯道：“抱歉，我要去下洗手间。”

于是史密斯也只能起身让她。

齐玥快步走出演讲厅，见林竞正在门外等着她。

“需要我做什么？”齐玥低声问。

林竞：“小心那个叫史密斯的人，离他远一点，这人不简单。”

齐玥“扑哧”笑了：“你之前让我离霍念成远一点的时候，也是这套说辞，能换点儿有新意的吗？”

林竞蹙眉：“余海在监听场内情况时，捕获到了另一股加密的电波。信号是在史密斯靠近你的时候，才捕捉到的。”

齐玥瞬间起了一背的鸡皮疙瘩：“你是说……史密斯可能是……情报人员？”

林竞：“不清楚他的身份，也不知道他的目的，总之离他远一点没错了。”

齐玥点了点头：“你专程赶回来，就是为了说这个？”

林竞安静了一下：“还有一件事情，你可以帮忙。”

齐玥：“什么？”

林竞：“你在这边拍一下照。找好一点的角度，最好能把目前正在参加会议的所有人的脸都拍进去。”

齐玥微窘：“可以是可以，但我……手机没电了。”

林竞促狭地看着她：“刚才一直看手机？”

齐玥：“主要是这个大会太无聊了，根本就是一个大的医药推销会。”

林竞将自己的手机解了锁，递给齐玥。

齐玥叫住转身要走的林竞：“你还要去哪儿？”

林竞：“还有些善后工作需要处理。我待会儿跟你联络。”

齐玥：“嗯。”

两人分开后，齐玥依照说好的计划，在演讲厅的各个位置都拍了照片。

每拍完一组，她都会仔仔细细地将拍好的照片检查一遍，确认照片清晰，角度精准。

在翻看一组照片的时候，她忽然不小心点进了照片管理器。

在最上面的一组文件夹里，她忽然看到一个名为“小宝”的文件夹。

那一瞬间，齐玥觉得自己似乎心跳都停了。

“小宝”不就是……昨晚那女人在短信里对小孩儿的爱称吗？

为什么要……专门建立一个文件夹？

齐玥的手指在那个文件夹上逡巡片刻，最后一狠心，点了进去。

里面有几十张照片，都是一个男婴的。照片包括了他从刚生下来到七八个月大的样子，简直就像一本成长日记一样。

齐玥：“……”

她心乱如麻，脑子里嗡嗡作响，手抖着点了退出键。

“齐玥……齐玥你听到我说话吗？”

脑子里忙音渐消的时候，齐玥才听见通讯器里传来的林竞的声音。

他的声音里难得带了分焦躁，大概是她许久没有回应的缘故。

齐玥深吸了口气，压低声道：“我在。”

那头的林竞似乎松了口气：“我们这边已经结束了，该收集的情报已经到手了。你那边完事了吗？”

齐玥：“完事了。”

林竞：“那我现在到演讲厅外和你会合。我们撤。”

等了一会儿，齐玥那边又没有回答。

林竞疑惑：“齐玥？”

齐玥：“好……”

齐玥从演讲厅里出来，一路上都很沉默，不仅沉默，似乎还有些心不在焉。

林竞注意到她的反常：“你怎么了？”

齐玥回神：“嗯？”

“我是说，刚才发生什么事了吗？”

齐玥抬头，安静地看向林竞。

这男人工作起来的时候依然严肃、冷静，刚毅而略带禁欲气质的侧脸很难让人将他和“渣”这个字联系到一起。

她还没想好，怎么跟林竞开口问这事，或者还有没有开口的必要？

齐玥悲哀地发现，即便到了此刻，她还抱有一丝侥幸心理，还是不由自主地想了许多理由替他开脱。

她转开视线，垂下眼皮：“你们的行动顺利吗？”

林竞：“遇到了一点点意外……不过好歹顺利解决了。”

两人说话间，走进了电梯。

演讲厅在酒店二十二楼。

电梯在下降到十七楼和十八楼之间时，忽然停了下来，像是被什么卡住了一样，整个电梯厢剧烈地晃动了一下。

而后电梯里的灯闪烁了几下，忽然熄灭了。

停电了？这是齐玥心里的第一个想法。

然而，还来不及作出任何反应，整部电梯就像是脱缰的野马，忽然迅速向下坠落。

那种瞬间失重的难受和生死未可知的恐惧感，瞬间将齐玥牢牢包裹。

“啊——”

她几乎是本能地尖叫了一声，蹲在了地上。

而林竞几乎是在同一时间冲到了她身边，抱住了她。

电梯又下坠了几秒，而后“当”的一声停了下来。

但是，因为电梯内部漆黑，处于完全断电的状态，所以他们也无从知晓电梯现在坠落到了几楼。

齐玥在林竞怀里心有余悸，背上出了一层薄薄的冷汗，情绪却渐渐冷静下来。

林竞结实的臂膀紧紧地环绕着她。她的脸贴着他坚硬的胸膛，耳中听着他有力的心跳。

她感觉到林竞温暖的手掌轻轻放到了她头顶上，是那种抚摸羽毛般的力道。

“别怕。”他低沉的声音从耳边传来，语气竟然一反常态的温柔。

就算明知这事他也束手无策，她的那种恐惧感却慢慢地消退了。

过了一会儿，林竞低声道：“手机没信号。我去看看紧急呼救铃还能不能使用。”

齐玥安静地点了点头。

她的脸贴在他怀里，这样一动，就好像是在蹭他的胸口一样。齐玥明显感觉林竞的身体微微僵了一下，而她反应过来后，也觉得有点不妥。

然而正在此刻，电梯忽然又开始往下坠落……

齐玥忽然用尽全身力气抱紧了林竞，就像生命倒计时那刻最后的相拥。而她发现，林竞也在同一时间做了同样的事情。

下坠两秒后，电梯又摇摇晃晃地停了下来。

然而谁都不知道……是不是还有下一次坠落。而下一次……还会不会停下来呢？

如果这就是生命的最后一刻，她还能做些什么呢？

齐玥这么想着，冲着林竞的方向，缓缓地抬起头来……

因为是在黑暗中，看不到对方的脸，齐玥抬头的时候，林竞刚好低着头，于是猝不及防间，她的嘴唇轻轻擦过了林竞的唇。

齐玥瞬间蒙了，大脑就像过了电一般，宕机。

那一瞬间，她所有的感官知觉都集中到了嘴唇上的那一点酥麻。

她脑子里乱糟糟的，甚至跑出了类似“如果真要死在这儿，那好歹也要亲一次再死”这样的怪念头。

不知道对方是不是也在想同样的事，也不确定到底是谁先主动的，总之等她反应过来的时候，两人已经在接吻了。

嘴唇碰到一起的时候，背上瞬间像是有电流乱窜，那样亲密的接触，几乎让齐玥全身战栗起来。他细密地吻过她嘴唇的每一处，霸道中不失温柔，温柔中又充满了进攻性。

亲吻很快便加深，不知不觉就变得非常甜腻炽热。极具占有欲的亲吻像是要把她整个人都吞吃进去。这激烈的程度全然超出她的预想，她一开始还想努力配合，到后来就身体发热，晕头转向，还来不及调整呼吸，就被彻底带入他的节奏里。无论是和风细雨，还是暴风骤雨，她都只能被动接受……

这无尽的黑暗像是解封了林竞身体里的某种兽性，他完全失去了平时的冷静和克制，双臂紧紧地将她箍在怀里，近乎狂暴地亲吻着她。

漫长的亲吻过后，林竞的嘴唇转移了阵地，贴着她的脸一路下行。他的手指和嘴唇所到之处都像是能燃起火苗一般，齐玥只能全身发着抖，像溺水一般紧紧抱着他。

就在亲吻逐渐变得大胆起来的时候，电梯内的灯忽然亮了起来。

明晃晃的，甚至是有些惨白的灯光照射到两人脸上。

林竞的动作也戛然而止，像是被按了暂停键一样。

齐玥甚至能感受到他浑身肌肉的僵硬。

而电梯也慢慢恢复了正常的运行。这突如其来的电梯失灵事件，就如同开端一样毫无预兆，又以这种让人措手不及无厘头的方式结束了。

齐玥有些迟疑地睁开眼，在适应了这突如其来的光明后，才抬头看向林竞。

林竞脸上的表情，超出她之前的任何一种预想——尴尬、愧疚，甚至是有些自责的。

黑暗里的那份坦诚相对，彼此可以毫无顾忌释放激情的那份幻想，也随着他脸上的尴尬烟消云散了。

这样的表情，让齐玥瞬间产生了不好的联想——她立刻想起在林竞手机里看到的短信和那些婴儿照片。

她本来是打算相信他的。

然而现在，她明白自己也许犯了一个大错，一个恋爱中女人常犯的错误。

世界上三大错觉之一——我喜欢的人也喜欢我。

林竞依旧低头看着她，他又变成了那个冷静理智的少校。而且，很快他就收拾好了那份尴尬，脸上也不再有任何波澜起伏的情绪。

灯光亮起来的那瞬间，他便不再是黑暗里那个凭本能发泄热情的男人。所有的严谨和自律，冷静和客观，又回到了他身上。

齐玥心脏一下一下地、沉重而缓慢地跳动着，扯得她整个胸腔都在生疼。她不喜欢林竞刚才看她的眼神，非常不喜欢。她的大脑还处于僵直状态，太多的蛛丝马迹在这一刻全部串起来，巨大的信息量让她一时间无法消化。

两人在惨白的光明里安静地对视了片刻，林竞最终还是放开了她，直起身来，帮她把衣服整理好，低声说道："对不起。"

身上躁动的血液慢慢冷却下来，齐玥的四肢也终于能动弹了。

她的眼眶渐渐红了，死死地盯着林竞："为什么？"

林竞看着她，眼底刹那动摇，但很快又被他收住了。

齐玥："我在问你……为什么要道歉？"

林竞低头看着她，缓缓道："抱歉，我真的不能……请你理解。"

齐玥简直要被气笑了："是不能？还是不敢？"

这人简直不可理喻，明明施害者是他，却偏要做出一副受害者的模样。

林竞艰难地说："都有吧。我也不应该……这么随便对你。"

齐玥冷冷地看着这个最熟悉的陌生人。他总是这样，给一鞭子又给颗糖，每次给她一点希望，又残忍地收回。她一直不明白林竞为什么总是这么反复无常。

她几乎是声嘶力竭地在质问林竞："好，那你告诉我，刚才那算什么？你又到底把我当成什么了？"

再难听的话，她也问不出口了。没必要说了，说下去也只会让自己难堪。

林竞："抱歉……"

还是只有这两个字。没有解释，没有说明。

齐玥觉得自己已经明白了。

林竞："齐玥，我……"

齐玥忽然使出十成的力气，重重给了他一耳光。

齐玥从电梯里出来后，一句话也没说地冲出了会场。

只要一想到，他回归现实的克制也许是出自某种责任感，她就觉得备受煎熬，难以忍受。

一是难以忍受他的背叛，二是难以忍受她的愚蠢。

但说到背叛，真正被背叛的，是那个叫"王轻语"的女人才对。

在这个故事里，齐玥才是不配有姓名的那一个。虽然论先来后到，明明是她先到的，然而感情里，从来不讲什么先来后到。

她一度对自己这些年的认知产生了怀疑——她真的有了解过这个男人吗？

仔细想来，林竞的态度从来都是拒绝的。虽然他不吝啬对她好，也给予了她足够的关注，但他从来没有说过"喜欢"，更不要说跟她确定什么关系了。

他在之前端午聚餐时说的那个"喜欢"的人，还真的未必是她。只是因为他一年里大部分时候不是在军营就是在出任务，她就自然而然地认为他身边没有别的女人。

就算去出任务，也不能免除沾上这样那样桃花的可能。

是她一厢情愿，想得太过天真。

等在会场外的猎鹰小队成员看见林竞和齐玥一前一后地走出来，都愣了一下。

林竞左脸上挂着一个清晰的红色巴掌印。看得出来下手的人丝毫没有留情，他的左脸很快就肿了起来。

而齐玥则独自走在前面，面色铁青，一言不发。

余海和单世钧的目光在两人之间逡巡片刻，都很识相地没有开口问。

只有陈冲那个一根肠子通到底的家伙，一见林竞就咋呼："队长，你的脸怎么了？"

余海一把捂住那个没眼色的猪队友的嘴，将他拖回了吉普。

齐玥看向“猎鹰”里最安静的那名成员，单世钧。

齐玥问：“能麻烦你开车吗？”

言下之意，是不想再和林竞共处一车。

单世钧一时不知道怎么回答。他也不明白为什么这两人之前还好好的，现在任务圆满完成了，却反倒像是仇人一样了。

单世钧看到齐玥身后的林竞冲他微微点了一下头，于是立刻道：“没问题，我来开车。”

第十一章

SHANHEWANLI
WOLAIJIANNI

你什么都不是了

根据林竞他们这次得到的情报，田院士的科研成果应该在“以瑟”十头领之一的加齐手里。

好消息是，他们终于有了下手的目标；坏消息是，加齐可以说是“以瑟”十大首领里最难对付的一个。

不仅仅是因为他这人心狠手辣、阴鸷无常，更因为他拥有“以瑟”最强大的火力和最难攻破的一个据点。

但好歹，有了切入点，就能制订相关的战略部署了。

按理说顺利取回了情报，也无人员伤亡，是件可喜可贺的事情，然而这两天，作战指挥部完全被低气压笼罩住了。

原因当然是因为这次行动的两位大功臣——疑似闹崩了。

开会时，林、齐二人几乎全程没有交流，零互动。不过这个互相不理的过程，具体来讲，也是稍微有些区别的。

苏青就注意到，齐玥在做分析报告的时候，林竞一直暗中观察着她的一举一动。中途齐玥不小心将热咖啡洒在了身上，林竞微微动了一下，下意识地做了一个要起身的动作，然后又在旁人围上去给齐玥递纸巾的时候按捺住了；反观齐玥，她是真的全程避开和林竞的视线接触，连看都没往林竞所在那个方向看过一眼。

这天散会后，苏青忍不住把齐玥叫到一旁：“你跟林竞怎么了？”

齐玥心不在焉地抠着墙上一块破掉的漆：“没什么。”

苏青犹豫了片刻，斟酌道：“要是有什么误会，还是说开比较……”

齐玥冷笑一声，打断了苏青的话：“没有误会。”

苏青微微蹙眉，担心地看着这个自己最喜欢的学生。

齐玥意识到自己方才的无礼，低声道歉：“对不起，老师。”

苏青摇了一下头：“齐玥，老师只是担心你。”

齐玥：“我知道。给我点时间，我很快就能整理好了。”

苏青盯着她眼底那圈青黑看了一会儿：“要不，给你放两天假？”

齐玥：“不用……我没事的，老师。”

苏青叹了口气：“好吧，有什么需要就跟我说。”

齐玥下了夜班，回到宿舍，第一眼看见的就是窗台上摆着的那盆鸢尾。

明明已经过了花期，那两朵鸢尾却迟迟不愿意凋谢，仍然以骄傲而倔强的方式绽放着。

骄傲的同时，却又低垂着那高贵美丽的头。

齐玥走到窗台边，看着那形似人垂头丧气模样的鸢尾，眯了眯眼。

何必呢？既然那么骄傲，又做出这副颓丧可怜的样子给谁看呢？

“咚——”

寂静夜里的一声闷响，将赵天昕从浴室里炸了出来。

“大半夜的，你搞什么啊……”赵天昕愣愣地盯着砸落在地上的鸢尾，忽然不说话了。

那手工制作的有些可爱的花盆，被撞得凹进去一块，花盆里的土撒出来一大半，而那两株可怜的鸢尾，也歪歪斜斜地倒在一旁，一副被人遗弃的模样。

赵天昕小心翼翼地观察了一下齐玥的表情，见她没有发狂的征兆，才小声道：“你没事吧，这几天感觉你怪怪的。”

其实她已经听陈冲说了，齐玥似乎在任务里和林竞闹了矛盾，还是瞬间翻脸那种。然而两人都对这事绝口不提，他们作为旁观者，也不好直接过问。

齐玥反问道：“我能有什么事？”

你当大家都瞎吗？赵天昕“囧囧”有神地看着她，疯狂腹诽。

赵天昕轻咳一声，故作轻松地调侃：“你说你跟一盆花过不去干吗……瞧这可怜的样儿。”

她小步挪到齐玥身边，蹲下来看着那盆被蹂躏得连叶子都耷拉下来的鸢尾：“这……怎么办？”

“你先去睡吧，我来收拾。”齐玥转头看向她，语气淡淡，“抱歉吵到你了，我只是手滑。”

然后在赵天昕一脸“我信你才有鬼了”的表情下，齐玥淡定地将倾撒出来的泥土扫回盆里，而后站起身，跟没事人一样拎着花盆出了门。

赵天昕喊：“喂，你去哪儿？”

齐玥摆了摆手：“扔垃圾，你先睡吧。”

赵天昕：“……”

齐玥拎着那盆可怜的鸢尾，一路走到了医疗营后面的垃圾场，而后一脸麻木地抬手一扔——那鸢尾就不偏不倚地落到了等身高的铁皮垃圾箱里。她拍了拍手上沾到的泥土，就像拍去那些她曾经以为甩不掉的记忆一样。

一了百了。

路过备用厨房的时候，她忽然鬼使神差地停下了脚步。

她走进厨房，打开角落里的储藏柜，将之前采购时偷偷带回来的一箱啤酒抱了出来。

林竞其实已经连续失眠几天了。齐玥之前也说过好几次要跟他绝交什么的，但从来都当不得真。然而这次，他觉得她是认真的。

他一开始求的也是这么一个结果。然而事情真的朝着他希望的方向发展，他却高兴不起来。不仅高兴不起来，心里还像压了块巨石，沉甸甸的喘不过气，像是钝刀子割肉一般，像一种缓慢的凌迟。

大概是因为，他感觉到，他这次可能真的要失去她了。

无论是作为心上人，还是作为朋友的她。

林竞这几晚睡不着的时候，就喜欢绕着营地瞎溜达。

今夜，月明星稀，他又顺着医疗营的外围墙绕圈子。他一边走，一边翻看着手机里那个名为“Y”的相册里的照片。这已经是他的老习惯了，开心的时候看，不开心的时候也看，郁闷的时候看，难过的时候也看。

他建立这个相册，大概是在进入军校的第二年。那时候齐玥老是过不了射击考试，于是他就给她开小灶补课。有一次齐玥练得太累，趴在草垛上就睡了过去。那天阳光正好，照在少女熟睡的脸上，美好又温暖。

他不知为什么，鬼使神差地就掏出手机将这幕拍了下来。那是这个相册里的第一张照片，再后来……不知不觉，就存了大概上千张照片了。

刚拐过一道弯，迎面扑鼻而来的是浓重的酒香，林竞走了两步，脚边踢到一个空酒瓶，他低头一看，地上竟然横七竖八地倒了一串酒瓶。他皱了皱眉，心说这是谁吃了熊心豹子胆，守夜的时候喝酒。要逮到这个玩忽职守的小兵，一定得好好教训一下。

然后再走两步，他就看到了靠坐在廊柱之后，他准备“收拾”的那个人。

女人头靠在冰冷的石砖墙上，面色潮红，发丝凌乱，有几缕还粘在了湿润的嘴角上。她抱着个空酒瓶，眯着眼，嘴里喃喃自语着什么。

林竞眉头微蹙，弯下腰，轻轻拍了拍她的肩：“齐玥。”

齐玥闭着眼，自顾自抱着酒瓶自言自语，没理他。

林竞伸出手，捉住齐玥的肩，轻轻晃了两晃：“齐玥，醒醒。”

齐玥睁开眼，盯着眼前的人看了许久，似乎在辨认这人是真是假。

林竞看着一地的酒瓶，眉头紧蹙，声音里也多了分严厉和不满：“你到底喝了多少？”

齐玥皱着眉，不胜其烦地挥开他的手：“关你屁事。”

林竞忽然伸手，绕过她的胳膊，把她从地上架了起来：“走，我送你回宿舍。”

齐玥踉踉跄跄地站稳，忽然狠狠一把推开林竞，指着他的鼻子歇斯底里：“别碰我！滚！”

她摇摇晃晃地盯着面色铁青的林竞看了一会儿，忽然仰头大笑起来。她甚至笑得弯下了腰，上气不接下气。只是那像是榨干全身力气的笑声，怎么听都让人觉得头皮发麻……

林竞见她状若疯癫，摇摇晃晃歪歪斜斜的样子，终究忍不住又要伸手去扶……

齐玥却“啪”地打开了他的手，收起笑容，冷冷看向他。

她的视线如凛风，如利刃，刀刀割在林竞的心上。

而后林竞听她一字一顿，口齿清晰地说：

“过去十年，算我瞎了眼，瞎了心。但从今天起，我们一刀两断，过去种种，譬如昨日死——”

齐玥狠狠地点着自己心口的位置，似是清醒了一般，目光灼灼地看着林竞："林竞，你在我心里，什么都不是了。"

怕他听不清似的，齐玥还特地慢慢地、一字一字地重复了一遍："什、么、都、不、是。"

明明说话人的声音还是那么动听，说出来的话却让人如坠冰窖，剜心刺骨。

齐玥放了那番狠话后，摇摇晃晃地差点一头栽倒在地——如果不是林竞眼疾手快地扶住她。

他终究不能扔下齐玥不管，于是只能忍耐着她的推搡打骂，将她背了起来。

林竞将齐玥送回宿舍，赵天昕睡眼蒙眬地出来开的门。

"大半夜的你跑哪儿疯去了……"话未落，她看清了站在门口的人。

"林队……"

林竞也不废话："她喝醉了。"

赵天昕让开一步："快进来吧。"

林竞背着齐玥进了门，走到她床边。

就在林竞将齐玥轻轻放下的那瞬间，齐玥忽然狠狠一口咬住他的脖子。那真的是嗜血食肉一般的力道，林竞吃痛，瞬间狠狠皱起了眉。

赵天昕惊呼一声，赶紧上前掰开了还死咬着人不放的齐玥。

齐玥这一咬是真用了力，林竞脖子后面一圈深深的牙印，有几个地方还破皮见了血。也是个狠人。

赵天昕头皮发麻："林、林队，我帮你处理一下伤口吧……"

林竞摇了一下头："麻烦你，烧点热水。"

赵天昕："哦！稍等！"

赵天昕转身进了浴室，林竞帮齐玥脱了鞋，盖上被子。

齐玥也不知道是有意识还是无意识，她忽然伸手一捞，用被子蒙住了头，整个人在被子里缩成小小的一团。

林竞皱着眉，轻轻拉了一下被子，没拉动。里面的人拽得死紧。

屋子里一时很安静，只有浴室里传来的隐隐约约的电水壶烧水的声音，和被子下面传出来的微小的抽气声。如果不是在这么安静的环境里，一定会被人忽略。

然而那微弱的、毫无存在感的声音，听在林竞耳里，那就是世界的全部声音。

他低头看着床上鼓起的那一团，紧紧地攥着拳头，指甲深深陷入手心的肉里。

过了许久，都没说出一句话来，到开口时，嗓子已经哑了：“对不起。”

被子下面鼓起的那一团久久没有动静。

过了好一会儿，他才听到被子下面瓮声瓮气地传出一句话来：

“滚吧你，我最后悔的事，就是认识了你。”

赵天昕刚端了热水出来，就冷不防地听到这么一句话。她从来没见过齐玥这副模样。本来以为他们只是普通的闹别扭，看样子事情比她想象的严重得多。

她注意到，林竞的视线，正安静地盯着空落落的窗台。

那里曾经有一盆色泽艳丽、开得正盛的鸢尾。

赵天昕有些尴尬：“热水来了……”

林竞收回视线：“你好好照顾她，我走了。”

赵天昕想了想，放下手中的杯子，跟了出去。

她掩上房门，叫住了刚走出不远的林竞：“林队！”

林竞顿住了脚步，却没有回头。

赵天昕：“她也许只是在气头上，一时口不择言。我了解她的，等过两天她气消一点，你再好好跟她说？”

林竞安静了一会儿，忽然问了一个风马牛不相及的问题：“那盆鸢尾……她扔哪儿了？”

林队，你要不要这么直击要害……

赵天昕“囧囧”有神，只能老实交代：“她说要扔垃圾，拎着那盆鸢尾就出门了……”

林竞点头：“我知道了，谢谢。你们早点休息吧。”

赵天昕：“好……林队你也是。”

林竞在垃圾场里找到了那盆被遗弃的鸢尾。花盆凹进去了一大块，两支鸢尾也被从盆里挤了出来，可怜巴巴地躺在一旁。其中一株的叶子被压折了好几片，就连花也被压扁了。

林竞盯着那盆被主人遗弃的鸢尾看了好一会儿，而后伸出手，把它从垃圾堆里抱了出来……

陈冲戴着耳机，躺在床上带人“吃鸡”吃得正在兴头上，就见林竞手里拎着什么东西进门来了。

进了屋，林竞也没跟他说话，径自把那东西抱到墙角捣鼓去了。

“哈哈哈，三角洲又怎么样，照样是我的手下败将！”陈冲打完一局，兴奋地招呼林竞，“队长，你也来跟我打一局，让这帮洋鬼子见识见识我们中国特种部队的厉害。”

没人理他。

陈冲：“队长——队长——行不行，给句话啊？”

依然没人理他。

陈冲将手机往旁边一扔，从床上起来，探了个脑袋出来想看看林竞在干什么。只见林竞拎着那被撞凹了一块的铁花盆，用小锤子敲敲打打，不一会儿，就将其恢复了原貌。

陈冲咂舌：“队长，你什么时候改行当花匠了？”

他瞅着倒在地上的那两颗草盯了一会儿，忽然瞪圆了眼：“哎？这不是之前你从河边挖回来的那两株兰草吗？哟……这叶子怎么蔫了……”

陈冲向来不擅长认这些花花草草，看鸢尾叶子长得像兰草，就固执地认为这是兰草了。

只见林竞一言不发地修复了花盆，又将挖来的新土放进盆里，小心翼翼地将鸢尾种了回去。

陈冲从床上爬起来，走到林竞身后：“花苞都被压扁了，这兰草还能活吗？”

林竞终于搭理他了：“当然能活，只要这根还在。”

花无百日红，明日春再来。

齐玥清晨半梦半醒间，被一阵急促的敲门声吵醒。

“齐医生，赵医生，你们快来病房看看。7 号床的病人出事了！”

齐玥猛地从床上坐起来，太阳穴一跳一跳地扯痛着，她瞄了一眼摆在床头的电子钟——早上五点半。

7号床……

好像是住院医小刘昨天收的病人。

齐玥又看了一眼蜷在被窝里睡得跟死猪一样的赵天昕，认命地披了衣服下床。

齐玥打开门，小护士脸色惨白地站在门外。

“怎么了？”齐玥皱了皱眉。

小护士回答：“7号床的病人刚才忽然浑身抽搐，吐血不止，血压急速下降。”

齐玥瞬间清醒了：“立刻带我去看看。边走边说！”说完，她便跟着小护士一起，迅速跑向了病房。

齐玥：“昨天收治病人时的病因是什么？”

护士：“高烧、呕吐、腹泻……”

齐玥：“刘医生的诊断是什么？”

护士：“胃肠型流感。”

齐玥：“病人身上有红疹吗？”

护士想了想：“好像……好像腿上有一些。”

齐玥忽然狠狠皱起眉：“你待会儿把血常规检查报告给我看看。刘浩给他开E病毒、M病毒和Y病毒抗原检测了吗？血清中和试验呢？”

护士听得一愣一愣的：“好像……没有。”

齐玥忽然发了飙：“这儿是北非，什么怪病都能遇到，他以为在国内玩过家家呢！高热、腹泻、呕吐、出疹，这些高危指标条条命中，他还敢不开检测？这小子人呢？叫他立刻给我滚过来！”

“刚，刚已经去找过了，刘医生他……他……不在宿舍。”护士没见过齐玥发这么大脾气，顿时吓了一大跳，大气都不敢出一下。好在说话间，她们已经来到了病房。

齐玥一进门，就看见两个护士正合力压制着那个浑身抽搐不止的病人。他一边抽搐着，嘴里、鼻子里还不断地有鲜红夹杂暗红的血涌出来。

齐玥吩咐跟在身边的护士：“拿镇静剂来。你们几个跟我来，把人推手术室！”

一个护士忽然惊叫：“病人窒息了！”

齐玥快步走到病床前：“是喉源性水肿。你们把他按稳了，千万别让他乱动！准备利多卡因，手术刀，插管。”

一个护士赶紧递上了手术刀。

只见齐玥动作迅速，轻车熟路地切开病人的气管，置入了气管套管，加以固定……

完成插管的瞬间，病人的呼吸便顺畅了起来。

周围的护士都松了口气。

齐玥：“就这样，送进手术室。”

然而她刚说完话，有个小护士一时间没能按住病人的肩，那人忽然坐起身，喷出一大口血。

齐玥人正好在病人身前，被喷了个正着……

“齐医生！”

“齐医生——”

齐玥抬手，用袖子擦了一把脸。当她看清血液里夹杂的脱落的器官组织时，一颗心瞬间沉到谷底。

她抬头，看向众人，用沉静的声音宣布道：“先把病人送往手术室。通知所有医护人员，启用传染病一级预案。通知检验科的人，对所有人进行 E 病毒和 Y 病毒抗原检测。所有和病人接触过的医护人员，从今天开始，进行隔离。”

有个小护士听她说完，当场就吓得哭了出来。

…………

半天后，检验科的报告出来了。

病人男性，三十七岁，利维亚人。确认感染 Y-2 型病毒，感染时间约十七天。

Y 病毒是一种流行于非洲大陆的极为凶险的出血热病毒，潜伏期两天到二十一天不等，一般以高热、剧烈的头痛以及全身肌肉酸痛为初始症状，很容易被误诊为流感。然而三到五天内就会出现严重腹泻、抽筋、恶心、呕吐和皮疹。病程发展到后期，患者会出现严重的内出血，甚至可能会吐出破碎的内部组织。到了末期，病人会持续高热，累及中枢神经系统，导致精神错乱、易怒，甚至出现攻击行为。不过大部分病人一般在此之前就会因严重的失血和器官衰竭而死亡。

由于 Y 病毒是通过接触感染，但凡和患者有过肢体接触的医护人员全部被隔离了起来，等待接受进一步检查。

苏青正在会议室里对所有不用接受隔离的医护人员进行防控宣讲，会议室的门忽然被人“砰”地从外面撞开了。

一向以冷静强悍形象示人的男人，此时的眼神里竟然露出了些明显的脆弱。

男人和苏青对视几秒，嘴唇抖了几抖，才哑声道：“我刚刚看到……被隔离人员的名单了……确认无误吗？”

苏青没有说话，只是神情凝重地和林竞沉默对视着。

林竞等了片刻，在这漫长的沉默里，眼神由一开始的不敢置信和惶惶不安，逐渐转为一片死寂的灰败……

在苏青和齐玥有条不紊的组织配合下，医疗营很快就被划分为两个区域——正常区域和隔离区。苏青继续主持正常区域的工作，照常接受联合国送过来的急重伤病患。而齐玥则负责隔离区的工作，研究抵抗病毒的方案以及照看已经感染和疑似感染的病人。

当天下午，齐玥正在隔离区组织疑似感染人员进行检查时，忽然听见外面一阵喧哗吵闹。

“少校，这边是隔离区，你不能进去！”

“少校，请不要让我们为难……”

“那些穿了防护服的医护人员不是都能进？给我一套防护服！”

“只有医护人员能到这个区域来。少校，这里真的很危险，谁都不知道会有什么突发情况。”

“把门打开！这是命令！”

“抱歉少校！紧急预案启动后，除非“飞刃”指挥部直接下达命令，在这里我们只听从苏少校和齐中尉的指令。请您谅解！”

隔离区是原来的重症监护区域，门口设有电子锁。紧急预案启动后，这片区域被划分为隔离区，专门收治已感染和疑似感染的病人。为了防止病毒传染和保证操作的安全规范，只有获得准许的医护人员才能进入。

齐玥远远地看隔离区玻璃门外的那个熟悉身影，皱了皱眉，举步朝那边走去。

“中尉！”

“齐中尉，少校他……”

守在门口的两个护士见到齐玥过来，就像看到了救星一般。她们其实也不知道该拿林竞怎么办，毕竟他军衔摆在那儿，她们也只能硬着头皮以“制度”之名将他拦在门外。

“飞刃”里没人不知道林竞的本事，如果他决定用武力硬闯，真的没人能拦得住他。

齐玥走近到门前，隔着隔离室的玻璃门，冷眼看着那个面色铁青、眼眶通红，宛如魔怔了的男人。

“林少校，你是找不到地方撒泼了吗，跑到我这儿来闹？”

林竞见到齐玥，方才狠厉发狂的一面稍微收敛：“齐玥！我……我之前在隔离人员的名单上看到你了。”

齐玥：“哦。那现在你已经亲自确认了，可以回去了。还有，别在这儿高声喧哗，不知道病人需要一个安静的疗养环境？”

林竞：“抱歉，我只是……”

齐玥漠然打断他：“少校，你打扰到我们工作了。”

林竞微微低头，专注地看着她：“他们跟我说，你接触过患者……是真的吗？”

问出最后四个字的时候，向来以强悍铁血一面示人的硬汉，声音里竟带了些颤音。

齐玥：“没错。”

林竞眸色微沉，抖了抖嘴唇：“那……你也被感染了吗？”

齐玥冷淡而疏离地看着他：“现在还不知道。林少校，请你不要再过来骚扰我们的医护人员，也别再来添乱了，没看见我们现在已经很忙了吗？”她说完话，转身就要走。

“齐玥！”

齐玥停步，却没有回头。

在她身后，林竞额头抵在冰冷的玻璃门上，眼神已经几近哀求了：“我想见见你。”

齐玥：“你已经见到了。”

林竞：“我想单独见你……我有很多话想跟你说。”

齐玥脸上微微现出些不耐烦：“我跟你无话可说。”她说完这话，就继续朝里面的病房走去。

“齐玥！”

“齐玥。”

门口一前一后响起了两声呼喊。

这第二声“齐玥”，成功地留住了齐玥的脚步。然而这声音的主人，并不是林竞。

门内的小护士忽然眼睛发亮地盯着林竞身后：“程医生！”

齐玥也惊讶地看着那人：“你怎么来了？”

一身防护服的程冬临冲她笑了一下：“苏医生把这边情况告诉我了。你们这儿人手不够，我过来帮忙。”

齐玥看着程冬临，眼眶微红：“其实你不用特地……”

程冬临忽然收了笑：“而且我也担心你。”

齐玥：“……”

“苏医生已经许可了。咱们两支医疗队本来就应该同心协力，共同抵御疫病。”程冬临用手中的卡在电子锁上一刷，玻璃门瞬间解锁，向一旁滑开，他走了进去。

林竞下意识地向前走了一步，程冬临伸手，将林竞挡在外面：“林队长，你不该到这边来的。”

他刚说完这话，门便在两人之间合上了。

程冬临：“我在美国读博的时候，针对 Y 病毒做过一些课题。我想，有几个方案，也许可以试一试。”

齐玥叹了口气：“谢谢你。”

程冬临：“病人现在情况如何？”

齐玥：“你跟我过来吧。”

两人自说自话，全程视林竞为无物。

林竞眸色深沉，神情晦暗地盯着那一袭白衣消失在拐角。仔细看的话，甚至能看到他眼睛里根根充盈的血丝。他垂在身侧的手指一根一根收拢，捏握成拳。

片刻后，一记狠拳，重重地砸到旁边的墙上。

厚实的水泥墙，竟然被他砸得发出了一声闷响。

“呀——”一个小护士吓得惊叫了一声，她清楚地看见林竞指骨上沾着斑斑血迹。

林竞收回手，一言不发地转身走了，拳头上的鲜血，带着他的体温，滴落在白色的地砖上，就像是雪中盛开的朵朵红梅……

晚间，苏青刚结束了一天繁重的工作，拖着疲惫的身子回到宿舍。

刚走到自己那层的走廊，就看见门口的阴影里藏着一个高大的身影。

苏青叹了口气：“进来吧。”

不过一天而已，林竞下巴上的青胡楂都长了一圈，双眼依然通红，看起来竟像是熬了几宿没睡的样子，整个人憔悴了不少。然而尽管这样，他周身的气势反而强了不少。如果硬要形容他现在的状态……那就像是一头受伤的猛兽。

苏青在灯光下看清他的模样，也吓了一跳：“你怎么……”

然而后面的话她没再继续说，没必要再去戳别人的脊梁骨。

苏青请他进屋坐下。

“喝点什么？”

林竞摇了摇头：“我来，是想问清楚一件事情。”

他开口时，嗓音粗粝沙哑，像被烟熏过、被刀割过一般。

苏青有些不忍，还是给他倒了一杯水。

苏青：“你想问田院士的那项科研成果？”

林竞点一点头：“如果有了那个方案，是不是就能制出克制 Y 病毒的特效药？”

苏青：“理论上来讲，应该是可以的。我们这段时间把田院士之前留下的其他学术论文都看过，他之前也提到过这个方案。之前他过来实地考察，也是为了验证最关键的几个点。根据你们目前分析出来的情报，这份科研成果，对我们攻克这种病毒，的确会起到决定性的作用。”

“如果真的感染了这种病毒，没有特效药的话，是不是就……”那几个字，他还是说不出口。

苏青叹了口气：“我们做病原体实验的时候，有一项重要的指标叫作生物安全等级，一共分为四级，级数越大越危险，防护也越严格。Y 病毒之所以被列为第四级，就是因为它的致死率。它的传染性其实没有非典那么可怕，但一旦感染，致死率高达百分之九十。”

林竞鼻子微微一酸，一时差点没忍住。

他闭了闭眼，两根手指抵在鼻翼上，狠狠地揉了两下。

苏青："不过你也别太悲观，检查结果还没出来，她也不一定会被感染。"

林竞："如果我们能从'以瑟'手里拿到研究成果，配出特效药需要多长时间？"

苏青："只要信息足够、物资足够，应该几天之内就能配出特效药。"

林竞："好。谢谢你，苏老师。今晚打扰了。"

"等等！"

见林竞起身要走，苏青立刻叫住他。

苏青："你不要冲动。你也知道，加齐是'以瑟'头领里最难对付的那个，手段也是最阴狠毒辣的。不如将这边的情况汇报过去，等上级的通知再行动？"

林竞没说话。

苏青："林竞，我明白你的心情。齐玥是我最心爱的学生，我又何尝不是心急如焚？"

林竞握了握拳，又慢慢松开。

苏青："至少，等检查结果出来以后吧。"

"咚咚——"苏青的房门忽然被人从外面敲了两下。

林竞就站在门边，顺手就拉开了门。

站在门外的是赵天昕，大约是因为刚刚狂奔过来，她还弯着腰，直喘气："苏……苏老师，齐玥她们的检查……检查结果，出来了……"

赵天昕好不容易说完一句完整的话，喘过气了，才慢慢直起腰，结果刚一抬头，就看见了站在自己面前的高大男人。

"林……林队。"赵天昕没料想到林竞竟然会在这里。

因为逆着光，所以看不太清他此刻的神情。然而，她能感受到他的目光灼灼，死死地盯着她。

林竞声音低沉，一字一顿地问道："结果如何？"

第十二章

SHANHEWANLI,
WOLAIJIANNI

请你不要放弃我

检验报告出来了。

包括齐玥在内的五名与患者接触过的医护人员，全部被感染，无一幸免。

苏青手中握着的笔应声落地，她整个人像是忽然被抽干了力气一样，摇摇晃晃地向后退了一步。

赵天昕还在说着什么，然而林竞只看见她一张一合的嘴唇，后面的话一个字都没听清。

他脑袋里甚至出现了短暂的忙音。

心中那微弱的、名为“侥幸”的烛火，被深夜里的这个噩耗彻底浇灭。赵天昕的话像一柄利刃，直直插在了他的心脏上，让他切身实际地体会到了，何为锥心之痛。

猎鹰小队在深夜召开紧急作战会议。

余海和单世钧本来已经睡下了，但一接到通知，片刻也没耽误地就爬了起来。

会议室里安静得连根针落地都能听见，林竞坐在桌前，眉心紧紧拧在一处。他专注地翻看着一大沓资料，手中的笔不时在地图上圈圈画画。

平时那个大活宝陈冲也难得地没有嘻嘻哈哈，一脸严肃地坐在会议桌前，安静地等待着另外几名队友。

会议室的门被人从外推开，余海和单世钧一前一后地走了进来。

他们的视线和坐在桌边陈冲对上。三人都没有说话，却有一种心照不宣的默契。

余海和单世钧一左一右地拉开陈冲旁边的椅子，落座。

最后到场的是之前利维亚政府专门为了协助这个任务而派过来的情报分析专家哈丹。

林竞揉了揉因为精神紧绷而发痛的太阳穴，放下手中的笔：“既然人都到齐了，那我们就开始吧。抱歉，这么晚把你们叫过来，实在是因为事出突然。”

余海表示理解：“队长，是不是医疗队那边有最新的消息了？”

林竞点了点头：“所有与患者发生过接触的医护人员，都被感染了。”

陈冲张了张嘴：“我……”

在场众人俱是错愕、惊讶，余海、单世钧他们几个更是神情凝重地看向林竞。他们知道，这消息对林竞来说，意味着什么。

林竞：“我们现在是时间紧，任务急。只有拿到田院士的研究成果，才有机会挽救医疗队的同志和病人们的生命。”

林竞：“哈丹上尉，麻烦你跟大家说一下最新分析出来的情报。”

哈丹：“我们最近刚刚破译了上次大家任务时截获的那份加密图文情报。田院士的研究成果被敌人拷贝成了两份加密硬盘，分别藏在加齐的一南一北两个据点。但是这两份硬盘里，有一份是假的。假的那份应该是在真的研究报告里掺入了虚假信息，以混淆视听。”

林竞看了余海和单世钧一眼：“你们有什么想法？”

余海：“医学方面，我们毕竟不是专业人员，没办法辨别研究报告的真伪，所以只能等取到研究报告后，依靠咱们医疗队的成员来辨别真伪了。”

单世钧：“而且因为任务特殊性，我们没有机会重来一次。一旦动手，必定打草惊蛇，‘以瑟’也不会善罢甘休。因此，我们必须一次到位，一网打尽。”

林竞点头：“我也是这个想法。”

陈冲：“所以队长你的意思是——两份都取？”

林竞：“没错。我们兵分两路，同时作战。”

哈丹立刻皱起眉：“可是对方无论是火力还是兵力，本就远胜于我们，现在还要兵分两路，这不是找死吗？”

林竞犀利的目光冷冷落在他身上。哈丹是空降过来的，虽然业务能力很强，但从来没跟他们一起作战过，彼此对对方都不熟悉。

哈丹被林竞的眼神看得有些发毛。

林竞虽然看起来有些憔悴，但身上的气势却分毫不减，就那么站着不说话，都会让人不自觉地低下头去。哈丹能屈能伸，在林竞的威压面前，立刻垂下眼皮，不再与林竞对视。

而后他见林竞忽然走近了，走到了他身边。

就算不和林竞对视，他也能感觉到对方凌厉的视线。

林竞的声音淡淡地在他头顶上响起：“那你告诉我，我们是要作壁上观，等着医疗队的同事发病死掉吗？”

哈丹：“……”

林竞明明只用了最平和的陈述语气，哈丹的额头上却沁出了一层冷汗。

哈丹硬着头皮又说了句：“可是，上级有命令，我们不能轻举妄动。大队长那边……你打算怎么交代？”

林竞忽然爆发：“别用大队长来压我！在这里，我才是作战指挥官！”

陈冲也出言怼他：“贪生怕死的话，还是滚回你们的总部去吧。这里不适合你。”

林竞看了陈冲一眼，陈冲悻悻闭上嘴。

陈冲这句话，几乎就是在说他贪生怕死了。

哈丹脸都憋红了，辩解道：“这个任务我们政府也非常重视。为了保证任务成功率，当然得从长计议。”

林竞忽然伸手，一把揪住了哈丹的衣领，力道之大，几乎将他整个人提了起来。

哈丹挣扎了两下，却发现完全不是林竞的对手，于是只能勉强捉住林竞的手腕，听他一字一句道：“你告诉我，我们为什么要执行这个任务？夺回科研成果，难道不是为了挽救更多的生命？”

哈丹被他勒得喘不过气，只能拼命地点了两下头。

林竞又道：“既然是这样，你告诉我，现在难道不是最应该执行夺回任务的时候？等到你说的任务成功率提到百分之百了，人都死硬了！”

哈丹咳了两声，依然说不出话。

林竞：“搞清楚自己的位置！如果再让我听到刚才那样的言论，就像陈冲说的，就给我滚回你们总部去！听明白了吗？”

哈丹又使劲点了两下头，林竞这才松开手。

哈丹跌坐回椅子上，大口大口地喘着气……

林竞居高临下地看着他：“你先回宿舍吧。我和余海、陈冲他们商讨战术问题，你不用留在这儿了。”

哈丹僵硬了一下。

林竞微微一挑眉：“还不走？”

哈丹赶紧站起来：“是，队长。”他冲林竞匆匆行了一个军礼，夹紧尾巴灰溜溜地走了。

等人走后，林竞才转向余海、陈冲等人：“要分头同时行动的话，兵力确实是个问题。”

陈冲：“利维亚政府不是说，如果有需要，他们也愿意出兵。”

林竞摇了摇头：“乌合之众，而且没跟我们打过配合，我怕他们反而会坏事。”

余海点了点头：“队长说得不无道理，利维亚现在的政府军都是临时组建的，士兵素质、军队设备，都和我们差得太远了。”

单世钧：“队长，你是不是已经有对策了？”

林竞点了点头：“我已经通知黎望的小队了。他们最近刚好在意大利那边执行任务，要赶过来很快。”

陈冲怪叫了一声：“黎望？你不是素来和他不合吗？”

林竞看着他：“不合？你哪只眼睛看出来的？”

陈冲委委屈屈地说：“大家都这么说……”他看了一眼林竞的表情，识相地闭紧了嘴。

黎望是“飞刃”下白虎特别行动队的队长。在军校时期，他比林竞高一届，是他们那一级的风云人物。两人正式进入飞刃大队后，因为同样出色的成绩，所以经常被拿来比较。

他所带领的“白虎”，也是数一数二的行动队，精锐中的精锐，和林竞带领的“猎鹰”在战绩上也不分伯仲。

久而久之，两队的队员互相都有了那么点视对方为竞争对手的意思。

林竞平常和黎望来往不多，后来不知为什么，大队里渐渐就有了两人不合的传闻。

余海“扑哧”一笑：“就那些八卦，你还真信。咱队长其实和黎队私交不错的。”

陈冲一脸蒙：“啊？”

单世钧点头，言简意赅：“惺惺相惜。”

陈冲摸了摸鼻子：“啊，要是‘白虎’能加入这次行动，那还真的是如虎添翼啊。”

余海：“哟！你居然会用成语了。”

陈冲：“小爷我一直会用！”

林竞：“说正事……你们看加齐的这两处据点……”

这场会，一直开到半夜才结束。

散会后，余海忽然对林竞道：“队长，你还是休息一会儿吧。”

就连一向寡言的单世钧都难得地说了一个长句：“你是我们的主心骨。你要是也病倒，谁来带领我们执行这个任务？”

陈冲：“对啊，对啊。”

林竞：“你们放心，我一定不会倒下。”

第二天一早，天还没亮，林竞和陈冲二人的宿舍就被一队士兵包围了。

陈冲拦在门口：“放肆，你们这是干什么？”

从一众士兵后面，缓缓走出一人。

不是哈丹又是谁？

只见他站得远远的，颐指气使地宣布：“大队长的直接指令，林竞少校枉顾军纪，取消任务指挥资格，罚禁闭思过一周。”

陈冲睚眦欲裂：“我早看你就不是个好东西，没想到你不仅孬，还贱！让你去打小报告，看老子不揍死你！”

陈冲说完，冲上去就要给哈丹一拳，周围的士兵赶紧上前拦住陈冲。

陈冲气急，直接就和他们干上了。

“陈冲，住手！”林竞从屋内走了出来，高喝了一声。

陈冲咬了咬牙，松开了手，狠狠地瞪着躲在士兵后面的哈丹。

“小人！”他往旁边啐了一口。

林竞拍了下他的肩：“放心，没事。”

林竞和哈丹擦肩而过的时候，脚步微微一顿。

“你好样儿的。”林竞淡淡道。

哈丹微微一笑：“好不好，你说了不算，我说了也不算。”

林竞：“这笔账，我记下了。”

晚间，余海到禁闭室来探视林竞。

说是探视，其实最多也就是隔着门说说话。

余海：“放心吧，我们已经联名向大队长请命了，应该很快就能把你放出来。”

林竞：“找他没用。余海，麻烦你给我父亲去通电话，带句话。”

余海肃容：“队长你说。”

林竞：“你就告诉他，如果齐玥有个什么三长两短，就让他当没生过我这个不孝子吧。”

余海愣了好一会儿，才艰难地说道：“队长，真……真的要这么跟首长说？”

林竞点头：“对，就这么说。”

这天，齐玥正在配药的时候，赵天昕又过来看望她。

赵天昕这两天有事没事总喜欢往齐玥这儿跑，尽管齐玥三番五次叮嘱赵天昕不要来隔离区，但赵天昕对她的话充耳不闻，照来不误。

“哟，程医生也在啊。”赵天昕探了个头，见两人正在电脑上研究。

程冬临站起身：“你们聊吧，我去看看 5 号床的病人。”

程冬临走后，赵天昕大大咧咧地走进配药间，不客气地坐了下来。

“啧啧，程医生真是又识趣又贴心。可惜落花有意流水无情哟。”

齐玥：“……”

赵天昕扫了一眼电脑上的报告：“四联抗生素的方案有用吗？”

齐玥摇了摇头：“我们准备换几种抗生素试试。”

赵天昕下意识地点了点头：“多试试吧，没准真能被你们试出特效药呢。”

赵天昕盯着齐玥的侧脸看了一会儿，忽道：“喂，我听说林队被关了禁闭。”

齐玥正在调配一组三联抗生素，闻言，也只是微微顿了一下，就继续干活儿了。

赵天昕：“你都不好奇他为什么被关禁闭？”

齐玥莫名其妙：“关我什么事。”

赵天昕：“你还别说，还真和你有关。”

齐玥专注地盯着药剂的比例，似乎对赵天昕说的话毫无兴趣。

赵天昕继续自顾自道：“听说林队是为了救你……你们，决定提前执行研究成果夺取任务。结果哈丹那狗东西，就是那个空降过来的情报专员你知道吧，居然给大队长打了小报告。大队长盛怒之下，才下令把林队关起来的。”

自从齐玥被感染后，赵天昕就作为替补，代替了齐玥加入田院士研究成果夺取任务里，所以现在她才有了这些内幕消息。

齐玥听了，依旧不置一词。

赵天昕坐不住了：“你就没点儿想法？就不想发表点儿意见？”

齐玥看她一眼：“说什么？关得好？”

赵天昕终于有点看不下去了：“就算他之前惹你生气得罪你了，但谁都看得出，他有多么关心你。他天天到门口来看你，你说你也是够狠的，一面也不见。”

齐玥拉下脸，冷冷道：“你到底是谁闺蜜？他是什么样的人，我难道不比你清楚？我这里忙得焦头烂额，你还专程来给我捣乱。如果你是来当说客的，请回。”

赵天昕：“别别别……齐玥，我也是关心你。”

齐玥：“关心我就少到这边来晃。这里是隔离区，一天到晚往这儿跑，你是嫌命长？”

赵天昕的眼神忽然黯淡下来，眼眶慢慢地红了。

齐玥见赵天昕忽然安静下来，也停下了手里的活儿，却没再说话。

她其实能明白赵天昕的心思。

“生死有命。”齐玥忽然说了一句。

赵天昕暴躁地打断她：“我不许你这么说！你一定会没事的！”

林竞在禁闭室里的第三天，等来了林和祥的电话。

电话那头，林和祥的声音听起来，似乎更苍老了。

林和祥：“事情我都听余海跟我说了。”

林竞：“他把我的话都带到了？”

林和祥：“混账！你这是什么态度！”

林竞：“我没时间了。”

林和祥：“你可真是长出息了。不愧是我儿子。”

林竞：“因为你的一念之差，我失去了母亲。这次的事，也在你的一念之差。”

林和祥沉默了许久，才道：“关禁闭的事情，是你们大队长决定的。余海告诉我，我才知道。”

林竞：“……”

林和祥：“他还跟我说了你私下联络黎望小队的事情。”

林竞：“多事。”

林和祥：“我批准了。”

林竞：“谢谢。还有一件事……情报组的那个哈丹，我觉得他的判断力和气魄，都不太适合这类任务。”

林和祥：“具体情况余海也跟我说了。你本来就是他的上级，等这次任务结束后，交由你全权处置吧。”

林竞：“好。”

林和祥叹了口气：“毕竟是在他国交战区，我们名不正言不顺，不方便大规模出手，海军舰队也不方便在那边停靠。”

林竞：“我知道。”

林和祥：“但是，我给你调了一批装备过去，你应该用得上。”

林竞动容：“爸……”

林和祥：“我只有一个要求。”

林竞：“……”

林和祥：“活着回来！”

林竞喉头微微一哽，过了半晌，才低声道：“谢谢……爸。”

这通电话后不久，林竞就被放了出来，恢复原职。

禁闭室的门一打开，林竞就看到了站在外面的三个伙伴。

"队长！"陈冲激动得大喊一声，差点儿没上去和林竞来个拥抱。

林竞和余海对视一眼，余海微微冲他点了点头。

林竞："黎望他们什么时候能到？"

单世钧："黎队说他们那边还需要两天时间。"

林竞："加齐的资料传过去了吗？"

单世钧："传过去了。"

余海："他们基地的详细地图也绘制完成了。"

林竞："干得好。正好，国内会运一批装备过来，和黎望他们到的时间刚刚对得上。"

余海眼睛一亮："首长批准的？"

林竞："嗯。"

陈冲摩拳擦掌："太好了。看我这次大展身手，干他们个屁滚尿流！"

林竞从禁闭室出来后，就一直站在隔离区的门外，不眠不休，一站就是一宿。

不过短短几天时间，他人竟然瘦了一大圈。和齐玥相比，他看上去倒更像是一个病人。

有好几次，他都见到齐玥从正对大门的区域走过。

然而齐玥从始至终都对他视而不见。别说跟他说一句话，连正眼也没瞧过他一眼。

林竞这次也没有再逼迫医护人员给他开门，他就安静地站在门外，隔着玻璃，静静地看着齐玥在里面忙碌。就算只能远远地看着，能多看几眼，也是好的。

苏青终于看不过去，给了林竞特许进入隔离区探病的权限。当然，他必须和其他医护人员一样，穿戴好防护服才能进入。

林竞进去的时候，齐玥正坐在休息室的沙发上闭目养神。

她的脸色比平时略显苍白，嘴唇失去了平日里的粉润光泽，眼睛下面也有一圈淡淡的青黑痕迹。但即便这样，她依然是好看的。

从疫病爆发到现在，前后不过一个星期的时间而已，然而能再一次这么近距离地看着她，林竞却觉得恍若隔世一般。

他安静地站在门口看了一会儿，而后拿起放在一旁椅子上的薄毯，展开来，轻轻搭在齐玥的身上。

齐玥似乎有所察觉，慢慢睁开了眼睛。

她和近在咫尺的林竞对视了片刻，大概是因为刚睡醒，神情还有点迷茫，看他的眼神也不似之前那样冰冷。

“齐玥。”林竞忍不住，不自主地就出声唤她的名。

他低沉的声音里依然带着一丝沙哑，听上去竟然有些性感撩人。

齐玥瞬间清醒了，眼神中露出了冰冷的嫌恶：“你来干什么？”

林竞：“我只是想过来看看你。”

齐玥：“你看到了，请回吧。”

林竞：“你现在感觉怎么样？”

齐玥站起身：“我感觉你很烦人。”

林竞：“你去哪儿？”

齐玥：“工作。”

林竞忽然伸手拉住了齐玥的手。

齐玥吓了一跳，像被烫了一样，下意识地就要甩开他的手：“你疯了？”

而后她意识到自己反应过度了，两人其实都穿着防护服。

林竞柔声道，有些恳求的意味：“别走。坐一会儿吧？”

印象中，他从来没用过这样的语气跟她说话。

然而齐玥不领情。

她使劲挣了两下都没能挣脱，恼羞成怒：“你到底想干什么？”

林竞忽然靠了过来，齐玥一惊，不自在地往后退了一步。

然而林竞只是伸出手，关上了她身后的门。

他固执地握着齐玥的手：“陪我，聊一会儿吧。”

齐玥没办法，又拗不过他，只能僵硬地在沙发上坐下来。

齐玥：“你到底想说什么？”

林竞安静地凝视了她片刻，忽然道：“我爱你。”

齐玥：“？”

如果不是林竞此时不苟言笑、一脸正色，她都要怀疑自己幻听了。

林竞见齐玥毫无反应，又缓慢地、一字一顿地重复了一遍：“齐玥，我爱你。”

因为两人离得很近，齐玥甚至能看见，那双平时沉静如深潭的黑眸里，竟似有水光。

齐玥移开眼，“扑哧”一笑：“早不爱，晚不爱，这时候来跟我说爱？几个意思？打发叫花子呢？

“就算你想打发，也得看我要不要吧……林队长。”

林竞似乎很是难受，他缓而重地摇一摇头：“不是。齐玥，以前是我想错了，我错得厉害。我以为……”

齐玥有些暴躁地打断他：“现在说这些还有什么意思呢？”

林竞：“……”

齐玥冷冷睨着他：“少校难道没听过一句话吗——过时不候。你也太自以为是了吧？没有谁应该一直站在原地等你的。”

林竞：“齐玥……”

齐玥：“怎么，你想听什么？我是不是应该痛哭流涕感恩戴德？感谢你成全了一个将死之人多年的心愿？”

她说到“死”字的时候，林竞的眼神中瞬间浮现出一丝难以忍耐的痛苦。

他微微垂眸，放在膝上的手微微握紧成拳，艰难地道：“不是的，其实我……”

“够了！”齐玥忽然站起来，像是难以忍受似的，背过身去不愿再看他，“林竞……别让我觉得恶心。”

林竞脸色微微一白。

万箭穿心，也抵不过她这一句话的威力。

齐玥气上心头，继续道：“林竞，我还真是看错你了。真正该听到这句话的人，怎么想都不应该是我吧？”

林竞本来已经不打算再说什么，听到她这句话，心中微微一动：“什么意思？”

齐玥猛然回头，见他一脸茫然无辜的表情，更是气不打一处来。

演得可真像！之前演，现在还演！这人改行当演员说不定早就拿影帝了！

齐玥：“本来我想给你三分薄面，你现在这样，是非要我说破了？以前高中的时候，我只是觉得你有点浑，如今一看，大有长进啊，简直就是一渣男！你今天跑这儿来跟我说这么一番话，考虑过还在国内等着你的那个女人吗？考虑过你的孩子吗？你摸着你的良心告诉我，你这么做合适吗？”

林竞霍然睁大眼：“什么？”

齐玥将他的愕然神情解读为了被揭穿时的难堪和惊愕。

她冷冷瞪着林竞：“怎么，没想到我会发现？敢做不敢当吗？别再让我更看不起你！”

林竞在第一时间的怔然过后，终于从齐玥这铺天盖地连珠炮似的轰炸之中抓住了那几个关键词，理出了些许头绪。

事关清誉，他立刻澄清：“我没有什么女人，也没有什么小孩儿。”

这段时间以来发生的种种，忽然在林竞脑中串成了一条清晰的线索，他直截了当地问：“你是不是看到我手机里的照片了？”

齐玥冷笑：“呵，你终于承认了……”

林竞简直哭笑不得：“齐玥，那照片其实……”

“齐医生！”

一个小护士忽然慌慌张张地闯了进来：“齐医生，7 号床的病人大出血，你赶紧过来看看吧。”

“走！你赶紧去通知程医生。”齐玥说完，头也不回地就匆忙赶去了病房区。

小护士有些抱歉地对林竞敬了一礼，也迅速转身小跑着跟了上去。

林竞看着齐玥很快消失在走廊尽头的背影，几不可闻地叹了口气。

林竞本来打算等齐玥忙完后再来跟她解释清楚的。

然而谁也没想到，齐玥在手术过程中，忽然晕倒了……

这一倒，她就再也没起来过。

齐玥的病情来得又凶又急，当天晚上就发起了高热，烧到 40℃，人也一直处于昏昏沉沉的状态。

程冬临和苏青对她使用了新四联抗生素的治疗手段，也只能勉强将热度压下来。

然而齐玥也因为病程进展而变得极度嗜睡，吃什么东西都吐，整个人迅速地衰弱下去，一天里大部分时间都处于昏睡状态。

林竞这几天，除了开作战会议的时候，基本上寸步不离地守在了齐玥身边。大部分时候，他只是安静地握着齐玥的手，用体温温暖着她因为打点滴而变得冰凉的手。他脸上并没有太过激动或者是难过的表情，只是整个人异常沉默，就连过来探病的陈冲、余海他们，他也不怎么搭理，更别说其他人了。

偏偏陈冲这个不会看气氛的，还老要找林竞说话。

"队长，我们专门让厨房张小哥做了你爱吃的水煮牛肉和粉蒸排骨，趁热吃吧。啊，还有这花旗参乌鸡汤是给嫂子带的，也不知道嫂子现在能不能进食。"

"队长，你都两天没吃东西了……你这样我们看着也难受啊。你不是教过我们，身体才是本钱，没了身体就什么都没有了。"

"我今天下午去看了一下这批新运过来的装备，竟然还有最新型的KSG-25霰弹枪，首长太给力了。"

"队长，你放心，基地的高清3D图已经完全刻在我脑子里了，到时候看我炸他们个鸡飞狗跳，片甲不留！到时候还怕拿不到研究报告吗？"

"嫂子脸上和手上这些……是皮疹还是他们说的……皮下出血啊？"

"队长，你要不要试试给嫂子身上涂点酒精？我小时候生病高烧不退，我妈就这么给我降温的。"

陈冲一连和林竞说了几句话都被无视，最多也就得到了一个"嗯"字的回答，于是转头悄悄跟余海咬耳朵："队长这状态不太对劲呀，怕不是要疯魔了吧？"

余海忍无可忍，低斥道："你少说两句废话吧，没见队长正心烦呢。"

陈冲："我就是看他心烦，才想多陪他说说话转移一下注意力啊……"

单世钧见林竞脸色越发阴沉，立刻道："队长，我们不打扰你了，有最新情况再向你汇报。"

林竞忽然开口道："黎望那边现在什么情况？"

单世钧回答："听说他们下午就已经赶往机场了，应该快了吧，最迟凌晨就应该到达这边了。"

林竞：“你们回去，点一下装备，然后确认一下敌方的最新动向。等黎望他们一到，我们就准备动身。”

单世钧：“是，队长！”

陈冲他们离开后，病房里又恢复了一片死寂。

林竞专注地盯着躺在床上的女人。他的目光缱绻而深情，就像在看一个沉睡着的绝世佳人一般。

尽管，病榻上的女人因为病魔的侵袭，脸色浮现出病态的苍白，眼窝深陷，身上也起了许多红疹。处于这一阶段的患者外表常被描述为“魔鬼样”，实在无法和“美丽”这个词挂上钩。

林竞用棉签蘸了水，轻轻地滋润着齐玥因为持续高热而有些干裂的嘴唇。

病房里忽然来了一个意料之外的访客。

“抱歉，那边的事有点棘手，被绊住了两天。”

林竞放下手中的棉签，转头看向来人：“你终于来了。”

齐玥被感染后的第十二天，发病后的第四天，林竞终于等到了黎望小队的到来。

齐玥感觉自己做了一个很奇怪的梦。

梦里，林竞穿着一身作战服，坐在她身边，握着她的手。

齐玥心头一动，张了张嘴。

她本想问林竞这是要干什么，却发现自己一点声音都发不出来。

林竞似乎看出了她的疑问，主动解释道：“我要去执行任务了。走之前，还是想跟你再说两句。”

齐玥：“……”

林竞：“齐玥，从来没有别的女人，更没有什么小孩儿。无论从前，还是将来，我心里都只有一个女人，就是你。”

齐玥：“……”

林竞：“祁翔你还记得吧？”

齐玥当然记得，从军校时期起就是林竞的好兄弟，进了猎鹰小队后，又成了他左膀右臂的那个男人。

林竞继续道：“王轻语是他的老婆。祁翔出事那会儿，她刚好查出有了三个月的身孕。你在我手机里看到的那个小孩儿，小宝，就是她给祁翔生的儿子。”

齐玥一时不知道做出什么样的表情才好。

没想到竟然闹了这么大一个乌龙。

齐玥一时半会儿都搞不清自己究竟是醒着，还是在梦里。

如果说是在做梦，林竞的一言一行，甚至每一个微表情都是那么真实；然而说不是做梦，她却从头到尾都只能眼睁睁地看着林竞说话，自己却说不出一句话，身体也像是被千斤重的东西压住了，动弹不得。

林竞的手，忽然轻轻抚上了她的脸颊。他的拇指轻轻抚过她眼睛下的那颗泪痣，滑过她高挺的鼻梁，最后停在她的嘴唇上。

他的眸色深沉，视线灼热而专注，仿佛是想将她脸部的每一根线条都深深铭刻于心。

“我爱你。”

林竞忽然摘下了面罩，朝她低下头来……

齐玥在那两秒内，整个人都是蒙的。

直到嘴唇上传来温热的、羽毛般的触感，她才开始奋力挣扎……

你不要命了吗？

她用眼神质问着林竞。

林竞嘴角扬起一个笃定的笑容，帅得让人移不开眼。

而后，他紧紧地握住了齐玥的手。

那一刻，齐玥忽然明白了林竞的意思——我与你，同生共死。

“我最后悔的事，就是没能早早向你坦白，我也一直深爱着你这件事。是我太自以为是，错得离谱，以至我们白白蹉跎了这许多光阴。

“我一定会带着田院士的研究成果回来的，我绝不会让你死。

“所以，坚持住，不要放弃抗争。

“也请你……不要放弃我。”

林竞忽然将一个东西放入了齐玥的手心，冰凉的触感——那是一枚类圆形的徽章，然而边缘似乎有棱有角，不是那么规整。

齐玥瞬间想起了这是什么东西。

这是林竞之前在俄罗斯参加的一项国际军事比赛获得的第一名的奖章。那项比赛的奖章很特别，是一枚血色玫瑰形状的徽章。

因为其独特的造型，部队里的单身汉们拿它开玩笑说，得到这枚徽章再赠予心上人，两人的爱情就能得到祝福，永不凋零。

当时林竞得到徽章后，军营里还掀起了一股八卦之风，好奇林竞最后会将这徽章送给谁。后来林竞被人追问得烦了，就说徽章早就不知道被他扔哪儿去了。于是，这事便不了了之。

而现在，这枚徽章被放到了她的手中。

齐玥看着林竞，眼眶忽然一热，眼里也泛起了盈盈水光……

林竞缓缓将她的手指收拢在一起，宽大有力的手掌将她的包裹住了。

“等我。”

握着她手的那种温暖有力的感觉忽然消失了，她再一握手，就抓了个空。

齐玥陡然惊醒，额头冷汗涔涔。

第一眼看见的，是医疗营病房里那有些掉漆的白色天花板。

而后是出现在头顶的苏青的脸，和一个如释重负的笑容：

“你醒了。”

齐玥醒来第一件事，就是摊开手掌，低头看过去。

然而手心空荡荡的，什么都没有。

齐玥的眼神顿时黯淡下来。

果然是一场梦……吗？

“你在找这个吗？”

苏青见到她的小动作，忽然出声。

齐玥抬头，顺着苏青手指的方向看过去——

床头柜上，静静地躺着一枚血色玫瑰徽章。

第十三章

SHANHEWANLI
WOLAIJIANNI

以爱之名

齐玥盯着那枚徽章看了一会儿，忽然挣扎着要坐起身来。她一只手撑着床沿支起半边身子，一只手伸出去够那枚徽章。

身上还是酸软无力得很，就这么一个动作，就让她额上冒出了虚汗。然而徽章抓到手里，那冰凉的触感让齐玥安心不少。

苏青见状，赶紧上前扶住了齐玥：“你才刚醒，身上还虚弱得很。别逞强，躺着好好休息。”

齐玥乖乖地缩回了被子里：“嗯。老师，我感觉好像好多了。之前我是真以为自己要死了。”

苏青笑了一下：“那看来特效药确实很管用。其实别说是你，之前被感染的病人用了新药，病情都有所好转。”

齐玥眼睛一亮：“林竞他们真的把田院士的研究成果取回来了？”

苏青微微停顿了一下：“嗯。”

齐玥敏锐地察觉到了苏青的迟疑。

她缓缓捏紧了手中的那枚徽章，问出了心中的疑问：“林竞他们……现在什么情况？”

苏青安静了片刻：“听说这次行动也是险中求胜……他们和敌人发生了大规模的正面火拼……”

齐玥打断了她，语气一反常态，有些咄咄逼人：“老师，林竞现在人在哪儿？”

苏青：“……”

苏青面露难色，欲言又止。

齐玥的一颗心像被绑在了巨石上，一路直沉到海底。她无法形容那种感觉……那种心里一瞬间空去一大块的感觉，能真实地感受到心脏在胸腔里一阵一阵扯着的疼痛感。

在这样的沉默等待中，齐玥几乎要崩溃。

她不知哪儿来的力量，忽然坐起身，一把拉住苏青的手："老师，求你告诉我……到底发生什么事了？不要瞒着我……"

说到最后几个字的时候，齐玥的声音已经不可抑制地开始颤抖。

苏青从来没见过齐玥这般脆弱的模样，齐玥眼中流露出的那种又害怕又仍然怀揣一丝希望的眼神让她有些不忍。她伸出手，重重地按在齐玥的肩上："你先别慌，听老师说……"

齐玥微微颤抖着，狠狠咬了一下嘴唇，强迫自己镇定下来："您说……"

苏青："我听单世钧说，他们当时撤退的时候遭到了敌人的伏击。因为陈冲当时已经受了重伤，昏迷不醒，为了能把研究报告送回来，林竞主动留下来殿后，掩护余海他们撤退。"

齐玥透过模糊的视线死死盯着苏青，麻木地张了张嘴，发出来的声音却极其微弱："然后呢……"

苏青："从任务结束到现在已经五天了，林竞还没有回来。所以上面的意思是，暂定为MIA。"

MIA——missing in action，用来标记战争或任务里的失踪人员。

虽说只要尸体没找到，就还有一线希望，不过她们都清楚，百分之九十的情况下，被定性为MIA的人员，档案也就一直保持着那个状态了，或者等个几年以后，再被改成"殉职"。

齐玥缓缓闭上热得发痛的眼，以拳抵住额心，借此掩饰发酸的鼻子："搜救队……派出去了吗？"

苏青："他们回来的当天就派出去了……现在也一直在搜寻中。范围已经扩大至整个利维亚境内了。"

齐玥安静了良久。

"我……知道了……"

过了大概几分钟，她才说了这么一句。出声的时候，已经完全是哽咽了。

被单上忽然发出"啪嗒啪嗒"几声闷响，很轻。

因为病房内一时没人说话，所以这声音就格外突兀。

苏青愣了一下，一抬头就看到，一连串的水珠顺着齐玥捂着脸的手指缝隙滑落出来，接二连三地砸到被子上。

齐玥忽然躺了回去，背对着苏青，一手拉过被子将头蒙住。

“老师，我想休息了……”又过了一会儿，她才用已经哑掉的嗓音说道。

“桌上的保温桶里有粥，你记得吃一点。”苏青知道她想一个人待着，叮嘱了一句，就离开了病房。

齐玥握着手中的那枚玫瑰徽章，像受伤的刺猬一样，将自己团成了一个球——那是人在最没有安全感的时候会下意识做的一个动作。

手心里那枚徽章的边缘，因为是玫瑰花的形状，所以也算是有棱有角的。齐玥握得很用力，甚至有几处尖锐的边缘已经深深陷入了掌心，而她却毫无所觉。

周围的环境很安静，她能听见自己的心跳，一下一下，很用力，很急促。

而后心脏的位置忽然一紧，像是被人用力扼住一样。钝刀割肉一般的痛，从心脏的位置向整个胸腔扩散开来。伴随胸口沉闷的感觉，齐玥眼前陡然一阵发黑，甚至有些喘不过气来了……

齐玥掀开被子，连续做了数次深呼吸，又过了好久，才慢慢缓过来。

她抬手摸了摸胸口的位置，那里依然像被巨石压着一样又沉又闷，然而心率已经慢慢地降了下来。她都不知道，原来她竟然那么喜欢那个人……

齐玥在药物作用下，又昏昏沉沉地睡了过去。

然而心里压着一块巨石，终究睡不安稳。一闭上眼，就是一个噩梦紧接着另一个噩梦，一会儿梦到林竞浑身是伤地躺在血泊里，问她为什么不肯原谅他，一会儿又梦到林竞变成了一具白骨，名字被刻在了大队里那块殉难烈士的纪念碑上。辗转反侧到大半夜，她恍然睁眼，看到床头坐着一个人。他身上那种熟悉的味道，让她发了疯似的想念。

她眼眶微微一热：“你回来了……”

林竞冲她笑了一笑，很温柔的感觉。

她伸出手，想去握他放在床边的手，然而，那种束手束脚的感觉又出现了。

她费了好大力气，搞得满头是汗，指尖才终于碰到了林竞的手。然而刚一碰上，林竞整个人就虚化了，继而消失不见……

“林竞！”

齐玥忽然坐了起来，她再次从梦中惊醒，又出了一身冷汗。她大口大口喘着气，而后意识到，她又做了一个梦。她第一个动作便是伸手去摸枕头下面的手机——忙不迭地打开锁屏，确认着手机上的时间。

她心中抱着一丝侥幸，也许之前苏青跟她说的种种，也只是一场梦而已。毕竟，Y 病毒重病患者到末期可能会出现精神错乱，分不清现实与虚幻……

也许梦醒了，她会发现林竞依然是那个别扭得什么都不肯说的林竞，而她也还在等待着医学奇迹的出现。

“做噩梦了？”一个幽幽女声自黑暗中响起。

齐玥这才注意到身边坐着一团黑影，冷不防被吓得够呛，反手就按开了床头灯。

看清那黑影后，齐玥稍稍松口气，又有些恼：“赵天昕，你搞什么啊……”

“抱歉，我不是故意吓你。我白天一直守着陈冲，苏老师跟我说你醒了，刚想过来看看你。”

齐玥安静了片刻，心底那一点点跃动着的侥幸，也和寒冬里微弱的烛火一样，被风一吹，就熄灭了。

在昏黄的灯光下，齐玥这才发现此时的赵天昕看上去异常憔悴，比她这个病人还像病人。赵天昕本来脸是有点婴儿肥的，肉嘟嘟的很可爱，然而现在下巴尖都能戳人了。不仅如此，她两只眼睛里都布满了血丝，眼眶凹陷，眼周一圈是浓浓的青黑，乍一看，居然还有点瘦熊猫的意思，有种心酸的搞笑感。

然而齐玥笑不出来。赵天昕是她见过的，最乐天派的人，她说自己第二，没人敢称第一。包括来利维亚这么久了，大大小小的事情她们也遇到不少了，但似乎没有什么能夺走她的笑容。说她就是整个医疗营的开心果，也不为过。

能让一个如此乐观的人萎靡不振的，也就只有一件事了。

“陈冲怎么样了？我听说……他受了重伤？”齐玥小心询问道。

赵天昕看着齐玥，目光里是毫不掩饰的痛楚：“他头部受到重创，因为缺血太久，导致大脑细胞大量死亡，现在已陷入深度昏迷，认知能力完全丧失。”

齐玥：“已经确定了是……PVS（植物人）？”

赵天昕几不可见地点了点头，而后忽然抬手捂住脸，痛哭失声：“我自己就是医生，但没想到，竟然连挽救心爱的人都做不到……”

病房里一时间没有任何声音，只余下一个女人痛苦绝望的号哭和断断续续的抽气声。

看着赵天昕这样，齐玥也是心如刀绞。

赵天昕一边哽咽一边说：“陈冲之前还跟我说，林队说这次任务完了之后就要把他调离前线，让他去指挥部。他还说这次一定要好好表现，让林队觉得……‘猎鹰’缺不了他。我之前还挺支持他的，现在想来……这不是把他往火坑里推吗……”

齐玥心里“咯噔”一下，有种莫名的感觉：“林竞有说……为什么要把陈冲调离前线吗？”

赵天昕：“我也不知道，问陈冲的时候，他总支支吾吾的……”

齐玥说不出话，她在那一瞬间，忽然明白了林竞的用意，也明白了他一直以来的难言之隐。

那些林竞担心害怕的东西，他的屡屡回避、自相矛盾，齐玥在那一瞬间，全都明白了过来。

“那个大傻瓜……”

骤然听见齐玥这么咬牙切齿地低骂了一句，赵天昕有些不明所以。然而她一抬头，就看见一行清澈的细线，顺着齐玥线条漂亮的侧脸，无声地滑下。

这样安静流泪的齐玥让赵天昕有些不忍，她不由自主地朝齐玥伸出手：“齐……”

齐玥别过头，抬手将泪痕擦掉。

过了片刻，她转回头来，脸上已是一片平静。至于是真平静，还是装平静，就只有她自己知道了。

齐玥抬眼看向赵天昕："陈冲的头是怎么受的伤？"

"枪伤。"赵天昕眼神一黯，"如果不是林队，他可能已经回不来了。"

齐玥："！"

赵天昕叹了口气："能遇到林竞这样负责的队长，也算是一种幸运吧……"

齐玥眉头狠狠蹙起："他们在里面到底发生了什么事？"

赵天昕摇了摇头："具体情况我也不知道，之前担心陈冲的伤势，我也没询问细节。但我听说，当时情况真的很凶险。如果不是林竞的决断，可能整个猎鹰小队都会折在那边。具体过程，你应该去问一下单世钧和余海。"

齐玥："嗯，我本来也打算找他们。"

赵天昕："不过他俩现在每天都跟着搜救队出去，早出晚归的，恐怕要找人也不容易。或者你等到搜救队停止搜寻后……对不起，我不是那个意思。"

赵天昕立刻意识到她说错话了。

齐玥摇了摇头："我明白……"

其实她和赵天昕都清楚，黄金搜救时间是七十二小时，超过七十二小时的搜救已经算是出于人道主义了。而一般十天过后再寻不到人，搜救任务就会被终止。

过了许久，齐玥才又低声道："我只是觉得很后悔……"

赵天昕："后悔什么？"

齐玥垂下眼眸："之前和他置气，到他走之前都没能跟他好好说过一句话。"

赵天昕："这也不能怪你，你那时候生病，人都烧得迷迷糊糊的……"

齐玥微微一摇头："不是那时，是更早……林竞专程来找我。那是他第一次敞开心扉，想跟我把事情说清楚。"

赵天昕忽然想起来了："你是说他从禁闭室出来后找你？我记得他在隔离区外等了一天一夜，苏老师最后看不下去，才放他进去了……"

齐玥点了点头，眸中闪过一抹痛楚："你猜，我跟林竞最后的谈话中说了一句什么话？"

赵天昕："什么？"

齐玥勾了勾嘴角，眼底一片苍凉："林竞……别让我觉得恶心。"

赵天昕哑然。

"我如果知道……我就不会……"齐玥忽然死死咬住了下嘴唇，再也说不下去。

赵天昕忍不住伸出手，轻轻拍了拍齐玥的手背："你先别想这么多了。像他那样强悍的人，一定能有脱身的办法。况且搜救队已经大范围搜索了几天了，也没有找到……找到……所以他一定还活着。"

她本来想说"没有找到尸体"的，但是考虑到齐玥的情绪，终究没敢把那两个字说出口。

齐玥有些疲惫地点了一下头："嗯，承你吉言……"

搜救队的搜索范围已经扩大至利维亚全国境内了，从南到北，所有的战区非战区都被他们扫荡了一遍。然而，哪儿都找不到林竞。

他就跟人间蒸发了似的。

一直到齐玥能够下床，能够开始工作了，也依然没有任何林竞的消息传来。

搜救行动终止于第十天。

收队的这天晚上，齐玥敲响了单世钧和余海宿舍的门。

余海不在宿舍内，开门的是单世钧。

齐玥其实从来没跟这位寡言少语的狙击手打过交道。

单世钧和她沉默对视两秒，竟然率先开了口："其实我正打算去找你。"

齐玥一看见林竞的队友，就忍不住心绪起伏，眼眶"唰"地就红了。

单世钧："你等一下。"

他返身回了房，从桌子的抽屉里翻出了一个雪白的信封。

齐玥心跳都停了一刹那，她盯着他手里的东西，那眼神就像在盯一条毒蛇……

单世钧把信封递给齐玥："这个，是队长想给你的。"

信封颜色雪白，非常的刺眼，上面用漂亮的楷体写着"致齐玥"。的确是林竞的字迹。

“你给我这个干什么？他还没死呢！”

齐玥的反应很强烈，几乎是毫不犹豫地就冲单世钧吼了回去。她在看见那东西的一瞬间，就明白了那是什么。她早就听说过，他们特别行动队的队员，每次出任务前都会提前留好遗书。据说，这是规定。

单世钧沉默了片刻：“那我……先替你保管？”

齐玥气得眼泪都飙出来了：“单世钧，你把话说清楚，你到底什么意思？你们那天到底发生了什么事？为什么要把林竞一个人留下来殿后？你不是狙击手吗？狙击手的任务才是掩护战友撤退的吧！”

单世钧脸色一沉：“你冷静一点，别这么大声……大伙儿都辛苦了一整天，才刚刚睡下。”

齐玥抬手，狠狠擦了一下脸上的泪痕，怒不可遏：“林竞至今下落不明,你让我冷静？怎么冷静？单世钧你是不是真冷血？现在这种时候，居然跟我扯这个！”

单世钧脸色越发阴沉，几不可闻地叹了口气：“我们换个地方说话。”

两人沿着椰枣林一路走到瞭望台。

齐玥瞬间想起，之前还在这里和林竞发生过争执。

她还记得，那个时候……他前一秒还在对她冷言相向，然而见她摔下楼梯，他几乎是毫不犹豫就用身体充当了她的肉垫。他向来如此，前一秒还说着拒绝的话，后一秒却能眼睛都不眨地替她挡下致命的子弹。

之前她不明白，很是讨厌林竞的反复无常，忽冷忽热。

然而现在她明白了。

他怕她经历那种失去挚爱的痛，他怕给不起承诺，于是宁愿什么也不说。哪怕，固执得有些可笑。

她也终于明白，他不敢外露的隐忍，不惜伤敌一千自损八百都要把她往外推的那种纠结。但同时，他又做不到完全放着她不管。于是这种纠结，这种自虐，在她眼里就成了反复无常忽冷忽热。

现在，齐玥切身体会到了那种切肤噬骨之痛。易地而处，她现在的无力感，和林竞看着病榻上的她却什么都不能做时，是一模一样的。

只是，这明白的代价，似乎有点太大了。

这一路走来，齐玥看到的都是满眼的回忆。

在不经意中，她和林竞的过往竟然已经遍布了整个营地。那些她曾经在意的或者不在意的小事,都在此时此刻被无限放大,像放老电影一般,一帧一帧地在她脑海里回放。

太折磨人了。

齐玥跟随单世钧走上瞭望台："你要跟我说什么？"

单世钧说："你不是想知道那天发生什么事吗？我现在就原原本本告诉你。"

林竞他们原来计划是陈冲爆破吸引火力，单世钧负责干扰和狙击，余海掩护林竞潜入。结果他们抵达加齐的基地时，发现敌军的数量比情报里说的多了三倍,于是只能临时调整战术,让陈冲和余海分散敌人火力,林竞单独潜入窃取研究报告。

然而即便如此，敌我悬殊也确实太大了。虽然他们都是万里挑一的精英，兵王中的兵王，但到底还是架不住敌人的重重包围夹攻。陈冲为了拖住大部分敌人为林竞争取时间，几乎是以自杀式的方式近距离引爆了数个炸点，自己也身负重伤。

而去到基地中心的林竞，更是以一挑百，硬生生地用血肉之躯杀出了一条路来。身上带的子弹用完后，他就抢了对方的枪械继续用，对方的子弹也打光了，他就直接用冷兵器和对方肉搏……

向来以冷面硬汉形象示人、情绪从不外露的单世钧说到此处，眼眶竟然红了，一字一顿咬牙道："如果进入敌方内部窃取研究报告的人不是队长，估计也没命活着出来了。队长拿到研究报告后，本来可以直接脱身的……但是，那时候得知陈冲头部中弹，昏迷不醒，队长又特地折回去，把他背了出来……"他顿了顿，"队长说……他绝不会让祁翔的悲剧重演……"

齐玥沉默了许久："他做到了……"

单世钧点头："但就这段时间内，敌人叫来了援军。为了让我们能顺利将研究报告带回来，他决定自己留下来，阻挡追击的敌人……"

林竞向来重情重义，为了保护自己的队友而选择牺牲自己这事发生在他身上一点也不意外，但这对于深爱着他的齐玥而言却没那么容易接受。

齐玥安静了片刻，忽然像是忍无可忍似的，一把揪住单世钧的前襟吼道：“可是，你们怎么能把他一个人留下来断后呢？他不是你们的队长吗？他平时怎么对你们的？生死时刻，你们就这样扔下他走了？别跟我扯什么命令不命令的这套鬼东西！‘将在外，君命有所不受’这个道理，你们比我清楚多了！”

谁承想，单世钧竟也冲她吼了回去：“如果有选择，你以为我们愿意丢下队长自己走掉吗？当时冲子重伤不省人事，命悬一线。只有我和余海能把研究报告带回来。我们身负着更重要的任务，背负着医疗营那么多条人命。”

单世钧顿了顿，双眼通红地盯着齐玥：“队长嘱托我们，无论如何，不管付出任何代价，都必须把研究报告送到医疗队手里。我们如果留下来，不仅可能全军覆没，还白白浪费了陈冲的牺牲，辜负林队一番苦心！你以为，这一切都是为了谁？”

他说到后来，已然声嘶力竭。

虽然天色昏暗，齐玥却清楚地看到，两行清泪，顺着这个向来沉默寡言的硬汉通红的眼角悄悄滚落。

此时正值盛夏，然而轻拂而过的晚风，却莫名让齐玥感受到了彻骨的寒意。

她神色颓然地放开了单世钧，一手扶着石墙，慢慢蹲下身去。

女人的呜咽在风中散开，凄厉又绝望。但凡听到的人，都会忍不住跟着心碎。

过了许久，等齐玥稍微冷静下来一点了，单世钧才主动走向她：“我送你回去休息吧。你病才刚好一点，这么折腾可不行。”

齐玥转头悄悄擦了一把脸，而后忽然站起身：“我记得你刚才说……给你们的情报有误？”

一提这事，单世钧脸上的表情立刻转为愤怒：“没错！”

齐玥眸色一冷：“我记得，情报组负责人，是那个叫哈丹的对吧？”

单世钧点了点头。

齐玥皱眉：“这么重要的任务，竟然出了这么大一个纰漏，此人责无旁贷。这事向大队长汇报了吗？”

单世钧摇了摇头：“我们最近全员都忙着搜救，还没腾出时间来查这件事。”

齐玥咬了咬牙，恨声道：“这事就交给我来查。大家都在以命相搏，如果被我查出来此人玩忽职守、草菅人命，我绝不会放过他！”

单世钧点头：“本来就看这孱货不顺眼了，如果真是因为他渎职造成失误，我第一个让他吃不了兜着走！”

回宿舍的路上，齐玥总觉得自己好像漏掉了什么关键信息，脑袋里一直翻来覆去梳理细节，结果差点儿撞在树上——幸好单世钧眼疾手快地拉了她一把。

“你先别想这么多了……”单世钧终究不忍，劝道，“感觉你最近也完全没好好休息。”风一吹就要倒似的。

齐玥苦笑一下：“林竞至今下落不明，我怎么可能睡得好？”

齐玥脑子里忽然灵光一现：“啊！我想起来了。”

单世钧：“？”

齐玥：“我听说，你们的搜寻范围已经扩大至整个利维亚境内了，对吧？”

单世钧眼神一黯：“对。”

齐玥：“你们有没有想过，将搜索圈扩大至相邻的周边国家？”

单世钧愣了一下。

齐玥：“你们去的是北方据点吧？如果你是林竞，在‘以瑟’全力追击的情况下，你会用什么办法脱身？”

单世钧略微思忖片刻：“北边据点的确和几条边境线很靠近……有道理，我会向上级请示，进入邻国境内继续搜救。不过……”

单世钧看着齐玥，面露难色。

齐玥：“有话不妨直说，都到这种时候了，我还能有什么承受不住的……”

单世钧：“如果一直没找到人的话，还有另一种可能……”

齐玥：“我知道，你想说他被‘以瑟’抓了？”

单世钧：“嗯。当然，这种可能性很小。”

齐玥点头：“‘以瑟’要是真抓到他，一定会利用他来威胁我们交出研究报告。可是他们到现在也没露面，我觉得，可能性不大。还是先集中精力把搜救网向周边国家扩展吧。”

单世钧："好，我回去就向上级提出申请。"

齐玥："拜托你了！"

单世钧："嫂子你放心。其实不用你说，我们也会竭尽全力。我和余海，包括冲子，比谁都希望队长能够平安归来。"

齐玥："你刚刚叫我什么？"

单世钧摸了摸鼻子："咳，这也不是什么秘密了吧……其实，队长之前嘱咐我们的时候，他也亲口承认了。"

齐玥呆了呆："承认……他跟你们说了什么？"

单世钧："'无论用什么手段，务必把报告带回基地。帮我照顾好你们嫂子。'这是队长的原话。"

齐玥的心脏一下一下怦怦跳得很快，然而激动之余，更多的，是伤心。

在单世钧他们将搜寻范围扩展至邻国的这段时间，齐玥也没有闲着。

这天一大早，哈丹被一阵震耳的擂门声吵醒。

他睡眼惺忪地拉开门："才几点啊……"

而后他看到了站在门外，一身正式军服的余海。

哈丹表情有些僵硬："什么事？"

余海面无表情："苏少校召开研究报告夺回任务的复盘会议，所有参与任务的人员都必须出席。"

哈丹冷笑了一下："所有人员？关键人物林少校都不在，怎么复盘？"

"嗙——"

一声巨响，在哈丹耳边炸裂……

余海将拳头从哈丹脸旁移开，他身后的门牌被砸得四分五裂，哗啦啦散落在地。

余海低下头，在他耳边低声道："少给我啰嗦，给你五分钟时间滚过来，否则，下一个碎的，就是你的脸。"

一滴豆大的冷汗，从哈丹的额头慢慢滑下。

"军纪明文规定……禁止徇……徇私挑衅。"哈丹不服气地看着余海，身体却不断地在往后退缩。

余海冷冷看着他："怎么，是不是打算把我也送进禁闭室？没关系，老子就算要进去，也一定先把你这败类给打残了。"

哈丹："……"

哈丹跟着余海走进会议室，神色恹恹，结果发现所有人的目光都投放在他身上，瞬间浑身不自在了起来。

"哈哈，大家都这么早，什么事啊？"他打了个哈哈。

齐玥皮笑肉不笑地看着他："哈丹上尉，我们都在等你了。"

哈丹被她盯得头皮发麻，在那一瞬间，忽然有了想要逃走的冲动。

齐玥在笔记本电脑上飞快地点开了几个文件："克鲁斯上校，卢大队，我可以开始了吗？"

哈丹这才发现，壁挂的屏幕上，飞刃大队的大队长和负责这次联合任务的利维亚陆军上校，正齐刷刷目光如炬地看向他这边。

哈丹莫名地被看得有些心虚，赶紧找了个角落的位置坐了下来。

齐玥："这次的任务虽然成功了，但我方也损失惨重。根据猎鹰小队成员余海少尉、单世钧中尉提供的详细敌方信息，我们发现我方手中所掌握的情报和敌军实际情况出现了严重偏差。"

齐玥："我和苏老师这几天复核了一下我们之前接收到的情报数据，发现有一组代码翻译错了。请大家看左手边的屏幕。"

与齐玥电脑相连接的大屏幕上出现了两组对比情报译文，其中有两排代码被她用红线画了出来。

齐玥："这句——本来应该是'基地驻守兵力一百五十人'，情报组翻译的是'驻守兵力五十人'。就是这个错误，导致咱们的特战队错误预估敌军火力，准备不足。如果不是林少校即时调整战略，恐怕我们这次非但不能完成任务，还会全员折在行动里。"

会议室里瞬间一片哗然。

齐玥："只是我不明白，这种基本的代码翻译错误，连我一个搞情报的外行都能看出来，情报组怎么会出现这种低级的纰漏呢？哈丹中尉，对此，你有什么要解释的吗？"

哈丹拍案而起："这些都是情报组的机密文件，其他无关人员根本没有途径获取资料。齐玥，你没经我的允许，擅自黑进情报组的电脑，这是严重的违纪！"

"这件事，是我授权齐中尉进行调查的。"屏幕那端，忽然传来一个威严的声音。

在大队长凌厉的目光注视下，哈丹瞬间哑火。

齐玥：“哈丹中尉，你还没有回答我的问题。”

在确凿的证据面前，哈丹的气势再也无法维持，他吞吞吐吐地说：“情报组每天翻译大量的情报，确实没法做到一条一条核实。也许是……情报员翻译的时候出现了失误，漏打了两个字。”

齐玥：“这么说……你是承认自己监管不力了？”

哈丹脸红脖子粗，争辩道：“绝对没有……”

齐玥：“不是监管不力，那就是故意为之了？”

哈丹蔫儿了：“可能是我疏忽了……”

“啪——”

一声巨响，从屏幕那头传来。

克鲁斯上校将手中的文件摔在桌上，盯着哈丹，一字一顿：“这么重要的任务，你告诉我你没时间一条一条地审核情报？你当战场是什么？儿戏吗？你的队友冒着生命危险，为拯救他人而奔走，而你呢？”

哈丹不由自主地瑟缩了一下，小声道：“上校，我，我能解释一下吗……”

克鲁斯：“不用解释了，明天你就滚回总部，等待处分。”

哈丹脸色一白，整个人像一摊烂泥似的软了下去。

傍晚，余海在医疗营大门外找到了蹲在墙角的齐玥。

“我找你一大圈了。”

齐玥揉了揉发痛的太阳穴，用那双熬得通红的双眼看向余海：“是有急诊吗？”

她的声音不仅沙哑，还透着浓浓的疲惫。

余海摇了摇头：“不是，我只是想来找你，跟你道谢……你替队长、替我们出了口恶气。”

齐玥眼神微微一黯，自嘲一笑：“我能做的，也只有这点事了。”

自搜救小队进入邻国开始搜救行动以来，已经五天了，依然没有任何林竞的消息。

余海：“我听苏上校说，你最近白天看诊，晚上加班加点地查情报组的漏洞，几乎就没合过眼。你这样折腾自己，队长要是知道的话……一定会很伤心的。”

齐玥安静了一会儿：“抱歉，我想一个人待一会儿……”

她实在是太难受了。

之前想着要揪出伤害林竞的罪魁祸首，她才绷着那股劲马力全开地干活儿。现在罪人得到了应有的惩罚，她就像是失去了生存的动力一样。

一想到之后也许看不到尽头的漫长等待，她就觉得……太难熬了。

余海蹙眉：“那，你至少先吃点儿东西吧，你今天粒米未进。”

齐玥摇了摇头。

远处忽然传来隐隐约约的引擎轰鸣。

“咦，有车队过来了。”余海忽然道。

齐玥也抬起头，朝声音传来的方向看过去。

一行黑色的吉普车队，浩浩荡荡地翻过山头，向医疗营的方向开了过来。

那车队，似曾相识。

齐玥心里忽然产生了一种莫名的感觉，她不由自主地站起身，朝着那车队的方向走了几步。

车队顺着山坡一路往下，很快就驶到医疗营前。

为首的车在齐玥、余海面前堪堪停下，扬起一片尘土。

车窗摇下来，露出一张熟悉的脸。

“哟，好久不见。”

齐玥张了张嘴：“霍念成？你怎么在这儿？”

霍念成微微一笑：“我给你送快递来了。”

齐玥：“！”

霍念成头微微向后一偏。

齐玥几乎是惊慌失措地霍然转过头去。

而后她看见，后面那辆车的车门被打开了，从车上走下来一个男人。

他的左眼和头上还缠着纱布，眉骨上的伤痕刚刚结痂，身上的作训服沾满了尘土，很多地方也被磨破了。

尽管形容狼狈，然而此刻在齐玥眼里，他依然宛若远古战场上走出来的战神，骁勇强悍。

在齐玥被眼泪模糊了的视野里，男人朝她一步一步走了过来，越来越近，近到她能清楚地看清他脸部的每一根坚毅的线条。

“我回来了。”男人声音略微嘶哑，性感迷人。

“欢迎回来。”齐玥嘴角微微向上勾起，泪在眼眶里打了几个转，终于夺眶而出。

两人无声对视着，彼此都能在对方眼里看见自己的身影。

林竞忽然伸手揽过她的后颈，也不顾还有旁人在场，低头朝她的唇上压了过去……

第十四章

SHANHEWANLI,
WOLAIJIANNI

小别胜新婚

林竞的这个吻来得毫无预兆，却又那么顺理成章……

嘴唇碰到一起的时候，齐玥的大脑有一瞬间的空白。

除了呼吸，连心跳声也听得清清楚楚。

林竞温暖的嘴唇贴住齐玥的，一开始是小心翼翼地吮吸亲吻，像是对待什么易碎的珍品一般，极尽温柔。

亲吻很快便加深，不知不觉地就变得非常甜腻炽热。霸道中不失温柔，温柔中又充满进攻性。他细密地吻过她嘴唇的每一处，而后强势地撬开她的齿关，长驱直入。

嘴唇火热地相贴着辗转吮吸。舌尖相碰触的瞬间，有触电一般的感觉，从背脊一直麻到头皮。心脏猛地被提高，一口气几乎顺不过来，胸口像要炸开。

这仅仅只是接吻而已。

有这样一个人，光是看着就觉得欢喜，见不到的时候就会一直挂念。他让你手心出汗，心跳加速，觉得人生圆满，你和他加起来就是整个世界。

不知是因为失而复得的喜悦，还是因为这亲吻来得过于激烈。大颗大颗的眼泪，从齐玥的眼角溢出，顺着她的脸颊一路下滑，没入两人唇齿相接的地方。

那微咸略涩的味道，让林竞愣了一下。

就在他动作停顿的这瞬间，齐玥的五感，恢复了对外界信号的接收。

耳旁传来的一道车门关上的声音，让她理智回巢，意识到这里还有外人在。

她抵着林竞胸口的手微微用力，推了他一下。

林竞有些不舍地移开唇，低头看向齐玥。

她脸颊绯红，眼里水光盈盈，嘴唇因为刚才的吻，显得异常红润亮泽。她低头垂眸，完全没了平时那副雷厉风行的样子，尽是小女儿羞赧娇美的情态。

这副含娇带嗔的模样，差点让林竞再次把持不住。

他看她的时候，深如寒潭的黑眸像是点燃了一把火，视线炽热而专注。齐玥只觉得他眸光扫过的地方，皮肤都是滚烫的。

林竞微微一勾嘴角："你不生我的气了？"

齐玥脸上一烧："一码事归一码事。祁翔媳妇那事儿解释清楚了，不过咱俩还有好些事得说清楚。"

林竞低头，用额头抵着她的，低声道："嗯，来日方长，你可以慢慢'审问'。"

"啧啧……你们这出'小别胜新婚'，着实让人大开眼界。"一个戏谑的声音从两人身后传来。

齐玥又推了林竞一下，林竞这才放开了她，转头朝那破坏气氛的罪魁祸首看过去。

霍念成似笑非笑，视线在两人身上逡巡片刻："我这一批手下可全是单身狗，经不起你们这么虐。"

之前躲得远远的避嫌的余海刚走上前来，冷不防就听见这么一句，瞬间感觉膝盖中了一箭。

齐玥没有理会霍念成的调侃，大大方方地跟他道谢："这次又多谢你了。"

霍念成笑了笑："不用谢，我们也算是扯平了。"

齐玥知道，他说的是她救了纪佳南那件事。

但其实，这已经不是霍念成第一次帮他们了，要说扯平，早就扯平了。

齐玥："所以，这到底是怎么回事？你怎么会救了林竞？我们的搜救队在任务结束当天晚上就展开搜索了，然而并没有找到他……"

霍念成笑着瞟了林竞一眼："你们当然找不到他，他跑到图尔斯境内去了。"

齐玥："！"

余海也走上前来："难怪我们在基地附近连一点蛛丝马迹都没找到，

这就说得通了……加齐的北方基地和图尔斯边境相距不到一公里。”

林竞：“嗯，当时他们火力占了压倒性的上风，而且要把他们引开，最好的办法就是往图尔斯那边走。”

齐玥疑惑：“可是，你是怎么顺利进到图尔斯境内的。”

林竞摸了摸鼻子：“嗯……进入的方式，确实非常规手段。”

霍念成：“简单来说，就是‘翻墙’。两国边境，就一道充电铁丝网墙拦着，这对我们身手不凡的林队长来说，也不是一件难事。只不过嘛……”

林竞：“我当时受了点儿伤，进入图尔斯边境以后不久就被边境守卫发现了。因为我身上没有任何证件，又携带了武器，他们怀疑我是恐怖分子，就把我拘留了。”

霍念成：“说得倒轻松，你当时那伤叫‘一点儿’伤？行动都困难了，还差点儿瞎了。”

齐玥心头一紧，转头看向林竞：“你的伤……”

林竞悄悄握了握她的手：“没事了。”

余海：“难怪我们一直查不到你的下落……”

齐玥看向霍念成：“不过，你怎么知道林竞被图尔斯政府扣住了呢？”

霍念成：“我碰巧在图尔斯境内，和一个在政府工作的朋友聊天时聊到了。”

众人：“……”

这谎撒得实在太没有诚意了，以至于所有人都露出了一言难尽的表情。

他们都知道，要查出林竞的下落，再和图尔斯政府交涉把人带出来，每一件都不是容易的事。

不过霍念成这人确实也够别扭，做了坏事恨不得全天下都知道，而真做了什么好事，他还非要摘得干干净净的。

林竞：“不管怎么说，这次多谢你。”

齐玥：“对啊，这次要不是你……”

霍念成摆了摆手：“别，太酸了。还不如给我张支票来得有诚意。”

然而谁都知道，霍念成最不缺的，就是钱。

霍念成冲齐玥眨了眨眼：“好了，我还有事，就不打扰你们恩爱了。”

送走霍念成，在一旁当了许久木桩的余海终于有机会能好好跟林竞说话了。

然而他半天也没能说出一句话来，只是两眼通红地看着林竞，叫了一声“队长”。

林竞用力拍了拍余海的肩，而后两人拥抱了一下。

肢体语言里所饱含的意思，不言而喻。

他们一同出生入死多次，什么样的艰难险阻都经历过。

每一次出任务，林竞的诉求其实都只有一个——兄弟们平安归来。整整齐齐，一个都不能少。

而对于余海他们而言，也是一样。

林竞：“你们怎么样，没受伤吧？冲子呢？他现在的情况如何？”

余海和齐玥对视一眼，不约而同地沉默了。

笑意从林竞脸上消失，他垂下眼皮，安静了好半晌，喉结微微滚动一下，才艰难地开口：“冲子他……是不是……”

齐玥赶紧道：“陈冲还活着。只是……”

只是陷入了深度昏迷，不知何时会醒来，也不知道还会不会醒来。

林竞终于见到了躺在病房里的陈冲。

他依然是那副没心没肺的样子，脸上一点不见痛苦的表情，反倒是很平和，就像只是普通的睡着了那样。

赵天昕正在帮陈冲擦拭手臂，见林竞走进病房，不由得站起身，疲惫的脸上露出些惊喜的神色：“林队！你终于平安回来了？”

林竞：“嗯。”

赵天昕叹了口气：“哎，幸好你回来了，不然我看我们玥玥也一副要跟着你去了的表情。呸，我不是诅咒你的意思，我的意思是说……”

跟在林竞身后进门的齐玥黑着脸打断她：“你可以闭嘴了！”

赵天昕讪讪地笑了一下。

林竞看着安静躺在床上的陈冲，眼睛里浮现出一丝痛楚。

再看赵天昕，她人瘦了一整圈，两眼下都有淡淡的青黑。

林竞忽然对着赵天昕躬下身，内疚地说：“对不起，没能把冲子平安带回来。”

赵天昕讶然片刻，继而赶紧去扶林竞：“林队你别这样。”

赵天昕：“其实，事情的经过我都听说了。林队你完全不用这么自责的。如果不是你的决断，说不定陈冲已经……”

赵天昕安静了片刻，又低声道：“只要他还活着，就依然有希望。”

林竞看着赵天昕强打精神的微笑，说不出话来。

其实语言在这个时候是很苍白的，说什么都毫无意义。

他再一次感受到了，之前祁翔殉职后，他将死讯带给祁翔媳妇时的那种无力感。

虽然两个女人的反应截然不同——一个当场崩溃，一个强作镇定，但其实，事件本身带给她们的伤害，是一样的。

林竞最后也只能说：“这次陈冲立了大功，回去后，我会向大队长汇报，替他申请一等功勋。如果你有什么需要，请一定要告诉我。”

赵天昕淡淡地笑了一下：“谢谢林队。”

其实林竞也知道，她并不在乎功勋什么的。对于她来说，最好的礼物，就是那个人能够醒来，看她一眼。

然而，这是林竞唯一能为他们做的了。

当晚，齐玥提着医药箱去了林竞的宿舍。

她正想敲门时，却发现门虚掩着。

但齐玥还是象征性地敲了两下。

“谁？”门内传来一个低沉沙哑的声音。

“是我。”

齐玥说完，轻轻推开门，走了进去。

屋内没有开灯，只有一点微弱的月光，从敞开着的窗户照进来。

然而这并不妨碍齐玥看到，男人正独自坐在床边，弓腰盯着地上的影子，一动不动。

见齐玥走近了，他才抬起头来看向她。

齐玥看到，男人向来刚毅的脸上，竟然露出了些许脆弱。而他的眼里，似乎有泪。

她这才意识到，这间宿舍，本是林竞和陈冲的宿舍。

而现在，宿舍里只剩下林竞一个人了。

夜深人静，对着一旁空荡荡的兄弟的床铺，他又会想些什么呢？

齐玥将药箱放到一边，什么话也没说，走上前轻轻揽住了男人的头，缓慢地摩挲着他的后颈。

男人身体微微一颤，忽然抬起手，用力箍住了齐玥的后腰，将头埋进了她的怀里。

两人就这样维持着相拥的姿势，过了许久，林竞的情绪似乎稍微平静了些。

他抬起头，自下而上地看着齐玥，眸色晦暗不明："谢谢你。"

齐玥伸出手，贴上他的脸颊，手指轻轻摩挲着刚毅线条："我知道，陈冲的事情让你很难过。但是，正如赵天昕所说，这件事，本身不是你的错。做任务，本来就会出现各种各样的情况，谁也没办法预料会出什么事情。你只身留下来为你的队友们殿后，已经做得很好了。余海他们说，如果没有你，可能整个猎鹰小队都会折在那里。"

林竞没说话，他扶着齐玥的手掌微微一用力，齐玥也没设防，跌坐在他怀里。

林竞两手紧紧环住齐玥的腰，将她圈在怀里。

温热的气息洒在齐玥脖颈间，有些痒。齐玥不自在地微微缩了一下，而后感觉到一个如羽毛般的轻吻，落在她的头发上。

林竞哑声道："我还记得，祁翔刚刚殉职那时候，你也是这么安慰我的——你那时也说了同样的话。"

之前林竞因为祁翔的死愧疚自责，甚至一度陷入了抑郁状态。齐玥一直陪伴在他身边开导他，陪着他一起熬过了那段最艰难的时光。

齐玥脸颊发烫，小声道："你那时浑浑噩噩的，整个人跟行尸走肉似的，也难为你竟然还记得。"

林竞安静了片刻，紧了紧手臂："我都记得。"

齐玥："别勒这么紧……"

林竞专注地看着她，眼中深情难掩："这些年你为我做的，一桩一件，我都清楚地记得。谢谢你，一直不离不弃。"

齐玥被这直球攻击说得有些不好意思，她低头轻咳了一声："也不用记得这么清楚吧……跟讨债似的。”

林竞忽然变得这么坦白，她反而不知道说什么好了。大概是因为习惯了那个有些别扭的、口不对心的林竞，这样的转变让她非常不适应，一时间连手脚都不知道该怎么安放了。

林竞用自己的额头抵住齐玥的额头，迫使她与自己对视。

“我听说，是你调查揭发了哈丹渎职的事。”

齐玥：“嗯。”

林竞轻笑：“我老婆果然厉害。谢谢你。”

齐玥心头一跳，双颊越发烫了：“谁……谁准你乱叫了！我还没同意呢！”

林竞无辜地看着她：“啊……我还以为，你默认了。”

他这一副志在必得、水到渠成的态度，让齐玥恼羞成怒。

“默认你个大头鬼啊。霸王硬上弓了才来补票，也太没有诚意了吧！”

林竞弯了弯嘴角：“啊，我以为我走之前已经跟你说清楚了。而且，你领口上别着我送你的玫瑰徽章，不就代表你接受了吗？”

齐玥下意识抬手捂住衣领上的那枚小小的徽章，只是这举动，很有些此地无银三百两的意思。

齐玥死鸭子嘴硬：“那，那是之前我不知道你……什么时候能回来，留个纪念。而且这东西个头小，不别在身上很容易就找不到了。”

林竞意味深长地一笑：“哦。”

齐玥懊恼：“别想岔开话题！”

林竞摸了摸鼻子：“好吧。那我应该……怎么表达诚意？请首长指示？”

齐玥正色道：“林竞，我想问你个问题。”

林竞：“你问。”

齐玥：“你怎么忽然想通了？之前一直对我各种回避，还老把我往外推。你那番话，不是因为看在我快死了的分上才说的吧？”

林竞尴尬：“你是真不明白，还是在诓我？”

齐玥：“我要听你亲口说。”

林竞忽然伸手，拉住齐玥放在膝上的手。

他拉着齐玥的手，按在自己心口的位置："言语会骗人，但这里不会。"

齐玥安静地和他对视着，她能在林竞眼里清晰地看见自己的身影。

林竞："我那时也说过，我之前错得离谱……"

齐玥点头："这话我记得。"

林竞微微垂眸："祁翔媳妇的情况，相信你现在也知道了。她怀孕的时候，祁翔正在筹备两人的婚礼，准备过年的时候回老家办婚礼。结果……还没等到过年，人就没了。她一个女人，要独自将孩子抚养长大，这其中的艰辛,就不用我再说了吧……所以我那时就想着,做不到的承诺,还不如不给。"

"现在想来，你忽然对我态度转变，就是在祁翔出事以后。"齐玥叹气，"我也是最近才明白过来。当时亲眼看到陈冲出事后赵天昕崩溃的样子,再加上你又不知所终,我就明白过来。但这事是你太钻牛角尖了,到头来两头不占，伤人伤己。你单方面地切断我们的感情羁绊，有没有想过我的感受？而且你真的觉得，只要我们没有在一起，得知你出了什么事，我就会无动于衷了吗？"

林竞愧疚地看着她："对不起。"

齐玥："而且林竞，你说你的工作特殊，我的也一样。我们只是战场不一样而已，但该冲锋陷阵的时候，也得冲在前面。我们的立场根本就是对等的。而且，即便没有这些'客观'因素的限制，谁能保证一辈子完全不遇到点儿什么天灾人祸？与其担忧那些还没发生的事情，还不如珍惜眼前，活在当下。"

林竞握了握她的手："我知道，看到你躺在病床上，而我什么都不能做的时候，我就知道自己想错了，白白蹉跎了这些年月。你还记得之前我们也有过一次这样的对话吗？就是我中弹受伤那次。"

齐玥点了点头。

林竞："其实，那个时候我就已经动摇了。只是我想着战地危险重重，而且又有紧急任务要执行，本来是想着等到回国以后，一切都安定下来后再跟你坦白的，但没想到，疫病竟会在那时候爆发……"

齐玥莞尔："现在一想，这场病倒算是及时雨了。"

林竞立刻蹙眉道："别说这种话！这样的事情……我再也不想经历

一次了。”

那种眼睁睁看着心爱的人的生命在眼前一点一点流逝，自己却什么都不能做的感觉，真的是比受凌迟之刑还要痛苦。

齐玥抬手抚了一下他的眉，像是想要抚平他眉间的皱褶。

她偏头笑了一下：“现在迷途知返还来得及。看在你将功折罪的分上，我就原谅你这一次吧。”

林竞被她俏皮的模样逗得扑哧一笑：“多谢齐医生。”

齐玥：“不过至于要不要接受你，就看你的表现了。”

林竞不知道想到什么，眸色微微变深，声音也越发低哑：“那我一定，好、好、表、现。”

他说完这话，忽然低头，准确无误地吻上了齐玥的唇，将她未来得及说的话，连带惊呼一起，都封在口中。

…………

齐玥又羞又怒：“我以前怎么没发现你本质这么流氓！”

林竞笑着又轻啄了一下齐玥发红的耳垂：“还有很多事，你都不知道。不过来日方长，以后你可以慢慢发现。”

无论是这话语，还是他的动作，都可以说是非常暧昧挑逗了。

齐玥在气氛变得更加暧昧之前，使劲推了他一下：“说正经的，让我看看你身上的伤口。”

好歹她还没有色令智昏，没忘记今晚自己来找他是干什么的。

林竞沉声笑：“深更半夜，跑到一个男人的房间来要求看伤口，齐医生的确很‘正经’呢。”

“林竞你够了！”

齐玥将医药箱打开，一边自顾自说道：“今天你一回来就去了陈冲那边，后来我又接了急诊，都没来得及给你好好检查一下。”

林竞站起身，走到她身后，低头看着她将纱布、酒精、双氧水、镊子、剪子这些器材一一拿出来。

林竞微微低头时，下巴几乎抵在齐玥的发顶上。她头发上带着一种很好闻的味道，像是什么花的香味一样。

“好香……”他低声道。

男人略微偏高的体温和结实硬挺的身材，都让齐玥的脸和脖子不自觉地发着烫。

她压抑着越来越快的心跳，用胳膊顶了一下林竞的腹部：“别站这么近，热死了。”

林竞捂着腹部，皱眉：“唔——”

齐玥大惊失色，立刻转头伸手去查探：“我碰到你伤口了？我不知道你这里也受了伤……”

然而当她拉起林竞的T恤一角，看到的和手下碰到的，都只是坚硬紧实的小腹。

他腹部的肌肉线条清晰，将小腹整齐划一地分割成匀称的块状，一条漂亮的人鱼线从腰间沿着腹股沟一直延伸到前面来，没入裤子的前端……

该死的性感。

齐玥强迫自己移开视线，而后明白过来，自己被耍了。

她一抬头，就看见林竞有些痞气地笑了一下：“我们齐长官看上去挺精明的，没想到这么好骗。”

齐玥怒捶了他胸口一拳：“有你这么骗人的吗？”

林竞捂着胸口往后退了一步，眼神里露出一点不甚分明的痛楚：“咳……你下手居然完全不留情，谋杀亲夫啊……”

齐玥翻了个白眼：“你这招已经对我没用了！”

林竞哭笑不得：“我这儿是真的受了伤……”

齐玥：“……”

林竞脱了上衣后，齐玥才发现他身上的伤远比自己想象的多。

浅一点的刀伤、烧伤，他都没有用纱布包扎。幸而大部分都已经结痂了。

她本来以为林竞头上和眼睛的伤是最重的，但现在看来，左胸下侧的伤——就是她刚才打到的位置，才是最重的。

就刚才那么不算重的一拳，就让伤口又渗出了血。

他受伤已经十几天了，伤口竟然还能渗血，伤口肯定很深且不说，一开始的急救处理应该也不到位，才会造成愈合不佳，甚至感染。

齐玥蹙起好看的眉：“你这个伤口，恐怕得重新处理。”

林竞从善如流地点了一下头：“好啊，那就麻烦你了，齐医生。”

拆了纱布，齐玥就知道，自己的判断是对的。

伤口被几根手术线勉强缝合在一起，然而深处的组织完全没有进行处理和缝合，难怪愈合得这么慢。

他在她看不到的地方，还不知道吃了多少苦头。

齐玥莫名觉得眼前又有些起雾了，她清了清嗓，强自镇定道：“这伤口谁给你处理的，缝合也太不专业了。下次让我碰到这庸医，非揍他一拳不可。”

林竞好脾气地笑了一下：“是在一家图尔斯当地的诊所处理的。我可是‘非法潜入者’，有人处理伤口都算不错了，别要求那么高。”

齐玥：“你这里是怎么伤的？”

林竞：“跟人肉搏的时候，被刀刺的。当时主要还背着陈冲，打斗的动作不敢太大了。”

齐玥若有所悟地点了点头：“难怪，以你的身手，肉搏应该不至于……哎。”

她用手轻轻触碰了一下伤口外围：“伤口好像有点深，边缘也有些不规则……对方用的是锯齿刀？”

林竞点了点头：“好眼力。”

锯齿刀，白刀子进去，出来的时候还会顺带钩出些血肉组织。光是想想那画面，都让人头皮发麻，当事人经历的疼痛，就更难以想象了。

齐玥胸口一酸，叹了口气：“位置再偏一点，就会把你的肺给戳个窟窿。”

林竞抬头看着她，眼里依然带着淡淡的笑意：“嗯，那我运气还是挺好的。”

齐玥摇一摇头：“你跟我到手术室来一下。”

林竞愣了一下：“喂，不用这么夸张吧……”

齐玥坚持道：“我不想你因为这伤留下什么后遗症。放心，只是个小手术，我需要把你的伤口切开重新缝合。这里器械不够，而且你也需要消毒和麻醉。”

林竞：“……”

齐玥：“快点，不要让我说第二次。”

林竞生平第一次意识到，有一个外科医生女朋友，是一件多么可怕的事。

“我第一次做这样的手术。”林竞躺在手术台上，望着明晃晃的手术灯和站在一旁戴着口罩、穿着手术服，将手术器械一字排开的齐玥，感叹道，“我上战场都不紧张，现在反而有点紧张了。”

齐玥走到他身边，摸了摸他的额头：“因为只是局部麻醉，你全程都会保持意识清醒。如果觉得紧张的话，可以把眼睛闭上，就当打个盹儿。”

林竞笑：“那倒不用。算上之前我中弹那次，你已经是第二次在我身上动刀子了。我还从来没这么近距离见过工作时的你。我听人家说，专注工作的女人也是很有魅力的。今天算是个好机会，我可不能错过了。”

“油嘴滑舌。”齐玥弯腰，在他额上轻轻吻了一下，而后站到手术台上，“别怕，你齐医生可和那帮庸医不一样，保证缝合得美美的，绝不在你身上留下之前那种爬虫一样的瘢痕。”

林竞“扑哧”一笑，因为她难得的俏皮放松了不少：“谁怕了。说真的……真的很丑吗？”

齐玥没跟上他的脑回路：“什么很丑？”

林竞罕见地有些不好意思：“身上的瘢痕。”

齐玥先是愣了一下，继而不自觉地微笑起来。原来，他也会在意自己在她心中的形象。

其实这也是人之常情，总还是想把最好的一面展现给心爱的人，希望获得认可。

齐玥笑着摇了一下头：“一点都不丑。这些伤痕都是你的功勋，我觉得很帅气。”

林竞眼神里有触动：“齐玥……”

齐玥微微垂眸：“我只是希望以后你能尽量少增添伤痕……越少越好。”

林竞忽然拉住她的手：“我明白的。我答应你，以后会更加小心。我会为了你，好好活着。”

齐玥点头：“嗯。”

下一秒，她收了笑，严肃道：“左肋清创及组织缝合手术，现在开始。”

林竞“囧囧”有神地看着她一本正经的侧脸：“这儿就咱俩，你说给谁听呢。”

齐玥：“习惯了……”

拿起手术刀的齐玥就像换了个人似的，她神情专注，动作流畅而精准。

有些人练了一辈子也做不了主刀，而有些人似乎天生就该是吃这碗饭的。

因为麻醉药的关系，林竞并不能感受到伤口传来的疼痛。

他安静地凝视着齐玥认真工作的侧脸，莫名觉得胸口有种炽热的暖意。

这是让他骄傲的爱人啊！

光是看着她的工作状态，就会觉得，把命交到她手上很放心。

切开伤口，切除腐肉，缝合血管，肌肉组织，表皮——齐玥一共只用了十分钟时间，每一刀都刚好到位，分毫不差。

给最后一根缝线打结后，齐玥放下了手术剪，用消毒棉将伤口周围清理干净，贴上纱布。

“好了。”她摘掉口罩，冲林竞笑了一下，“你稍等我一下。”

她转身出门，不一会儿回来，手中拿了一杯水和两颗药。

林竞已经从手术台上坐了起来。

四目相对，齐玥呆了一下：“干吗这么看着我？”

林竞浅笑摇头：“只是觉得你很美。”

齐玥的脸几乎是立刻就开始发烧。

齐玥吭哧吭哧地将手中的药递了过去：“把、把这个吃了。”

林竞：“止痛药？”

齐玥：“嗯。我怕麻醉药效过了伤口还是会痛，影响你睡觉。放心，这种不是神经类的止痛药。”

林竞接过她手中的水，从她掌心捻起那两枚药片。

他指腹划过掌心的时候，齐玥感觉到了一种异样的酥麻感。

她赶紧收拢手指，把手往后一缩。

连她自己都不知道，她什么时候变得这么敏感了。

林竞察觉到齐玥的反常，一抬头，就看到她微微发红的耳尖。

林竞沉声笑：“你这么容易害羞，以后的事要怎么做？”

以后的事？

流氓……

齐玥恼羞成怒：“闭嘴！”

林竞：“哦。”

他眼底含笑，偏头看着齐玥，看不出丝毫诚意。

齐玥没好气地道：“你头上的伤，是不是也该换药了？”

林竞：“嗯，头上伤不重，就一条口子，也不深。”

齐玥：“我看看。不过你眼睛是……怎么伤的？”

林竞：“当时有弹片飞过来，划伤了眼皮。之前帮我处理伤口的医生说，可能蹭到了角膜。”

齐玥忍了两秒，终究没忍住：“这么重要的事，你怎么不早点告诉我？”

林竞：“这不是，没来得及说……”

齐玥：“你找专门的眼科大夫给你看了吗？”

林竞：“这里医疗条件也就这样了，上哪儿去找专科大夫？”

齐玥重重地嘘出一口气，撑在手术台上的手指都有些颤抖。

“不行，必须得找眼科大夫。”

林竞见状，便要去握她的手：“齐玥……我没事……”

齐玥又急又怒，“啪”地挡开他的手。

她意识到自己情绪太激动，又立刻小声说了句“抱歉”。

林竞摇了摇头：“你别着急。”

齐玥努力平复着自己的情绪，深吸了一口气，才慢慢道：“你不明白伤到角膜是多严重的事情。如果……如果你受伤时还伴随有眼角膜剥落的情况，没有及时粘回眼角膜的话，你这只眼睛就彻底没救了！”

齐玥纠结了片刻，忽然站直身子：“不行，我现在就去找苏老师，联系联合国医疗队。他们那边可能有眼科专家。”

林竞拉住她：“算了。大半夜的，大家都在休息呢，有什么事等明天早上再说。”

齐玥急得眼泪都快飙出来了：“可是你的眼睛……”

林竞将她拉了回来，有力的双手环过她的腰，将她轻轻搂在怀里。

“现在急也没用，不是吗？如果真的……有你说的那种情况发生，现在也已经过了十几天，早就已经错过治疗时间了，再急也于事无补。”

齐玥哽咽了一下，没说话。

林竞宽大的手掌轻轻拍了拍她的背：“明天早上再去找医生做个检查吧。”

齐玥紧紧搂住林竞的脖子，甚至连身体都因为害怕而有些颤抖：“你不能有事……”

林竞没说话，手上力道微微加重，越发拥紧了齐玥。

第十五章

SHANHEWANLI
WOLAIJIANNI

可以吗

心里装着这么桩事，晚上也睡不安稳。

齐玥勉强浅睡了几个小时，第二天一大早，就去找苏青说明情况。

苏青听她说完，也犯难了：“联合国那边的医疗队我不是很熟，不确定他们有没有眼科的人跟来。我这就去帮你联络，不过说实话，我觉得这个可能性有点小。”

齐玥垂眸：“我知道。”

一般派到这种战地来支援的医生，都不会是专科医生。考虑到实用性，基本都是外科和全科。

齐玥有些心烦意乱，不自觉地抓了一下头发。

苏青：“你别急……就算联合国医疗队没有眼科医生，也许利维亚首都医院里能找到。”

“要找眼科医生的话，我倒是刚好认识一个人。”

休息室门外传来一个温和的声音。

苏青和齐玥同时转头望去——程冬临站在门外，温文尔雅地冲她们笑了一下：“抱歉，不是故意偷听你们对话。”

苏青：“程医生，进来坐吧！”

乍见程冬临，齐玥忽然有些尴尬。

她之前也听苏青提到过，自己昏迷那段时间，程冬临一直守在病床前，忙前忙后。

包括她刚醒来那会儿，程冬临无论再忙，每天都还是会抽空过来看她。

只是她那时一心记挂着林竞的安危，满心满脑子想着林竞，对周遭的人和事都不上心，甚至都没好好跟程冬临道过谢。

程冬临将手中的一沓资料递给苏青：“其实我是来送这个报告的。这是我们那边的病人对Y病毒新药的一些反应统计。”

苏青翻了翻手中报告：“你们那边的病情也都控制下来了？”

程冬临点了点头：“对。这个新药副作用也比较小，的确可以广泛推行。”

相较于齐玥的不知所措，程冬临倒是挺坦然，他转头对着她又笑了一笑：“我听说林队回来了？”

齐玥点了点头。

程冬临：“真是太好了。这次真的多亏了他，才能让疫病这么快得到控制，而且你也不用一直寝食不安了。”

齐玥：“嗯……”

程冬临：“对了，方才你们说想要找眼科医生？”

齐玥点头：“嗯，其实是这样的……”

齐玥将林竞的伤情跟程冬临复述了一遍。

程冬临听罢，点了点头：“这情况确实需要专科医生作出判断。我们医院最近新来的这批志愿者里面，刚好有一个眼科大夫。”

齐玥：“这实在是太好了！”

程冬临：“你们想什么时候过来？随时都可以。”

齐玥：“我去跟林竞说一声，等下就过去。”

程冬临：“好。那我先回去跟他说一声，你们准备好就过来。”

齐玥送程冬临出门。

两人走出一段路，齐玥忽然停下脚步：“程冬临，其实我……”

她顿了顿，在心里斟酌着措辞。

“什么都不用说。”男人背对着她，依然是温和的语气，“我……都明白。”

齐玥：“……”

程冬临：“其实之前，在你昏迷那段时间，我看到林竞不舍昼夜地守在你病床边，我就明白了。后来见到你醒来后那种状态，我就知道，恐怕我这辈子都没有机会了。”

“对不起。”齐玥憋了半天，最后也只能说出这三个字来。

程冬临摇摇头："以前我不信命，总想争一争。现在也只能感慨，也许有些事，真的是天注定。"

齐玥："程冬临……你这么优秀，一定会遇到更好的、更适合你的女孩子。"

"更好？"程冬临叹了口气，转身看着她，"我这算不算，也收了一张好人卡？"

齐玥有些窘迫："抱歉……但我不是那个意思……"

程冬临温柔地看着她："开个玩笑。你不用道歉，也不用觉得不好意思。感情的事，本来就不应该勉强，想勉强也勉强不来。"

程冬临甚至帮她说了她的台词。他似乎有些过于温柔了。

齐玥微微垂眸："谢谢你……"

程冬临："你赶紧去找林竞吧。"

齐玥："嗯。"

齐玥刚走到宿舍门口，就看到了站在训练场旁边的林竞。

从他所站的位置，刚好能看到刚才她送程冬临出去的那个方向。

齐玥莫名觉得有些心虚，但仔细一想又觉得自己没做错事，为什么要心虚？

于是她就抱着这种奇怪心态，走到了林竞面前。

"找到眼科医生了。"

林竞低头看着她，神色莫名："程医生帮你找到的？"

齐玥有些无语："你果然又看到了。"

算起来，加上上次程冬临和她表白，这已经是第二次被林竞撞见了。

无巧不成书，真是怕什么来什么。

林竞莞尔："又？那你们'又'说了什么有趣的事吗？"

他还要故意调侃她。

齐玥立刻："没有！"

林竞："你回答得太快了。怎么，心虚？"

齐玥："我行得端，坐得正，没什么好心虚的！"

林竞似笑非笑地"哦"了一声，忽然凑上前，在齐玥唇上烙下一吻，不仅如此，唇分时，他还轻轻在她唇上咬了一下。

齐玥立刻捂住唇，朝周围打量了一下。

有几个正在校场上训练的小战士刚好看到了这一幕，远远地在那儿喊着“林队好样的”“哦——”，跟着瞎起哄。

齐玥有些不好意思地瞪了林竞一眼：“你干什么？”

林竞：“盖章。”

“盖……”

齐玥面红耳赤，是她输了。

因为有程冬临的引荐，检查倒是做得很顺利，报告也很快出来了。

齐玥陪着林竞一起坐在诊室里，紧张地等着医生的结论。

那感觉，就像等判决书一样。

“你的角膜被弹片轻微擦伤了，不过看来只是轻微擦伤，而且恢复的状况也还算好，基本不用担心。刚才给你做了基本的检查，光源反应这些也都是正常的。我给你开一点消炎的眼药水，过两天拆了纱布后，记得每天滴三次。”

医生看完他的眼球扫描显像图后，如是说道。

齐玥激动地抓住林竞的手，又问道：“有没有什么后遗症？对视力会有影响吗？”

医生说：“视力肯定不会像以前那么好了。角膜虽然能长好，但毕竟有了一条疤。你想象一下，就像照相机镜头上被划了一道，肯定会影响成像品质。而且以后这只眼睛也会比较敏感，可能会出现畏光的现象。不过只要好好保护，注意用眼卫生，视物还是没问题的。他这种情况，已经很幸运了。”

齐玥刚刚还有些雀跃的心瞬间沉入谷底。

也许对普通人来讲，只损失一点视力的确是万幸，但对特战队的人来说，良好的视力几乎等同于一项保命的技能。特战队对所有成员的体能要求是非常严格的，除了基本的健康要求以外，所有人的体能都必须远远超出正常人。不仅如此，他们还必须拥有非常敏锐的听觉、动态视力和夜视能力。

齐玥安静了一瞬，才有些艰涩地开口：“那……对他视力影响会有多严重呢？”

医生摇了摇头："这个不好说，真的是因人而异了。等到时候眼睛完全消肿，炎症也消退后，来做个视力检查就知道了。"

齐玥问："医生，这个视力问题，有没有办法修复？"

医生叹了口气："这不是修复不修复的问题。主要是，因为是受了伤，伤口又长好了，他角膜的屈光度就会和以前不一样了。而且这种情况，我们不能像做近视手术一样去打薄他的角膜来修整屈光度。他角膜已经受过一次伤，可能会承受不住这样的手术。"

齐玥还想问什么，林竞忽然握了握她的手："就听医生的吧。还能够重见光明，我已经很开心了。其他的，先养好伤再说。"

齐玥转头和林竞对视了片刻，林竞冲她露出一个安慰的笑容。

受伤的人明明是他，他却反倒过来安慰她了。

齐玥心里一阵钝痛，却如鲠在喉，什么都不能说，只能偏过头去，低应了一声："好。"

下了晚班，齐玥本想去找林竞帮他换药，结果却发现林竞根本不在宿舍。

大半夜的，这人会去哪儿呢？

齐玥在医疗营里转了一大圈，问了好几个小战士，才终于问出了林竞的下落。

她登上瞭望台，果不其然看见一个熟悉的身影，趴在一台架起的狙击枪前面。

齐玥刚踩上最后一级台阶，便听林竞道："怎么过来了？"

齐玥愣了一下："你怎么知道是我？"

毕竟，他连头都没回。

林竞似乎笑了一下，而后从地上坐了起来，转过头，向齐玥伸出手，示意她坐过去。

"我听出是你的脚步声。"

齐玥拉住林竞的手，走到他身边坐下。

"这都能听出来？"

林竞点了一下头："每个人的脚步、呼吸，都有自己的特点。你的脚步声……我当然知道。"

“你听力真的很敏锐，不愧是特战队的。”齐玥感叹，“我就听不出来。你还能听出谁的？”

林竞：“这医疗营里大部分人的吧。啊，对了，你的那个程医生，脚步声也很有辨识度。”

他居然还没忘了这茬儿。

赶鸭子上架，齐玥只能老实交代：“我已经跟他说清楚了。”

林竞将齐玥的手握在掌心，不轻不重地捏着她的手指，眼里浮现出笑意：“我知道。”

齐玥：“你不会又听见了吧？”

林竞笑：“不用听。看他离开时的神情姿态就知道了。”

齐玥哼了一声：“你现在倒是得意得很。当初也不知道是谁，还说我跟人家很合适，什么职业相配啦，有共同话题啦……”

林竞侧过头，在齐玥耳边低语：“我错了。现在后悔还来得及吗？”

他的声音低沉撩人，温热的气息就萦绕在齐玥耳畔，有些酥，又有些痒。那种酥酥痒痒的感觉，一路从耳朵沿着血管爬到心里，像猫用爪子轻挠一样，惹得人心浮气躁。

齐玥脸上微微发烫，心跳也加快了些，不自觉地便往旁边躲了一下。

她咳嗽一声，转移话题：“你大晚上的不在宿舍好好歇着，跑这儿来干什么？”

林竞似乎有些心不在焉：“这儿风景好。”

听他鬼扯。

齐玥扫了一眼地上的狙击枪，心里大致有了谱。

“你是不是……在担心那眼科医生说的话？”

林竞：“也不是担心。”

齐玥平时也还算伶牙俐齿，这种时候却不知道怎么安慰他。

其实他们都知道，如果林竞视力下降，那就意味着他必须从猎鹰小队退出。

出于私心，她觉得那样没什么不好，至少不用每天过着刀口舔血的日子。

她以前一直以为自己很坚强，但是经历过这次的事情之后，她才知道她没有自己想象中的那么坚强，甚至于，不堪一击。她很害怕再次听到林竞失踪，或是出什么事的消息。那种生命不可承受之痛，她不想再经历一次。

但这种想法不仅自私，也不符合她一直坚守的信念，而且对林竞来讲也不公平。林竞其实很适合这个职业，比绝大部分人都适合。他是天生的强者。有他在的战场，战友的生存率都会提高很多，这是不争的事实。

林竞忽然伸出手，从她眉心的位置轻轻抚过。

“在想什么？眉头都皱成堆了。”

齐玥摇了摇头，抬手握住林竞的手：“如果……你打算怎么办？”

林竞握住齐玥的手：“我想了一下，其实这样也没什么不好的。就算不在前线，也仍然有很多我可以做的事情。我可以去指挥部做指挥官，专门负责战略部署。”

齐玥说：“像你父亲那样？”

林竞安静了片刻，笑了一下：“我小时候还老是赌咒发誓，长大了一定不会变成我爸那样的人。结果……也许真要和他走一样的路了。”

齐玥：“其实你父亲，也是值得尊敬的人。坐在那个位置上，每一个决定，都会影响成千上万人的命运。”

林竞垂眸：“大概吧。”

林竞转头看着齐玥：“你呢？假如我的眼睛没事，你还让我回战场吗？”

齐玥毫不犹豫：“当然。”

这次轮到林竞吃惊了：“为什么？”

齐玥认真地看着他：“因为我知道，你放不下你的战友。而且……我记得你曾经说过，有多大能力，就要承担多大的责任。”

齐玥又笑了一笑：“以己度人，我也一样。如果遇到疑难杂症，或是像这次这样的疫病，我还是会冲在前面。那我又怎么能要求你为了自保躲在幕后？”

林竞看着齐玥，许久没说话，他眼里似乎有感动，有震动，还有一些说不清道不明的情绪。

他忽然起身，伸手将齐玥打横抱了起来。

齐玥完全没准备，惊吓之余，立刻抱紧了他的脖子：“你干什么啊……快放我下来。”

林竞在她脸上亲了一下："抱我媳妇儿回家。"

林竞一路抱着齐玥走进了宿舍楼，齐玥心跳得极快，像擂鼓一般，一方面是觉得羞赧，另一方面又怕被人看见。

"快点儿放我下来……"她低声在林竞耳边道，生怕说话声大了被人听了去。

从瞭望台到宿舍楼有十来分钟的距离，林竞一路走来，健步如飞，连大气都没喘一下。

林竞一路径自把齐玥带回了宿舍，才将她放下来。

"林竞，你……把我带过来干什么……"齐玥微微收紧手指，不自觉地捏住衣服的一角，心里其实是有些紧张的。

林竞坦然地摁开了宿舍的灯，笑："之前不是你先过来找我的？"

听起来好像也没什么不对，但齐玥却莫名地觉得浑身不自在。

林竞："我还没问你，来找我什么事？"

齐玥不自然地理了理头发："哦，我是想来看看你的伤，顺便给你换药。"

林竞在床边坐下来，坦然地冲她张开手："哦，那来吧。"

齐玥："……"

糟糕的台词，糟糕的动作。

她形容不出林竞现在是什么眼神。

那是一种炽热、专注和占有欲交织在一起的眼神。

这是她第一次见到林竞这么直接地将内心所想毫无保留地表达出来，而她也第一次明白，林竞原来也会有这样的眼神。

那他之前，真的太会伪装了。

更可怕的是，那眼神仿佛也能将她的心情看穿一样。被这样的眼神盯着，就像被扒光了衣服一样，无处可藏。他目光落到哪处，就会让她产生那处被灼伤的错觉。

齐玥被他看得口干舌燥，每一寸皮肤都在燃烧一般。

她强自镇定地转移视线，忽然瞥到墙角的那盆鸢尾。那盆，早已经被她遗弃的鸢尾。

齐玥心里五味杂陈，眼眶微微湿润："你把它……捡回来了？"

“嗯。”

声音从耳畔传来，林竞不知何时已经走到了她身后。

她一转头，就正对上林竞低头看过来的视线。

齐玥的心又开始止不住地狂跳起来，她看着近在咫尺的林竞，低喃：“为什么？”

林竞凝视着她，忽然伸手一搂，将她拉入怀里：“舍不得。”

他说的舍不得，是舍不得这盆鸢尾呢，还是两人之间这么多年剪不断理还乱的羁绊呢？

齐玥脑补了一下林竞大半夜在垃圾堆里翻找出那盆被她摔坏的鸢尾，又默默地重新种回去的画面，忽然觉得心里柔软得一塌糊涂，眼圈又有些发热了。

他的脸离得很近，鼻尖几乎要碰着她的了。短暂的停顿过后，他的嘴唇便压下来了。

齐玥被他搂在怀里，感受到他手臂和胸膛的力量，突然有些心慌。身上男人的重量和他胳膊的力度是真实的，具有侵略性的。

嘴唇碰到一起的时候，背上瞬间像是有电流窜过，齐玥微微颤抖了一下。

这样让她战栗的碰触，很快便变本加厉，变成一个深入的热吻。

今晚的林竞像是完全失去了自制。他有一种被解封了的兽性，力大无穷地握着她细瘦的腰，近乎粗鲁地亲吻着她。

齐玥几乎招架不住，在暴风骤雨一般的热情里脑子一片空白。

“可以吗？”他低沉的声音在她耳边问道，呼出的气息灼热，让她的耳朵和脖子都有些酥痒。

齐玥觉得好气又好笑，都做到这地步了，竟然还问这种问题。

她微一抬眼，就看到男人微微勾起的嘴角。

不行，不能让他太得意了。

齐玥用力将他推开一点：“我想洗澡。”

齐玥盘算着，洗它个半小时一小时，到时候男人的表情一定很精彩。

哪知林竞顺势一点头：“好啊，那就一起吧。”

齐玥：“……”

欲哭无泪。

她为什么要搬起石头砸自己的脚呢。

第二天起不来床，似乎是天经地义。

齐玥之前就知道林竞体力好，不过，她不知道林竞的体力竟然这么好！

迷迷糊糊着，感觉到有人在亲她。从额头，眼睛，鼻尖，嘴唇，到下巴，一处都不放过。对方似乎相当有耐心的样子。

“唔……放过我吧。真的要死了。”还在半梦半醒的状态，她就已经下意识地开始求饶。

耳边似乎有人在低笑。

“我帮你跟医疗队请了假，今天你就好好休息吧。”

“唔。”

齐玥迷迷糊糊地应了一声，往被子里缩了缩，继续睡觉。

等到她真正清醒过来的时候，已经接近中午了。

齐玥抚着额，从床上慢慢坐了起来。

浑身像被坦克碾压过一样，骨头都快散架了。

而且总觉得那里还卡着什么东西，让人有些羞耻的感觉。好在倒没有不适的黏腻感觉，昨晚睡前林竞似乎细心地帮她清理过了。

齐玥瞟了一眼床头的电子钟。

都快中午十二点了。

她第一反应是要赶紧赶去医疗队那边，但恍惚中又想起，早上林竞似乎有说帮她请过假了。

请……假。

请的什么假？

齐玥整个人都僵硬了一下。

她忽然大叫一声，捂住脸。

那什么真的是误事啊……感觉这次她一定会被众人嘲笑死的。

“怎么了？”

林竞开门进来，刚好听见了她那一声惨叫。

他将手里的保温桶放到了桌上，走到床边坐下，关切地看着齐玥：“是有哪儿不舒服吗？”

齐玥还没缓过来，见到这个“罪魁祸首”，自然气不打一处来：“都怪你！”

林竞好脾气地拉过她的手：“好好好，怪我。是……很难受吗？要不我去找苏老师拿点药？”

“别！”齐玥赶紧制止了这一可怕行为。

他要真跑去找苏青讨什么药，那她以后真不用混了。

齐玥深吸一口气：“我没事。”

林竞将信将疑地看着她：“真的？”

毕竟，刚才那叫声听起来，不像是没事的样子。

齐玥重重地点头：“比真金还真。”她红了一下脸，有些纠结地问，“你用什么理由跟医疗队请的假？”

林竞：“哦，我说你感冒了，需要卧床休息。”

齐玥眼前一黑。

感冒……真想掐死这个直男。

林竞不明所以：“你真的没事吗？我看你好像很难受的样子。”

齐玥咬牙：“你，一个月不许碰我。”

林竞想着大概是真把她欺负狠了，于是很识相地妥协：“哦。”

他献宝一样地拿过保温桶，揭开盖子。

“我想着你可能会没什么胃口，所以给你熬了鸡汤。你之前不是说……鸡汤好喝嘛。”

齐玥看怪物似的看着眼前这个像换了套皮的、温情脉脉的男人，好奇他是从哪儿听来的这奇怪的说法。

谁告诉他那啥啥了就会没胃口的？

她饿得前胸贴后背，都能吞下一头牛了……

林竞对她的腹诽毫无所觉，继续献宝：“我这次专门加了些补血补气的食材，你尝尝？”

齐玥盯着鸡汤里漂浮着的红枣、枸杞还有花生，又想象了一下他在食堂熬汤的画面……有些无语地抬手捂住脸。

哎，这折磨人的爱情……

不过，汤还是好喝的，依然像记忆中那样鲜美无比。

齐玥忍不住好奇：“我之前就想问你，你的厨艺是怎么练……”

话没说完，她就看见林竞肩上别着的通讯器忽然闪了一下红光。

红色，是紧急信号。

林竞微微蹙眉，立刻接通了内部频道。

“怎么了？”

耳机里传来单世钧严肃的，甚至是有些焦急的声音：“队长，有情况！”

第十六章

SHANHEWANLI
WOLAIJIANNI

焚心似火，生死与共

齐玥听不见通讯器那头到底说了什么，只能看见林竞越来越严肃冷峻的表情。

“什么……他们都……”

齐玥注意到，林竞垂在身侧的拳头都捏紧了，指骨微微发白。

过了半晌，他沉声道：“我知道了，我现在就过来。黎望他们还没走吗？”

“好。通知所有作战人员，墙外集合。”林竞顿了顿，“嗯，医疗队那边我来通知。”

林竞收了线。

齐玥见他神情凝重，心中隐隐有种不好的预感。

齐玥：“是不是……”

“‘以瑟’杀过来了。”还没等她问出口，林竞便主动跟她交代。

齐玥心里“咯噔”一下：“杀过来的意思是……”

林竞：“就是你想的那个意思。我们安插在医疗营周边的哨兵，都出事了。”

齐玥：“！”

林竞：“单世钧刚刚收到的线报。有两支‘以瑟’的军队，分别从南面和西面朝这里驶近。”

齐玥急了：“‘以瑟’这是疯了吗？公然对中国的医疗队开火，这相当于宣战了，他们这是要自取灭亡吗？你说他们这次攻过来的目的是什么？取回田院士的研究成果？还是纯粹的报复？”

林竞一边从衣柜里拿出作战服和防弹衣换上，一边继续道：“跟这种极端宗教主义恐怖分子，没有道理可讲的。我估计他们这次是抱着鱼死网破的心态来的。这群人，本来就是宁可自损一千都要伤敌八百的亡命之徒。我们这次估计是踩到他们痛脚了，所以一不做二不休，一定要拼个你死我活。”

齐玥从来没遇到过这么匪夷所思的事情，也没见过这么疯狂的阵仗，一时间，整个人都有些蒙。

她知道事态的严重性，抖了抖唇，看着林竞：“他们派了多少人过来？我，我们的兵力……”

林竞叹了口气：“我们没时间了，仔细听我说。我要马上赶去进行作战部署。你需要立刻通知医疗队，和苏老师商量，准备转移病人和所有医护人员。”

齐玥脸色苍白，也顾不得别的，赤脚跳下床，一把拉住林竞的衣角：“往哪儿转移？我们这儿还有那么多伤重病人，躺在床上根本不能动。你也说了，‘以瑟’是分兵几路包抄过来的，这意图很明显了……”

一个也别想跑。

林竞转身，牢牢地握住齐玥冰凉的手：“医疗营后方那个囤放物资的仓库，被咱们的工兵部改造了一下，能够暂时藏身。”

“改造？”这是什么时候的事？她竟然完全不知道。

“嗯，具体情况苏老师知道。你赶紧去通知苏老师，启动紧急备战预案二。”

齐玥艰难地点了点头，眼睛却死死地盯着林竞：“你……你要去前线吗？”

她其实也知道，自己问了一句废话。明明已经知道结果的事，却还非要听他亲口说出来，也不知道是想让自己难受，还是让林竞难受。

林竞作战服已经穿戴完毕，他眸色暗沉地看着站在身前、抬头仰望着他的女人，喉头一哽，忽然紧紧将她抱入怀里：“抱歉，我又要去执行任务了。”

齐玥眼圈早就红了，声音嘶哑：“什么任务？是诱敌？还是奇袭？”

无论哪一样，都不过是权宜之计。

林竞也不想骗她，实话实说：“差不多吧。其实我没告诉你，我们上次执行任务前，就已经预料到‘以瑟’可能采取报复行动。我们的增援部队已经抵达利维亚领海。我们已经获得了利维亚政府的许可，如果‘以瑟’对我们发动进攻，咱们的部队就能名正言顺地采取正当防卫措施了。我现在能做的，就是为医疗队避难和我们的反攻争取时间。”

齐玥双眼通红地看着林竞，哽咽道：“我只有一个请求。”

林竞心头一震，喉结微微滚动一下：“我……”

他说不出承诺的话。

此战凶险，前路未卜。他不能骗她。

齐玥似乎明白了，她垂眸，低喃：“连骗我一下都不行吗……”

林竞：“对不起。”

听上去很让人心软，但又那么让人绝望。

齐玥摇了摇头，抬手擦去眼角的泪：“你在做你应该做的，道什么歉……你去吧。我……”

齐玥沉默了一下，抬头看着他，勉强露出一个微笑：“我等你回来。”

林竞这个作风素来强势的铁血硬汉，眼眶竟然也有些发热。

他双手捧起齐玥的脸，在她唇上烙下滚烫的一吻。

林竞赶到医疗营门口时，余海和单世钧已经在外墙下集合了所有具备战斗力的士兵。

余海对林竞敬了一礼：“报告队长，南面敌军两辆坦克、三辆装甲车正在逼近，预计到达医疗营还有二十公里；西面四辆载人卡车，预估步兵一百人左右，预计抵达营地还有十公里。请队长指示！”

林竞目光威严，神情镇定地扫视了一圈正襟而立的士兵：“全员分成两组，一组队员即刻协助余海中尉在医疗营四周铺设诡雷，另一组队员去医疗队协助伤病患进行转移。射击成绩最好的五人，到瞭望台上支援单世钧上尉，负责狙击来犯的敌人。”

林竞转向余海：“向利维亚政府求援了吗？”

余海：“已经发出求援信号，但是不知道……能不能赶得上。”

林竞点了点头：“给我一辆装甲车，再点几个胆子大的弟兄。”

余海立刻明白了过来：“队长，我跟你一起，我来开另一辆装甲车！”

他知道，林竞是要出去奇袭敌人的装甲坦克部队。他们一共只有两辆可用的装甲车。“以瑟”那边都是重火力，如果能够牵制住，那对他们来说，就能替他们这边防守部队减少很大的压力。但是奇袭行动有多关键，就有多危险。基本上，这是一种自杀式的行动。

林竞摇头："不行。你也有很重要的任务，你必须留在这里布置好雷区。"

余海既痛苦又纠结，甚至无意识地不断用手去抓头发。

林竞："别抓了，再抓就秃了。赶紧行动吧。"

"可是……我不能让队长你一个人去冒这个险！"余海莫名地有些颓丧，"要是……冲子在就好了。布雷本来就是他擅长的……"

林竞严肃地打断他："现在说这些有什么意思？"

余海："对不起，队长，我只是……"

"你是不是把我忘了？"伴随着一个洪钟一般的声音，一个蓄着小胡子的男人大步向这边走了过来。

一行人立刻行礼："黎队！"

林竞冲他微微一点下巴："你胳膊好利索了？"

黎望戏谑道："再不济也比你这独眼龙强啊。不多说了，我和你一同去奇袭。"

余海欣喜地看着黎望："谢谢黎队！"

有黎望和林竞并肩作战，那就让人放心多了。两人都是利刃下面最强的兵王，强强联手，胜率自然也大大提升。

林竞对余海道："事不宜迟，你马上按计划去准备。"

余海："是，队长！"

而后林竞转向黎望："抱歉，把你从欧洲那边强扯进来，两次都让你陪我冒险。"

黎望耸了耸肩："客套话就省了，回国请我吃两顿海宁阁就行了。"

海宁阁是他们C城最贵的饭店，一道清炒小白菜都要好几百的那种地儿。

林竞笑着应承下来："你也太真实了吧。"

黎望："人生苦短，做人还是真实点比较好。我们也走吧？"

林竞："我先跟总指挥部汇报一下情况，然后我们立刻出发。"

黎望嗤了一声："还总指挥部，文绉绉的，你爹就你爹呗。"

林竞："……"

与此同时，齐玥也马不停蹄地赶到了急诊室，将“以瑟”来袭的消息告诉了苏青。

因为是一路狂奔过来的，齐玥说话的时候还有些上气不接下气：“林，林竞说，说……让我们，启动二号紧急备战预案。”

苏青霍然起身，对周围的护士道：“你们立刻去通知留在宿舍的医护人员赶到医疗站休息室，我有重要的事情要宣布。”

几个小护士都不知道发生什么事了，还在原地愣了两秒。

苏青厉声喝道：“发什么愣，还不快去！”

小护士们这才纷纷掉头找人去了。

苏青看了齐玥一眼：“你跟我来，我要赶着去广播室。”

齐玥：“好的，老师。”

苏青一边走，一边快速地跟齐玥交代：“我们囤放物资的那个仓库，是工兵改装过的。仓库的外墙装了一圈防弹甲板，仓库左侧靠里边的石柱上有一个电子密码锁，那是用来开启地下通道的，密码是K90B318……”

齐玥点头：“K90B318，我记住了。”

苏青：“重症监护室那些病人需要首先转移……包括陈冲，他们没有机动能力，不能自己走去仓库。我会让赵天昕和所有护士前去协助你转移病人。”

齐玥：“那老师您呢？”

苏青：“我和其他各小组组长负责转移其他有机动能力的病人。事不宜迟，你现在就过去吧。”

齐玥：“是，老师。”

两分钟后，医疗营内响起了一条让所有人都惶惶不安的广播——

“所有医护人员请注意，以瑟组织的武装部队正在朝我方医疗营开进，预计十五分钟后会抵达营地。请各小组组长速到休息室，商讨伤病员撤退路线。所有护士，立刻去重症监护室协助齐玥中尉转移重症病人。”

苏青用中文重复了两遍，又切换成英文广播道：

“请各位患者注意。医疗营遇到一些紧急情况，需要将大家暂时转移到一个安全的地方。为了确保大家的安全，请各位患者积极配合医护人员，按照秩序进行转移。”

病房和诊室内瞬间炸开了锅。

能听懂英文的患者，不约而同地露出了惶恐不安的表情。他们都是经历过战乱的人，一听这条广播，就隐约明白发生了什么事。有些胆子小一点的女孩子，甚至直接捂着脸哭了出来……

一时间，抱怨声、痛呼声、哭声、吵闹声，此起彼伏，绵绵不绝……

整个医疗营都被笼罩在了一种名为“恐惧”的阴云下。

在赶往重症监护室的路上，齐玥忽然听到医疗营门口传来重型机车启动时发出的轰鸣。

她几乎是毫不犹豫地扑到走廊上，扒着护栏朝外望去。

视线范围内，只见两辆装甲车驶出了医疗营的大门。装甲车显示出了绝佳的抓地力，顺着门前的山路一路向上攀爬，很快便翻过山头，从视野里消失不见……

齐玥不自觉地抬手按了一下心脏的位置，那里像是被什么重锤了一下，又闷又压抑……

她知道，其中一辆装甲车内，一定坐着她的爱人。

“说起来，我们也好久没比赛了。”装甲车内的通讯台内传来黎望的声音，“上次交锋，还是在那次国际军事比赛上吧？可惜，最后还是被你拿走了那朵小玫瑰。”

林竞想起前事，不由得笑了一下：“都那么久的事了，你还记着仇。”

黎望：“说真的，比一场？”

林竞：“比什么？比谁快？还是歼敌数量？”

黎望痞兮兮地勾唇：“当然是——老规矩。”

话音刚落，黎望驾驶的那辆装甲车马力全开，像头公路怪兽一样，无情碾压过一段陡峭的碎石路，瞬间冲到了林竞的前方。

林竞无声地笑了一下，一套换挡轰油操作熟练而迅速，不过眨眼工夫，便反超了黎望。

黎望“啧”了一声：“哟呵，宝刀未老。”

林竞：“您都没老，我怎么敢老。”

两辆装甲车都将速度提升至极限，以接近每小时一百公里的速度在凹凸不平的山野里穿行。

林竞和黎望的车上都各自带着两名战士——一个负责侦察敌情，一个负责射击。此时听到两位队长的对话，都有些蒙。这是什么神仙心态？他们都不是第一次上战场了，然而每次依然会紧张到手心冒汗。尤其是这次，他们知道，如果奇袭失败，等待他们的下场就是一个字——死。然而这两位队长在这种情况下居然还能够不动声色地开玩笑，还搞什么比赛……只能说，能当上特战队长的，果然都不是正常人……

“队长，雷达上已经出现了四个热能点，正在朝我们的方向靠近。”

行驶了大约十公里后，负责监测的侦察兵忽然道。

林竞微微蹙眉：“四个？确定没看错？”

侦察兵：“确定。”

从哨岗传来的情报，说的是两辆坦克和四辆装甲车——然而现在只有四个目标出现在了雷达上。

黎望：“会不会是他们的坦克搭载了反侦察系统？”

林竞沉默了一下：“有这种可能。只是……”

黎望：“我也很吃惊……如果真的是反侦察系统搞的怪，那‘以瑟’的装备还挺先进了。”

林竞心中隐隐有种说不出道不明的不好的预感：“但愿是这样吧……”

林竞看了一眼雷达上离他们越来越近的敌军定位，对黎望道：“差不多就在这儿阻截？”

黎望：“好。”

林竞转头对负责射击的士兵道：“你和我换个位置。”

士兵有些犹豫：“可是林队，我不是很擅长躲避……”

林竞：“别的要求我没有，只要你保证这辆车不翻就行了。”

士兵：“是，林队！”

两人迅速交换了位置。

林队站起身，半个身子爬出车顶，调试了一下车顶搭载的那台火炮。

黎望显然和林竞的想法一致，几乎也在同一时间钻出了车顶。

他们需要的，是速战速决，一击制敌。

林竞和黎望他们选择的阻截位置，刚好是个小山坡。

敌方车队必须要翻过这个山坡才能看到他们。

第一辆装甲车刚出现在他们视野内时，林竞按下了火炮的发射键。

“砰——”

随着一声巨响，那辆装甲车直接被林竞的炮火掀了个底朝天——林竞瞄准的是那辆装甲车的底盘，利用地理优势，直接让那辆车翻了个个儿。

第一辆装甲车以迅雷不及掩耳之势滚落到一旁后，第二辆装甲车还来不及做出任何反应，就又进入了林竞他们的射程内。

“砰——”

这次是黎望开的火。

他如法炮制了林竞刚才的进攻模式，将第二辆装甲车也掀翻在地。

重型火炮在发射每一炮之间都有几秒钟的冷却时间。

黎望刚好衔接上了林竞的这几秒空当，两人可说是配合得天衣无缝。

他们在对方翻车的同时，立刻“补刀”，林竞和黎望两辆车上的后置导弹同时发出，分别命中那两辆“躺平”的装甲车——随着冉冉升起的火光和巨大的爆炸声，两辆装甲车被导弹炸得粉碎，燃烧着的废铁和车身碎片散落一地。随着报废的装甲车散发出的滚滚黑烟，空气中顿时充斥着一股刺鼻的焦臭味……

然而敌人也不是吃素的，有了这两辆被炮灰掉的装甲车的前车之鉴，他们没有再贸然前进。

对方的第三辆和第四辆装甲车没有越过山坡过来，而是直接在山坡那头朝他们发射了反坦克导弹。

林竞似乎早就料到对方的动作，他在发射完火炮后，就径自跳入车舱内，坐回到驾驶席上。

他伸手猛地扯动方向盘，挂到倒挡，一脚将油门踩到底，装甲车立刻一百八十度转弯，迅速退到了一旁的低洼处。

与此同时，一枚反坦克导弹刚好击中了林竞的装甲车刚才所在的位置，将地面炸出了一个深坑。

一时间尘土飞扬，泥石四溅。

坐在林竞身边的那个侦察兵瞠目结舌地看着林竞这一系列行云流水的操作，张着嘴，一句话都说不出来。就刚才这么半分钟的时间不到，他的背上已经出了一层冷汗。如果驾驶装甲车的是他，恐怕此时已经被炸得尸骨无存了。

在林竞和黎望躲避对方导弹攻击的这个空当，第三辆和第四辆装甲车也终于翻过了小山坡，正式现身。

林竞一边和对方你来我往地周旋，一边问侦察兵：“看看雷达上，还有没有活动的热源？”

侦察兵摇了摇头：“没有，就只剩这两辆装甲车了。”

现在四辆装甲车尽数现身，坦克却仍然一辆也没见到。

“调虎离山！”林竞忽然狠狠地砸了一下方向盘。

情报不可能出错，那么对方一定是猜到他们会用重兵阻截这边的武装队，于是让两辆坦克中途改了路线，前去围攻医疗营了……

他一想到医疗营现在可能面临的情况，心脏像是骤然被人用钢线狠狠勒住，又被沸水浇了一遍。

黎望：“你先赶回营地吧。”

林竞：“可是……”

黎望：“别婆婆妈妈的了。两辆坦克……你想让医疗营里的人都等死吗？”

林竞沉下眸子，咬了咬牙：“那……你注意安全。”

黎望：“放心，这里交给我了。”

此时，医疗营这边的情况不容乐观。

齐玥正在指挥护士推着行动不便的病人向物资仓库转移，耳边忽然传来一声巨大的爆破声，而后是尘土飞扬，飞沙走石。一时间整个营地都被灰蒙蒙的烟尘和火光所笼罩，什么都看不清楚。

巨大的声响让齐玥出现短暂的耳鸣，然而眼前的浓烟还未散去，一阵猛烈的枪声紧接着响了起来。

齐玥愣了一下，而后立刻条件反射地扑倒——滚滚浓烟遮住了视线，让她无法判断子弹是从哪个方向打过来的。

校场上的烟尘逐渐散去，伴随着爆豆一般的枪声，齐玥终于也看清，这些子弹是从医疗营的正门外射进来的。

正门外停着两辆卡车，蒙着黑面巾的“以瑟”武装人员正接二连三地从卡车上跳下来，一边前进，一边举枪向着医疗营内扫射。

一些因为这场骚乱而不听医疗队指挥、擅自乱跑的病人，无一例外地被这阵乱枪打成了筛子。

浓烟散去，只见中央广场上已赫然躺倒了十几具尸体了——浓重的血腥味混杂着硝烟味，刺激着每一个人的神经。

卡车的正前方，还停着一辆坦克。看来那辆坦克，就是方才那声巨大的爆破声的来源——他们用坦克直接轰飞了医疗营的大门。

一些没见过这种场面的小护士，已经开始偷偷啜泣了起来。光是子弹飞过所发出的破空“咻咻”声，就足以让人不寒而栗。因为没有人知道，下一颗子弹，会不会落在自己的头上。

“我，我们会不会死在这儿啊……”

“呜呜呜呜，我还不想死……”

说起来，齐玥又何尝见过这种阵仗。她现在才深刻地明白，林竞每一次出任务，面对的究竟是怎样的场景。

她死死咬了一下嘴唇，而后沉声道：“大家稍微冷静一点，请听我的指挥……”

此时，第一架坦克正要碾过医疗营大门的时候，一连串的爆炸声忽然响起。

大门那边顿时火光冲天——那辆铁皮怪物被包围在了熊熊烈焰中……

那是余海埋的 M15 反坦克地雷，他们的杀手锏。

然而，这一记震彻人心的爆炸，也点燃了“以瑟”的愤怒。那些本来还小心翼翼的“以瑟”士兵，忽然发了疯一样地冲了进来。

跑在最前面的，很快被一发一发从暗处射出的子弹放倒，全是一枪毙命。

齐玥知道，那是身藏在暗处的单世钧出了手。

然而敌人的数量太多了，单凭单世钧一个人，根本不可能将这些疯狗全部放倒。

齐玥的一颗心沉到了谷底——来不及转移了。

而她带领着的这一队人，不是老弱病残，就是妇孺儿童……还有个躺在担架上昏迷不醒的陈冲。

她当机立断，扬声对所有护士命令道：“所有人，退到隔离区，快！”

她转身，按了一下赵天昕的肩：“隔离区的门是防弹的，应该能抵挡一阵。”

赵天昕心里一个“咯噔”：“你去要干什么？”

齐玥：“我来引开他们的注意，不然你们坚持不到隔离区就会全部被干掉。”

赵天昕心底剧震，一把拉住了齐玥的手：“不要！”

齐玥甩开赵天昕的手：“这是命令！走！”她说完，转身钻入了浓烟中，同时将身上携带的闪光弹扔了出去。

跑到校场中的士兵们被闪光弹的刺眼光芒定住了片刻身形，而后果然有几个人朝齐玥的方向追了过去……

林竞抵达医疗营的时候，整个营地都被硝烟包裹住了，耳中听到的，也是此起彼伏的枪声。

“以瑟”停放在门口的几辆卡车都空了，所有人此时都已经进入医疗营地。

门外还剩下一辆蓄势待发的坦克。

装甲车没办法和坦克的导弹硬碰硬，他们的装甲板最多承受一枚炮轰。

林竞将装甲车设定成了最高速自动驾驶模式，然后从车顶一跃而出……

坦克发现背后俯冲而来的装甲车后，立刻将炮筒掉回头，瞄准了装甲车。

然而因为是下坡路，装甲车以势不可当的速度直接撞上了对方的坦克。

然后在那一瞬间，装甲车自爆了……连带坦克一同，炸成了残破的焦铁。

原来，林竞刚才在跳车之前，就将装甲车设置成了自爆模式——他精准地算好了装甲车和坦克相撞的时间。

“以瑟”的第二辆坦克，卒。

林竞势不可当地一路冲进医疗营，枪法娴熟地料理了路上遇到的小鱼小虾。

“林队！”

“林队！”

两个满身是伤、形容狼狈的小兵从拐角处跑了出来——他们刚才被“以瑟”的武装分子逼到了死角。

千钧一发之际，林竞出现，突突几枪，稳准狠地干掉了围堵他们的人。

林竞扫了他们一眼：“你们怎么空着手？”

两人有些歉疚地看着林竞，其中一个说：“子弹用光了。”

林竞扫了一眼躺在地上的“以瑟”士兵，对两个惊魂不定的战士道：“你们两个，带上这个 GAU-19 和诺玛，跟我走！”

林竞带着他们来到了瞭望塔最顶层，动作极为迅速地在地上架起 GAU-19 转轮机枪和诺玛马格南子弹中口径机枪。

林竞一刻不停：“我平时怎么教你们的？要擅长利用地形制造优势。被包围的时候，要抢在敌人前面占领制高点。你们在这边用火力支援，我和余海才能从正面进行突击。”

林竞加重语气：“记住，你们的主要任务不是歼敌，是掩护我和余海突击。注意节约弹药！等距离我们最近的援军赶到这里，至少需要两个小时！一旦子弹耗光，我们都得死！”

一个战士问：“队长，我们还有援军吗？”

林竞说：“嗯……一支雇佣兵团，是自己人。他们特征是身穿黑色作战服，手臂上绑着绿色袖章。别打错人了！”

两个战士不明所以，虽然不知长官葫芦里卖的什么药，但他们对林竞的每个决定都是百分之两百的信任：“是，队长！”

林竞：“余海中尉和单世钧上尉现在何处？”

“余中尉守在仓库保护医护人员和患者，单上尉……好像到宿舍楼顶去寻找新的狙击位置了。”

林竞点了点头：“对了……你们看见齐玥中尉了吗？”

一个战士指了指诊疗大楼的方向：“‘以瑟’发动进攻的时候，齐中尉她们来不及撤离到仓库，好像又退回了大楼里。”

林竞瞳孔微微一缩，而后立刻转身朝诊疗大楼跑去……

齐玥被逼到了急诊室——这里是死路一条。

她捂着肩上的伤，慢慢滑坐到地上——她已经尽力了，希望为赵天昕他们争取到了足够的时间。

“哐——”

急诊室的门被人一脚踹开。

举着枪的那名“以瑟”士兵在看到坐在墙角的齐玥后，眼里露出了兴奋嗜杀的光芒。

他以胜利者的姿态，缓缓举起了手中的枪，对准齐玥，喉咙里也因为兴奋发出了“嘶嘶”的笑声。

齐玥看着那个将枪管瞄准自己的“以瑟”士兵，无奈地闭上了眼睛……

只可惜，死之前，连林竞的最后一面都见不着了。

“啪——”

枪响了。

齐玥本来已经准备慷慨赴死了，然而预想中的痛楚却没有出现在她身上。

她缓缓睁开眼，发现倒地的竟然是那个“以瑟”士兵。

他的头部被人从后面射穿了，一枪毙命。

紧接着，她听见了一阵急促的脚步声朝着这边过来了。

而后一个高大的人影，出现在了门口。

那个身影，熟悉得让人想流泪，光是看着，就觉得所有的伤痛都消失了一般。

齐玥透过模糊的视线，眼睛眨也不眨地盯着那人，慢慢地露出一个微笑。

“齐玥！”

林竞几乎是发了疯一般地冲到她身边。

他跪在地上，低头看着满脸尘土、衣衫被鲜血浸透的齐玥，颤抖着伸出手，却不敢触碰她。

“你……你怎么样？”

向来雷厉风行、冷静内敛的特战队长，竟然结巴了起来。他不仅手在颤抖，甚至于连声音也跟着在颤抖。

齐玥虚弱地冲他笑了一下：“肩膀中了一枪，不是致命伤。”

林竞低头看着她，眼神怜惜而痛楚：“对不起，我回来晚了。”

齐玥深吸了一口气，冲着林竞颤巍巍地伸出那只没有受伤的手……

林竞赶紧握住了她的手。

齐玥摇了摇头，叹了口气：“林竞，我简直不敢相信，上次你肩膀中弹，到底是怎么将车一路开回医疗营的。”

现在光是说话，她就觉得耗尽了浑身力气，整条胳膊都像要断掉似的，伤处像是有烈火在不断地焚烧，那种撕裂搅碎般的痛楚沿着她的每一根神经爬行。

“你快别说话了。”林竞狠狠皱眉，死盯着齐玥的肩，“得赶快帮你止血。”

齐玥努了努嘴：“旁边那石板下压着一个医药箱，里面有止血带，你帮我拿一下。”

林竞立刻转身将医药箱翻了出来。

里面装着好几条长得差不多的塑胶带。

林竞心里着急，一股脑将它们全部扯了出来。

齐玥虽然身上疼痛，却还是被他这般笨拙的模样逗笑了：“最粗的那根白色塑胶带。”

林竞点点头，抛开另外两根，焦急地看着齐玥：“我该怎么做？”

齐玥抬手指了指自己的胳膊：“这个位置，扎紧。”

扎好了止血带，林竞才终于敢小心翼翼地抱住齐玥。

齐玥忽然发现，林竞居然整个人都在颤抖……

她从未见过，也想不到，这个男人也会有像这样害怕的时候。

她心里涌上一阵暖意，将下巴轻轻搁在林竞的肩上，偏头，低声在他耳边道：“我还以为，再也见不到你了。”

林竞抬起一只手，贴在齐玥的颊边，拇指轻轻抚去粘在她脸上的尘土，神情坚定而认真：“你放心，只要我还有一口气在，就绝不会让任何人再伤你分毫。”

齐玥微微偏头，蹭了蹭林竞温热的掌心：“我不要你为我而死。”

齐玥抬头看着他，目光氤氲：“我只想陪在你身边。我们共同进退，生死与共。”

林竞抱住齐玥，没有再说什么。

两人其实心意相通，他们想的，是一样的。

他抬起手，轻轻摸了一下齐玥的头：“对了，你怎么会一个人在这里，你不是在负责危重病人的撤离吗？赵天昕她们在哪儿？”

齐玥说：“当时我们刚准备撤到仓库区，‘以瑟’就攻了进来。我从那时开始和赵天昕分头行动，她带领病人和护士们退到了隔离区里面。”

林竞点了点头，这的确是个明智的决定。医疗营主楼里，隔离区是唯一一个安装了防弹玻璃的片区。

然而，他低头看着齐玥，眼中是毫不掩饰的心痛和后怕：“所以你为了给他们争取时间，只身犯险，想引走火力吗？”

齐玥没说话。

其实她本来不打算提这件事的。

齐玥努力地抬起头，在林竞的下巴上轻轻吻了一下。

她本来是打算吻他的唇的，奈何伤口实在是太痛了，稍微动一下都觉得全身神经在被撕扯。

齐玥有点勉强地勾了下嘴角：“我大概是被你影响了吧……”

身先士卒，又有谁比得上面前的这个男人呢？得知“以瑟”的进攻计划后，为了保全医疗营的安危，自己冲锋陷阵地去阻拦对方的主要火力。

林竞叹了口气：“抱歉，我的确没资格说你。”

己所不欲，勿施于人。他们都在做着让对方担惊受怕，却又不得不为之的事情……

林竞：“我送你到隔离区去和赵天昕她们会合。”

齐玥心头一紧：“我……”

齐玥说了一个字，又闭上了嘴。她其实想和林竞一起行动，但她现在受了伤，连行动都不便，和林竞待在一起，只会拖他的后退，将他置身于更危险的境地中。

所以她什么都不能说，只能忍耐。

齐玥点了点头，用没受伤的那只手轻轻覆住林竞的手背，似安慰，又似妥协。

林竞将身上带着的通讯器切换到内部频道。

里面瞬间传来嘈杂的声音，枪声、人声、爆破声，混杂在一起……

林竞：“余海，单世钧，听到请回答。我需要你们报告你们的位置和情况。”

率先回答的是单世钧：“队长，你回来了？”

林竞：“嗯，你那边情况如何。”

单世钧：“还行，就是老鼠太多了，一个一个清理起来太慢了。”

此时的单世钧正趴在宿舍顶楼，清理在医疗营里四处乱窜的“以瑟”武装兵。

对于他来说，没有一发子弹是被浪费掉的。他每扣动一次扳机，就一定会有一个“以瑟”的人倒下，无论那个人身在何处，移动的速度有多快。

然而一个神射手，并不足以扭转整个战局。

“以瑟”在人数和装备上，占有压倒性的优势。

单世钧知道，林竞联系他们，一定是想到什么作战策略了。

“队长，需要我做什么？”

林竞：“我准备和余海碰头，将剩下的兵力组织起来，进行定点扫荡。我需要你的远程协助。”

单世钧：“没问题，我这边……”他忽然顿住了。

狙击手最怕的是什么？

——就是你在狙击镜里看见对方的同时，对方的枪也瞄准了你。

单世钧没有丝毫犹豫，在看见对方的那一刹那，他扣下了扳机，同一时间，他原地卧倒在地。

与此同时，他身后的墙上出现了一个子弹打穿的枪眼。

狙击手的直觉告诉他，他那一枪并没有干掉对方，正如对方那枪也没能干掉他一样。

单世钧知道，这次真的是遇上行家了。

林竞见单世钧的声音忽然中断，又听见了枪声，不免有些担心：“单世钧，能听到吗？发生什么事了？”

单世钧：“队长，对方有个实力非常强悍的狙击手。你暂时不要从建筑物里面出来，等我先把这人解决掉。”

林竞沉默了一下：“有多强悍？和你比呢？”

单世钧：“可能不相上下吧。”

单世钧的这番话，让林竞心里猛地一沉。

如果有这位狙击手辅助，那“以瑟”的进攻将更加如虎添翼、肆无忌惮。

林竞走到门口，视线向楼下看去，刚好见到校场上有两名正打算从后方包抄“以瑟”武装兵的战士被一枪毙命，相继倒下。这两名战士都在移动中，却依然被精准地击中了后脑——还几乎是一模一样的位置。

对方狙击手的枪法果然如单世钧说的那样，出神入化。

齐玥见林竞面色凝重，于是缓缓支撑着站起身，一步一步地挪到他身边：“怎么了？”

林竞转身，赶紧伸手扶住齐玥：“你怎么起来了？赶紧坐下休息，保存体力。”

齐玥：“不是说要去隔离区吗？现在就出发吧。”

林竞摇了摇头：“暂时不行。敌方有个很厉害的狙击手，我们现在只要一走到走廊上，就会变成活靶子。”

他抬手指了一下校场中央中弹倒下的两名战士：“你看……”

齐玥顺着他指的方向看过去，当看到那两人后脑勺上几乎同一位置的枪伤时，心里瞬间“咯噔”一响，手心里也出了一层冷汗：“那我们现在该怎么办？”

林竞：“等。”

齐玥：“等？”

林竞点了点头，忽然微微笑了一下：“相信单世钧吧。他可是我见过的，最优秀的狙击手。”

单世钧此时也有些焦躁，他从来没有在战场上遇到旗鼓相当的对手。他深吸了一口气，强迫自己冷静下来。一个狙击手想在敌众我寡的阵地狙击战里发挥最大的作用，就必须保持绝对的冷静和理性。

单世钧匍匐在宿舍楼的天台顶上，闭上眼，在脑内思索着对策。

在知晓对方也有狙击手后，他必须不断变换角度和方位，在避开对方的狙击手时，对敌军造成一次又一次意外却致命的打击。

同理，对方也一样。

如果自己是对方的话，最紧迫的任务，就是除掉可能影响整个战局的狙击手。

那么，如果自己暴露在对方狙击镜下，对方一定不会错过这个机会。

而在两人技术不分伯仲的时候，拼的就是胆识和头脑。

单世钧再次在地上架起狙击枪，这次他没有急着开枪，而是用狙击镜观察着对方留下的每一记弹痕。

他的时间不多……每拖延一刻，就会有更多的己方战士死于对方的枪下。

从之前对方打出的子弹的角度和力道，单世钧已经基本判断出了对方目前所在的建筑。

但是因为对方每次狙击后，为了避免成为目标，也会调整位置，所以他需要在对方打出下一颗子弹的时候，精准判断出对方的位置，同时完成反狙击。

单世钧深吸了一口气，屏息以待……

“啪——”

又一个己方的战士中弹了。

就在那一瞬间，单世钧忽然站起身，举起手中的狙击步枪，朝着某个方向毫不犹豫地扣动了扳机。他这个举动异常冒险，相当于直接将自己完全暴露在对方的枪口下。

他对自己的直觉非常自信，通过刚才的那次攻击，他已经在脑中模拟出了对方的狙击点，甚至具体到对方趴的位置，每一个动作。

他赌的，就是对方来不及反应的这个空当。

他对着那个方向，连续开了三枪。

在他开第一枪的时候，对面也有一颗子弹破空而来。

然而单世钧没有躲，坚定地开了第二枪，第三枪。

等到三枪放完，他才又重新扑倒在地。

胳膊上传来火烧火燎的感觉，殷红的血顺着他手臂上的伤口流下来，滴滴答答淌落在地。

然而，也仅仅如此了——那只是一记擦伤，可说是对方临死前的绝望反扑。

单世钧勾了勾嘴角，他基本已经确定，他得手了。

等了片刻，他撑起身，用狙击镜看向对方所在的那个位置——果不其然，地上躺着一个身穿黑袍的“以瑟”武装兵，他的狙击枪孤零零地倒在一旁。

“队长，对方的狙击手已经解决了。”通讯器里传来单世钧的声音。

林竟几乎是条件反射地关切问道：“你怎么样？没有受伤吧？”

单世钧平静道：“我没事。”

林竞：“好，干得好！”

齐玥见林竞的表情，被他的情绪感染，欣喜道：“狙击手干掉了？”

林竞点了点头：“我们走！”

就在此时，医疗营的门外，又来了两架坦克、三辆装甲车。

架在他们装甲车上的二十三毫米口径的高平两用重机枪一连数发子弹无差别横扫过主楼和宿舍楼，直接将大部分外墙和建筑打得粉碎……那些藏身于各个角落的、和武装恐怖分子打着游击战的士兵，还没来得及做出任何反应，就被重机枪的子弹狠狠打中，冲力直接将他们掼倒在地。在这种重型机枪面前，他们身上的防弹衣就像是纸糊的一样，被子弹生生撕裂，紧接着就轮到他们的身体、血肉被搅碎……

林竞刚扶着齐玥走到三楼外的走道上，就看到了这一幕。

林竞：“……”

齐玥看着再次怼在门外，一字排开的重火力兵器，心底猛地一沉，感觉手脚的力气都被人抽走了。

他们，今天也许真的要……死在这里了。

“砰！砰……”

宿舍楼顶，再次响起了狙击步枪的射击声。两枪过后，装甲车上的主射手从射手席上一头倒栽下来，倒在装甲车旁；而负责供应弹药的副射手还没反应过来是怎么回事，也已经头部中弹，从装甲车上掉了下来。

然而这嘲讽一般的秒杀并没有影响到“以瑟”的士气。

此时，从装甲车上又下来二十几个武装士兵，身上背着步枪、霰弹枪，肩上扛着火箭筒、转轮机枪，他们嘴里高声喊着他们的“教义”，一边往医疗营地内扔着手榴弹，一边昂首阔步地跨进了大门。至少有二三十枚手榴弹在同一时间被丢进了医疗营里。

在此起彼伏的连环炸响中，手榴弹的碎片在空中四处乱飞，营地里不断传来痛苦的呻吟。而被炸伤的，不仅仅是守卫医疗营的战士，还有最先一批进攻的“以瑟”武装兵。

这是真正伤敌一千、自损八百的打法。

看来，“以瑟”这次是不惜一切代价，要和他们拼个鱼死网破了。

林竞忽然背对着齐玥蹲下身："我背你，这样快一点。"

齐玥咬了咬牙："你别管我，我自己过去就行。你去找余海他们！"

她知道，林竞必须要尽快赶去支援队友，组织反攻。

林竞没回头，只坚持道："我先背你过去。"

齐玥："我没……"

"轰——"

一声巨大的轰鸣声，打断了齐玥想要说的话。

门外的坦克，忽然冲着医疗营开炮了。

第一发炮弹，横穿过空荡荡的校场，直接击中了宿舍楼。

宿舍楼中部被砸出一个巨大的深坑——整座楼都因为这强有力的撞击而微微晃动着。

齐玥清楚地看见，楼中间那一片，在一瞬间被轰飞，坚固的建筑变成了瓦砾碎片，只剩下一片残垣断壁。

林竞眼尖地注意到，坦克的炮筒在第一发击中宿舍楼楼后，又调整方向，慢慢对准了他们所在的主楼。

林竞顾不得其他，捉住齐玥的腿，一抬一架，便将她甩到了背上，而后健步如飞地跑向了急诊室的另一头。

"抱紧我！"林竞喊道。

他动作太过迅速，齐玥都没看清他的动作，就已经被他背在了背上。

她也只能条件反射地紧紧抱住了林竞的脖子。

林竞一边跑，一边举枪打碎了一侧的玻璃。而后他踩着窗沿，直接跳了出去……

"啊——"

突如其来的失重，让毫无心理准备的齐玥忍不住尖叫出声。

然而想象中的疼痛和撞击并没有发生。

她慢慢睁开眼，发现两人正悬在半空中——林竞的双手紧紧地攀着一条黑色的游绳，而游绳的另一头，绑着一个铁钩爪——深深地嵌入了他们头顶粗壮的树枝上……

同一时间，他们刚才所在的急诊室那片区域，被坦克的炮弹打中——而后，这半栋楼也和宿舍的中段楼区一样，瞬间崩塌，化为了一片废墟……

如果刚才他们留在楼里没走的话，恐怕此时也已经化为了尘土。

林竞顺着游绳滑降到地面，将齐玥放下来：“怎么样？你没事吧？”

齐玥惊魂未定，虚弱地摇了摇头：“没事。”

齐玥忽然听见身边传来微弱的呻吟。

她一转头，就发现了那呻吟的来源。

被轰塌的废墟之上，躺着一个战士，他的整个下半身都被炸没了，全身都被鲜血染红，他双眼无神地望着天空，眼里布满了死灰色。他张大了嘴，像是在做着最后的挣扎。然而很快，就连那一点点微弱的呻吟也消失殆尽。

齐玥浑身都在颤抖，她双眼通红，眼泪夺眶而出……

面对这样残酷的战争，她是那么渺小又无力，只能亲眼看着战友一个一个痛苦地死在她眼前，却连去抢救都做不到……

“别看。”耳边传来林竞沙哑的声音，而后，一只宽大温暖的手掌覆盖到了她的眼睛上，为她挡住了眼前这惨绝人寰的一幕。

正在此时，门外忽然传来一阵“突突突”的密雨般的枪声……校场中央正在突进的二十多个恐怖分子全身颤抖地被打成了筛子，接二连三地倒在了地上。

同时，数枚反坦克导弹从不知哪个方向飞了过来，精准地命中了“以瑟”的那两辆坦克……爆炸的火光冲天而起，将医疗营大门那边变成一片火海。

第十七章

SHANHEWANLI
WOLAIJIANNI

久违了，故乡

伴随着爆破产生的浓烟，门外陆续响起了一片枪声。

听上去，像是两方阵营发生了激烈的交火。

齐玥看着医疗营门外冲天而起的火光：“这是？”

林竞浅浅地勾了一下嘴角：“终于来了。”

齐玥忽然意识到什么：“你找了霍念成？是他派来的援兵？”

林竞：“嗯。”

他当时刚接到“以瑟”来袭的消息，除了向总部汇报以外，他第一个想到的，就是霍念成……

何其讽刺。

毕竟远水救不了近火，就算“以瑟”进犯，师出有名，他们的空军和海军要获得入境许可，还是需要费一番周折。

本来是抱着试一试的心态，然而令他意外的是，霍念成竟然立刻答应了他的求援，一句废话都没多说。

门外的枪声渐消，火势和烟尘逐渐散去，齐玥忽然看见，一队身穿黑色作训服、高大魁梧的男人手持冲锋枪，出现在医疗营内。

这眼熟的黑色作训服——正是霍念成手下的雇佣兵团。

林竞伸手扶住齐玥：“还能走吗？”

齐玥点了点头。

林竞：“走，我们先去仓库那边，和苏少校她们会合。”

齐玥忽然抬手指了一下走在那队雇佣兵队伍末尾的一个身材颀长、面相白皙斯文的男人。

“那，那不是……霍念成吗？”

林竞微微皱眉，盯着那个离他们越来越近的身影，没说话。

男人在看到林竞他们后，转头对身边的手下说了句什么，而后脱离队伍，朝他们走了过来。

男人在他们面前站定，依然是那副优哉游哉的样子，上下打量着满身尘土的两人："哇，你们这在上哪儿滚了一遭，怪狼狈的。"

林竞仍然皱着眉，不赞同地看着他："你怎么到前线来了？这可不是儿戏，随时可能没命的。你还是赶紧离开吧。"

霍念成微微一勾嘴角："难得能看你吃瘪的模样，我怎么会放过这种好机会？"

齐玥："……"这人的性格，还真不是一般的别扭。

霍念成见林竞扶着齐玥，于是问道："你们这是要去哪儿？"

林竞："囤放物资的仓库，大部分病人和医护人员在那边避难。"

霍念成一点头，刚抬腿准备走向齐玥他们，余光忽然瞟到了什么。

他霍然转身，反手朝着那个方向就是一枪。

与他在同一时间扣下扳机的，还有林竞。

于是刚刚准备偷袭的那个武装分子，哼都没来得及哼一下，就倒在了地上。

那两枪，一枪正中他的心脏，一枪打中他的前额——可以说是很干净利落的双杀了。

霍念成也不废话，走上前对林竞道："我来扶着她，你负责扫清障碍。"

林竞点了点头。

他们都很清楚，林竞在对敌经验上比他丰富不知多少倍，由林竞来专心开路，三人的生存概率都会大大提升。

隔离区位于医疗营主楼的另一端，和齐玥、林竞他们所在的被炸毁的急诊区刚好在相反的方向。所以虽然主楼被轰塌了一半，但他们所在的区域却很幸运地避开了攻击。

在赵天昕的组织下，十几个重病伤患和几名医护人员，都躲在这个地方。

大部分伤者意识都不太清醒，且行动不便，只能安安静静地躺在病床上。而护士们因为情绪低落，也没有人有交谈的意愿。

因为隔离区没有能够直接看到外部情况的窗户，所以他们也无从得知外面的战况，只能听见外面响个不停的枪声、炮火声，和夹杂在其中，听不太清楚的惨叫、呻吟。

当他们退守进入这里后，整片隔离区就陷入一种诡异的死寂里。如果不是偶尔有护士发出的微弱的啜泣声，根本不会有人留意到这里还有人。

赵天昕安静地守在陈冲的病床前，握着他温暖的手。

陈冲的表情依然宁静而安详。

不知为什么，看到他这样的表情，赵天昕觉得自己好像也什么都不怕了一样。

其实自从陈冲陷入这样的深度沉睡后，赵天昕就觉得自己的情绪很难再起伏波动了。她曾经那些兴奋、快乐、愤怒、悲伤的情绪，仿佛都和陈冲一起，陷入了无限期的沉睡。

就算外面是漫天的硝烟炮火，也无法在她如死水般平静的心上激起一点涟漪。

她其实有想过，如果就和陈冲一起死在这里，也是好的。至少好过那漫长的、毫无希望的等待。

然而就在主楼被坦克炮弹击中的时候，整栋楼都在剧烈地震动，隔离区也不例外。

那些医疗设备东倒西歪，瓶瓶罐罐也从柜子中掉落出来，滚了一地，天花板上不断有泥土和墙灰掉下来……

赵天昕本来是站在陈冲的床前，在发生冲击的那一瞬间，脚下一个不稳，跌坐在了地上，脑袋也“砰”地撞在了一旁的矮柜上。

她捂着头，刚要起来，便听到一旁几个小护士的惊叫声：

“啊——”

“赵医生，小心！”

赵天昕本能地抬头，而后看见悬在天花板上的顶灯直直坠落，朝她脸上砸落下来……

慌乱之下，赵天昕只来得及抬手挡住头……

然而预想中的疼痛并没有到来。

“啊——”

又是一声惊叫。

赵天昕缓缓睁开眼，而后看见，一只健硕的手臂横在了她的头上，为她挡住了那一记重击。

顶灯掉落在一旁，玻璃灯罩摔得粉碎。

赵天昕有些呆滞地转头，视线和坐在床上的男人堪堪对上。

赵天昕有些不敢置信，甚至还揉了一下自己的眼睛。

直到男人对她缓缓露出一个浅笑，她才知道这不是做梦。

“陈……”赵天昕哽咽了一下，眼眶渐湿。

她忙不迭地站起身，检查着陈冲的手臂：“让我看看。”

她稍微检查了一下他的骨头，确定只是皮外伤后，稍稍松了口气。

而后她忽然扑过去，紧紧抱住了陈冲的脖子。

“我还以为……你不会醒了。”

“我……”陈冲一开口，便发现嗓子哑得厉害，喉咙也火烧火燎，像是有人用刀在割一样。

他太久没开口说话了。

陈冲刚醒，脑子还有点迷迷糊糊：“发生什么事了？队长他们平安回来了吗？”

他的记忆，还停留在之前执行任务时被人用枪击中的那时……

赵天昕将最近一段时间发生的事情，一五一十地告诉了陈冲。

“我居然睡了这么久……”陈冲感叹，而后抬眼看着赵天昕，有些歉疚，“抱歉，让你担心了。”

赵天昕摇了摇头，拼命忍着眼泪，紧紧拉住他的手：“你醒来就好。”

陈冲听到外面传来的枪声和炮火声，立刻皱起眉：“外面发生什么事了？”

赵天昕欲言又止，踌躇片刻，还是决定说实话：“‘以瑟’打过来了。”

“什么？”陈冲听完，差点儿从床上跳起来。

但他毕竟躺了这么久，身体还很虚弱，想要下地都有些艰难。

赵天昕赶紧按住了他：“你先别着急。”

陈冲怎么可能不急：“队长他们，是不是都在外面？”

赵天昕叹了口气：“是。”

陈冲掀了被子：“不行，我要去帮忙。”

赵天昕又将他死命按回了床上，吼道：“你现在的状态，连我都打不过，去了又能干什么？送人头吗？”

陈冲沉默了。

赵天昕在他身边坐下来：“陈冲，我明白你的心情。但是现在你能帮上他们的，就是别出去添乱，免得他们在杀敌的时候还要分心来保护你。”

这番话说得有些重，却是事实。

陈冲不再反抗，他微微垂眸，没再说话。

“而且，我好不容易才等到你醒来，难道你这次要直接让我等回一具冰冷的尸体吗？”赵天昕看着他，在眼眶里打了许久转的眼泪终于落下来。

那滚烫的泪水不偏不倚地砸在陈冲的手背上，陈冲呆了一下，忽然伸出手，将赵天昕紧紧搂入怀中。

“对不起。”

有了霍念成佣兵团的助力，战场形势迅速扭转。

林竞、齐玥他们也终于顺利地到达了囤放物资的仓库。

余海组织了一群士兵死守在仓库前，他们以高高堆放在仓库门前的粮袋为掩护，和“以瑟”武装兵打着游击战。

看见林竞一行三人走过来，余海忽然道：“别动，你们前方有好几个位置都埋着地雷！”

为了防止“以瑟”的士兵靠近，他在仓库周围也埋设了雷区。

林竞笑了一下：“嗯，我看到了。干得好。”

霍念成：“多谢你提醒。”

在他眼里，那片区域完全是一片普通平整的沙石地，看不出任何不对劲的地方。

齐玥手心也出了层冷汗……她也完全没看出来。

这种时候，就不禁要感叹，幸好余海他们是自己这边的人了。

他们小心地绕过了雷区，走到仓库门口。

余海对齐玥说：“赶快进去吧，苏老师他们都在里面。地下室的密码是……”

齐玥：“我知道。”

余海点了点头。

林竞已经拉开了仓库的门：“去吧。”

齐玥忽然紧紧抱了林竞一下。

她趴在他耳边低声道：“活着回来。”

林竞偏头，吻了一下她的脸颊：“好。”

齐玥又深深看了他一眼，这才转身进了仓库。

霍念成啧啧摇着头：“牙都给我酸倒了一片。”

林竞肃容道：“垃圾话留到干翻这群杂鱼再说。”

霍念成：“也好，好久没和你比试过了。”

他话音刚落，就听见远处传来了一阵汽车马达的轰鸣声。

单世钧的声音从林竞的通讯器里传来：“队长，门口又来了五辆装甲车。”

林竞：“……”

霍念成看见林竞骤然凝重的神情：“怎么了？”

林竞风马牛不相及地回了一句：“你现在要走还来得及……让你的人掩护你从侧面的小门撤离。”

霍念成似乎明白了什么，然而他只是冷然勾了勾嘴角，而后端起了手中的枪：“因为曾经的失误，我已经失去过一个兄弟了，我不想再失去一个。”

林竞惊讶地看了他一眼：“你……”

霍念成：“说吧，这场仗，你打算怎么打。”

余海也道：“队长，我们都做好准备了。”

林竞点了点头，刚要开口，他们头顶上忽然传来一阵巨大的发动机轰鸣声……

五架可以装载核弹的轰炸机排成一个紧密的三角形攻击队列，从医疗营上空掠过，三十门自卫机炮同时对准了医疗营大门外的方向开火，飞机的底部，数枚追踪型导弹接二连三地发出，精准地锁定了“以瑟”

的装甲部队。

中国空军，终于到了！

而陆地上，插着利维亚国旗的装甲部队也终于抵达医疗营。

一时间，地动山摇，火光四起，一波又一波的爆炸声此起彼伏，中间掺杂着各种被炸成碎片的铁皮和枪械。轰炸机上的可活动机炮，像是在马路上驶过的洒水车一般，组成了一道密不透风的攻击网，以压倒性的力量，瞬间就将门外集结的“以瑟”部队清扫一空……

战局因为中国空军和利维亚装甲部队的加入，呈现出一面倒的形势。

林竞在援军的掩护下，和剩余的战士英勇地冲锋陷阵——将恐怖分子一一击毙。

他还记得他的最后一战——那是他在医疗营地毯式搜寻“以瑟”余党的过程中，发现了蛰伏在囤放物资的仓库并准备偷偷潜入其中的一个高大的蒙面男人。

男人的身手和气场，跟之前遇到的杂兵都不一样。

他在看到林竞的刹那，丝毫没犹豫，直接将手中的短匕首朝林竞的面门扔了过来。

那一记“飞刀”快准狠，也亏得是林竞，在千钧一发之际转头躲了过去。

然而就在林竞转头避开飞刀的那一刹那，那人一跃而起，一记横扫飞踢，将林竞手中的手枪踢飞了出去。

林竞也不是吃素的，在那人飞扑过来的那刻，他便已对准男人扣下了扳机。

“砰——”枪响的那一刹那，还是晚了半秒，枪口已经对准了天上。

男人成功避过了致命一击。

他落地后，立刻抽出靴子里的格斗军刀，迅猛地朝林竞的胸口刺了过去。

林竞在枪被踢飞的刹那，也立刻拔出了自己的军刀，闪电般地挥出——

“当！”

两柄军刀在空中狠狠对撞，撞击出清澈的金属碰撞声。力道、速度，甚至出刀的角度，都势均力敌。两个人不约而同地向后退了两步，重新审视和估算着对方的实力。

虽然男人蒙着面巾，不过林竞也看出来了，男人不是本地人。那专属于白种人的高大魁梧的身躯，金色的头发，碧蓝的眼睛，还有这能够和林竞平分秋色的身手，都在说明他不一般的身份。

“你是谁？为什么替‘以瑟’卖命？”林竞用英文问道。他很确定，男人听得懂。

男人露在面巾外的眼睛露出些鄙夷的神色：“中国弱鸡，不配知道。”

“弱不弱，你自己试试！”

林竞忽然反守为攻。放弃了防守后，他的进攻凌厉又迅猛，那密不透风的连续攻击，逐渐让对面的壮汉招架得有些吃力。

蒙面男人隐隐败下阵来，感觉到自己的左手五根手指都开始发热打战，他的眼神也从轻蔑转为了不可置信。这个比他看起来要瘦弱的中国军人，竟然可以在力量的角逐上与他旗鼓相当！

再一次刀刃相对的时候，对面的男人嘲讽道：“你这么拼是为了什么？年轻时为国家为部队卖命，命不好的就直接挂了，命好点儿的留下一身伤残。大部分军人，到了一定年龄后就必须退伍，自寻出路。你把最好的青春和健康都贡献给了部队，最后又得到了什么？”

林竞举起手中的军刀，又重重地朝蒙面男人砍了过去，这次两人都清楚地看到——蒙面男的刀刃上，出现了一个小缺口。

林竞丝毫不见动摇地一边继续挥刀，一边说：“像你这种没有信念、活得像狗一样的人，又怎么可能明白？我，还有那些和我在一口锅里吃饭的兄弟，我们每个人都能为了祖国拼上性命。无论谁想到我们的土地上放肆，无论谁想剥夺我们兄弟姐妹的平静生活，作为他们的守护者，赌上中国军人的尊严，哪怕是和他同归于尽，我们都在所不惜！”

“可笑……”男人忽然大笑起来，“那我也告诉你一件事，这个世界上，唯一不会背叛你的，只有钱！”

林竞在和男人对刃的时候，突然出其不意地狠狠飞起右腿，一记高撑踢正中蒙面男人的下巴。男人闷哼一声，被踢得连续倒退了好几步。

林竞没有给他喘息的机会，紧接着又是狠狠一脚，踹在身体已经失去平衡的蒙面男人的胸膛上，这一次，将对方手中的军刀也踢飞了去。趁着男人身体完全失去平衡、即将倒地的这个瞬间，林竞像一头猎豹一样，闪电般疾冲上去，手起刀落……

“噗——”

锋利的刀刃没入男人的胸口。

蒙面男人大睁着眼，忽然一大口血从他口中涌了出来，而后是更多……

林竞迅速拔出匕首，准备再补一刀的时候，目光忽然瞟见了男人掉落在一旁的匕首上的标记，瞳孔微微一缩：“你……以前是三角洲部队的？”

男人咳了一口血，没说话。

林竞：“你竟然……自甘堕落至此？”

男人意味不明地笑了一下：“等你到了我这年龄……咳……被你曾经誓死效忠的部队放弃，咳咳，连养活自己都做不到的时候，你就明白自己有多愚蠢了。”

林竞居高临下地看着他：“遗弃你的是你自己。是你否定了过去的自己，否定了自己的信念。心怀信念的人，灵魂是富有的。”

“荒谬。”男人苍凉地笑了两声，又咳出一口血，“不过……败在你手里，也不算冤。”

最后一名“以瑟”武装恐怖分子，卒。

在陆空两军的勠力合作下，进攻医疗营的“以瑟”武装军队被全部歼灭。

绝大部分医疗营的患者，因为作战指挥部的正确决策，在这次袭击中生还，但也少部分被乱枪击中而因此丧命的病人——都是因为没有遵从医疗队撤退调遣，听到恐袭就四处乱跑的人。

相对于大部分患者的平安，医护人员和战士们的损伤，就有点惨重了。

十五名医护人员，两死四伤；包括特战队员在内的三十名战士，九死十二伤。

随着这次反恐行动的结束，医疗队在利维亚的支援任务也接近尾声。

在利维亚的最后一个星期，齐玥基本上是躺在床上度过的。

而林竞以方便照顾齐玥为由，直接让陈冲和她换了宿舍。

作为被包得跟粽子似的躺在床上、行动都不太方便的某“残疾人”，默默接受这种某人刻意为之的安排。

另一边，陈冲也正巴不得。这样的安排，让他非常满意。他和赵天昕也算是久别重逢、小别胜新婚——当然，这“别”的时间，对他来讲，就只是睡了一觉，做了一场梦而已。痛苦的总是被留下的那个人。

“假公济私。”齐玥瞪着用热毛巾帮她擦拭身体的某人，低斥道。

她刚做完手术，这几天伤口不能沾水，于是某人就自动肩负起替她清理的任务。

你说这人擦身就擦身吧，手心滚烫，还抓她抓得那么紧，是要做什么？

林竞莞尔：“你不想我们多一点时间独处吗？”

“是独处还是……”她顿住。

林竞忽然朝着她低下头来，在两人鼻尖仅隔一厘米的距离，停下来。

他轻轻勾了一下嘴角：“怎么不说了？”

他开口说话的时候，嘴唇会微微碰到齐玥的嘴唇。

温热的触感，似撩非撩的暧昧气氛，让齐玥忍不住微微颤抖了一下。

齐玥小声抗议道：“林竞，你也不能因为我是病人，就这么欺负我。”

她说话时，温软的唇也似有若无地蹭过他的。

林竞声音微哑，眼神转暗：“我怎么欺负你了？嗯？”

他说话的时候，离她又近了半分……

太近了。

齐玥不再说话，只呆呆地和近在咫尺的男人对视，连呼吸也逐渐急促灼热起来……

在齐玥的视野里，林竞微微带着笑容的俊美的脸以一种侵略的姿态放大，而后用力堵住了她的嘴唇，舌尖碰到她的，而后更深入地辗转亲吻。那嘴唇的力量和温度，舌尖的纠缠，都让她战栗不已。

这一回完全被亲得晕头转向了，连领口的扣子什么时候被解开的她都不知道。

林竞的嘴唇和手指就像有魔力一样，略微粗鲁地揉搓摩擦着，让她根本无法思考，更不要说做出反抗。

等被他温柔地扶着平放在床上时，齐玥才忽然有些后知后觉地开始挣扎，努力用手掌抵着他结实的胸膛，脸却烧得绯红，磕磕巴巴地说：“我，我可是病人……你、你别乱来……”

林竞沉声笑了笑，低头又在她唇上轻轻一啄：“我知道，所以，今天是我的服务时间。你只用享受就好了。”

齐玥像是忽然明白过来他想干什么，连忙摇头：“不……不用了……唔……”

从难以想象的羞耻虚软里醒来，太阳都已经晒屁股了。

齐玥一睁眼，就看见某人神采奕奕地守在床边，见她醒了，便露出一个微笑：“早啊。”

齐玥的脸又不争气地红了，自暴自弃地想躲进被子里。

一想起昨晚被玩弄的程度，她就不想见到这个人的脸。

他怎么会那么多的……

齐玥的目光，好巧不巧地落在了男人搭在床沿的手上。

指节分明，手指修长有力……

唔，感觉以后都不能正视这人了。

齐玥拉过被子，蒙住自己发烫的脸。

林竞吃了这“闭门羹”，也依然好脾气地连人带被子抱住。

“我做了玉米排骨汤，要不要起来尝一点？”

“咕——”齐玥的胃很应景地给出了回应。

林竞莞尔：“还有你喜欢的酱肘子。”

齐玥忽然掀了被子坐起来：“饿死了！上菜！”

在林竞的悉心照料下，齐玥恢复得很快。

医疗队离开利维亚的时候，她已经能行动自如了。

曾经接受过医疗队义诊、在那次“以瑟”袭击中幸存下来的病人，都跟着一起去了机场，为医疗队送行。

阿丽娅母女也在送行的队伍里。小女孩抱着齐玥的腿，眼泪汪汪的。

齐玥说：“你只要乖乖听妈妈的话，姐姐以后就经常给你写信。”

林竞翻译了齐玥的话。

阿丽娅用力地点了点头：“阿丽娅听话，姐姐给我写信！”

齐玥用力拥抱了一下阿丽娅，声音有些哽咽：“好。”

其实，在利维亚这种地方，没有人知道，明天会怎么样。

还有一个意料之外却又算情理之中的人，出现在送行的队伍中。

齐玥：“这次真的非常感谢你。你救了我们。”

来的人正是霍念成。

霍念成冲她眨了眨眼：“哦，你准备怎么谢？以身相许？”

齐玥：“……”哎，这人要是性格能再坦白一点就好了。

林竞走到霍念成身前。

两人对视着，什么都没说。而后，破天荒地，林竞主动冲他伸出了手。

两人紧紧拥抱了一下，那是真正的，属于兄弟之间的拥抱。

“回国见。”林竞只说了这么一句。

霍念成微微勾起嘴角：“回国见。”

经过十几个小时的空中飞行，运输机终于安全降落在飞刃大队的停机坪。

走出机舱的那一刻，齐玥忍不住微微湿了眼眶。

久违了，故乡。

晚秋的凉风，吹拂着齐玥垂在肩侧的长发。

她离开故土的时候，还是初春。那个时候，她还留着一头干练的短发，心中无所畏惧，或者说，心如死灰。

她微微侧过头，看了看站在她身边的高大英俊的恋人。

她曾经抱着回不回得来都无所谓的心情，去到了那个遥远而危险的地方。

然而她的爱人，却不远万里地追了过去，并一次又一次出生入死，救她于危难之中。

现在她回来了，不仅收获了远在他国的羁绊，还赢得了长伴身边的爱人。

齐玥忽然伸出手，悄悄碰了一下林竞垂在身侧的手掌。

林竞偏过头，冲她温柔一笑，而后有力地回握住她的手，与她十指紧扣。

第十八章

SHANHEWANLI
WOLAIJIANNI

这该死的爱情

走下飞机，齐玥惊讶地发现，飞刃大队半数以上的人竟然都来到了停机坪。

他们整齐地在飞机左侧的草坪上列队，似乎已经等待很久了。

站在队列最前方的是飞刃的大队长，和……陆军第五集团特战旅的参谋长林和祥少将。

“你爸居然也来了。”齐玥从牙缝里挤出来几个字。

“嗯，他是该来。咱们这次立的功可不小。”林竞声音里带着些许调侃。

他的视线和站在队列前方那个一身戎装的男人对上。

男人依然刚毅冷静。他依然是林竞记忆里那个无论遇到什么事都岿然不动、屹立不倒的作战总参谋。

然而林竞却眼尖地注意到，他两鬓的白发，增加了许多，而且就是在这半年内长出来的。

那些他说不出口的担心，那些让他在许多个夜晚失眠的事情，成了他再也无法掩饰的东西。

林竞内心有些震动，一时间也分不清那种酸涩的感觉是什么。

赵天昕走在齐玥他们身后，她踮着脚看着那一排整齐的方队，暗搓搓地嘀咕：“哇，简直不敢相信这方阵是迎接我们的，这真是首长级的待遇。我是不是有机会跟他们说‘同志们辛苦了’？”

陈冲非常配合地接梗：“一会儿我来说‘同志们好’，你就接‘同志们辛苦了’。”

林竞：“噗……”

齐玥微微叹了口气："两个活宝……"真是什么锅配什么盖。

赵天昕："林队刚刚……是笑了吗？我没听错吧？"

林竞："你听错了。"

赵天昕："……"

齐玥："……"

飞刃大队为十一名在任务中殉职的战士和医护人员举行了隆重的告别仪式。

告别仪式就在飞刃大队基地里的烈士陵园举行。没有家人的烈士，骨灰将会被永久地埋在烈士陵园里；而有家人的烈士，在告别仪式结束后，将由他们各自的队长亲自将骨灰护送回他们的故乡。

烈士陵园正中有一块巨大的大理石雕刻成的纪念碑，上面刻着自建队以来，所有在任务中牺牲的烈士的名字。而陪伴他们的，除了园中万年长青的松柏，还有活下来的战友们的思念。

举行告别仪式的这天是个阴天，整片天空自早上起就灰蒙蒙的，阴沉得有些压抑。

飞刃大队几千名战士，都穿着最正式的军装，整齐划一地出现在烈士陵园。因为人太多了，只能一批一批地进入陵园进行告别。

然而虽然有这么多的人，却没有一个人说话。

全场静得连风吹树叶的簌簌声都能听见。

现场唯一引人注意的，有两种声音。

其一，是战士们在敬礼完毕时，手放下时"啪"地打在裤侧上整齐的声音。

其二，是大队长亲自将烈士的名字一刀一刀地刻在纪念碑上时，金属与大理石碰撞发出的清鸣。

在十二位战士鸣枪致敬英雄后，林和祥走到了纪念碑前，而后接过了旁边的副官递过来的话筒。

"有些生命如此生动，很难想象它们会结束。这些平时很少休息的人，现在终于能够休息了。他们的生命重于泰山，他们的离开是实实在在的。他们勇气过人，他们的勇气震慑了敌人，鼓舞了同胞。他们守护了军人的尊严，这种尊严，不会因为国界而消失，不会因为他们的逝去而被抹杀，他们是国家的荣耀。作为和平的捍卫者，他们坚定不移地信守了对国家和人民的承诺。如果有一天我们忘记了自己是谁，如果有一天我们对追求的事业感到厌倦，他们的声音总会在我们耳边响起，他们的身影依然在这条道路上引领我们前行。而我们会将他们的意志铭记于心，坚定不移，无法抹去。”

他对着纪念碑敬了一个标准的军礼，而所有战士，也在同一时间举起了右手，向先他们一步离开的战友致意。

战士们纷纷离开后，林竞一个人在纪念碑面前又站了许久。他从怀里掏出一支烟，点燃，而后静静地放在纪念碑前的台阶上。

平时洞察力极其敏锐的他，甚至都没发现他身后不远处站了一个人。

过了许久，等到烟燃尽，齐玥才慢慢走上前去。

她轻轻将手搭在林竞的肩上：“回去吧。”

林竞忽然道：“我其实一直不喜欢告别仪式。”

齐玥忽然想起，一年半之前，祁翔的告别仪式，林竞没有参加。那时候他躺在医院里，整日盯着天花板发呆，如同行尸走肉。

林竞说：“我不喜欢听他们念那些冠冕堂皇的致辞。但今天我觉得，有一句话是对的。”

齐玥抬头看着他。

林竞缓缓吐出一口气：“活着的人，应当背负着他们的意志前行。”

齐玥：“薪火相传，生生不息。”

林竞转头看着她，莞尔：“我过段时间，也准备替猎鹰小队物色新成员了。这潭水，静止得太久了，是时候补充新鲜的血液了。”

齐玥：“你终于想通了。”

之前林竞就是因为祁翔的事，一直没有招新人，以至于猎鹰小队成了利刃唯一一个四人行动的特别行动队。

林竞点了点头：“嗯，我们走吧。”

齐玥：“嗯。”

两人并肩走出陵园。

林竞：“你吃午饭了吗？”

齐玥：“吃了。”

这问题问得她有些莫名其妙，毕竟都已经下午两点多了。一般来讲她午饭都是和军区医院那伙人一起吃的，除了遇到手术，基本上还是能准点吃的，实在是忙的时候，就让人带饭。

林竞：“哦……可是我还没吃。”

齐玥这回听懂了：“走吧走吧，陪咱们林少校……哦，不，现在应该叫你中校了。嗯，陪中校吃饭也是下官的职责所在。”

这次因为成功从恐怖分子手中夺取Y病毒研究成果，为中国乃至世界医学进步开启了新的篇章，所有参与任务的队员都获得了晋升。林竞升为了中校，齐玥也晋升为上尉。而猎鹰小队的成员，更是获得了一等功勋的勋章。

林竞听了她的话，莞尔：“说错了。”

齐玥：“哪儿错了？”

林竞微微朝她低下头，在她耳边道：“不是‘下官’……是女朋友的职责所在。当然……”

“你如果钟情于下面的位置，我也不反对。虽然我很乐意偶尔让你试试在我之上。”被他刻意压低的声音，有种说不出道不明的性感。

哇，这个人简直……

齐玥脸皮毕竟没某人那么厚，被他说得面红耳赤、无言以对，只能在这场“口舌之争”中败下阵来。

他们一路并肩朝食堂走去，路过的小战士纷纷停下来向两人敬礼，但同时，也对着二人露出了意味不明的暧昧笑容。那笑容，简直司马昭之心，就差没把“你俩啥时候办好事儿”写脑门上了。

虽然他们也没有主动公开什么，不过从利维亚回来不过几天时间，两人的事就传遍了整个飞刃大队。

“我还真是低估了这些人的八卦程度。”齐玥忍不住低声吐槽。

林竞笑了一笑，没说话。

“你笑什么？”老被人这么用目光问候，搞得她头皮都发麻了。

林竞耸了耸肩：“我觉得也没什么不好。”

齐玥：“你不是向来都很低调的吗？”

林竞：“嗯，这事不能低调。”

他那句话几乎是自言自语，齐玥完全没听见他在说什么：“你说什么？”

林竞笑着看她一眼：“没什么。”她根本不知道，她到底多有魅力。

又走了一程，林竞状似不经意地说道：“等过段时间，我会递交转职报告。”

齐玥脚下顿住，呆了呆：“你……想好了？”

林竞眼上的绷带早就已经拆了，也做过了详细的视力检查。他的左眼因为之前的弹片划伤，视力下降了0.5。这对普通人来说，只是轻微的近视，就算不佩戴眼镜也没有什么关系。但是对特种兵来讲，在战场上，这样的视力偏差已经足以致命了。

更何况他还担当着特战队长这样的要职，一个不小心，很可能会导致全队覆没。

林竞点了点头：“嗯，我在这个位置上坐了太久了，也差不多该让贤了。”

虽然他用轻松打趣的方式将这件事说了出来，但齐玥知道，其实他此时的心情，并没有表面上看上去那么轻松。毕竟他将要放弃的，是他过去六七年里，一直视为生命的事业。

齐玥叹了口气：“队长的位置，你已经有人选了？”

林竞点头：“嗯，我打算让单世钧接任。”

齐玥点头赞同：“我也觉得他很合适。”冷静睿智的头脑，无论面对什么情况都能迎难而上的勇气，无人能出其右的狙击技术……他具备了当好一个特战队长的条件。

齐玥看了林竞一眼：“那你呢？你打算调任到哪个部门？”

林竞平静地：“指挥部。”

齐玥：“啊……作战指挥官？”

林竞微微点了一下头：“我记得你之前说的，有多大能力，就要承担多大的责任。坐在那个位置上，每一个决定，都会影响许多人的命运。”

林竞叹了口气：“这大概就是所谓的，背负着战友的意志前行吧。”

齐玥忽然主动拉住了他的手：“无论你做什么决定，我都支持你。”

林竞笑着揉捏了一下齐玥温软的手指：“当然，选择这个职位，还有个原因。”

齐玥：“什么原因？”

林竞：“薪水高。”

齐玥：“……”

多么……朴实的理由。她竟无言以对。

林竞：“喂，你也不用露出这么嫌弃的表情吧。”

齐玥：“……”

林竞：“我总得为咱们的将来规划吧。早点攒够老婆本，才能把漂亮媳妇儿娶回家啊！”

齐玥被这猝不及防的直球攻击瞬间闹得面红耳赤，心跳都漏了一拍：“你……”

她一时间都不知道该说什么了。

林竞用的不是问句，是肯定句。根本就不需要她回答什么，人家直接就安排上了。

这男人似乎是将战场上强势彪悍的作风一路发挥到了恋爱中。

林竞忽然凑近了些：“感动吗？感动了，就亲一个吧。”

齐玥刚想说什么，就看到前方两个正在做引体向上的小战士目光热切地朝这边看来，脸上又挂着那种暧昧不明的笑容。

齐玥这回脸上是真的挂不住了。光天化日的，成何体统！

她恼羞成怒地将林竞一把推开：“滚犊子！”

热恋中的人，真是恨不得每一分每一秒都腻在一起。才下眉头，又上心头，说的就是这种状态。

不过“腻在一起”这种事，对于两位身在军营中的人，难度就有点大了。

首先，两人各自有自己的宿舍。林竞住的是校官宿舍，左邻右舍都是一帮大老爷们；而齐玥住的则是军区医院的宿舍，离林竞的宿舍徒步距离两公里。

军营里倒也不是没有合住宿舍的先例——前提是，两人得是夫妻关系。不过大部分已婚的干部，结婚后都搬去了军区大院。住宿舍这种地方的，还是单身汪占绝大多数。

部队这种地方人多眼杂，再加上这样那样的规矩，两人作息又不尽相同，于是就导致了约会成了一件特别奢侈的事情。

齐玥其实倒是无所谓，她早就养成了非常独立的习惯。以前林竞满世界出任务的时候，十天半个月都见不到他一次，相比那时，现在无论多忙，至少每天还能见上一面，她已经很知足了。

但这种看得到吃不到、不上不下的见面频率，却让某人非常难受。

偏偏这节骨眼上，齐玥还要去外省参加为期一周的学术研讨会。

众人最近见了林竞都要绕着走，生怕一不小心就被他拉去训练场"练练"。林竞最近跟打了鸡血似的，不把那些个战士练趴下是绝对不会放人的。

齐玥参加的学术会议在 H 市召开。H 市是典型的江南水乡，河道交错纵横，小桥流水人家，倒是别有一番风味。如果不是因为成天被关在酒店里开会，倒真是一个度假的好地方。他们白天开会，晚上倒是能出门逛逛。

齐玥住的酒店依山傍水，酒店外经过一片小树林，能直接通到附近的河畔。她和赵天昕被安排在了一间房，当着赵天昕的面，她也没太好意思给林竞打电话。是以这几天晚上散会后，齐玥总要独自沿着河岸散会儿步，顺便跟林竞视频。

这天晚上她一边散步，一边跟林竞视频，不免就感叹了一句"要是你也在这边就好了"，末了觉得矫情，便又补了一句"不过我本来也没时间闲逛，你就算来了也没时间陪你"。

林竞在那头沉声笑："那我过来找你？等你们开完会，我们可以在那边玩两天？"

齐玥心头一动："真的？可是你最近不也很忙？"

男人在那头只笑不语。

齐玥当只他说玩笑话，也没往心里去。

天色渐晚，挂了电话，齐玥一个人慢慢往回走。刚拐进林间小道，就被人握住腰、捂住嘴，往一旁的小树林里拖……

"唔——"

她下意识地惊叫一声，而后第一反应便是捉住那人的手臂来个过肩摔……却不想，身后那人力气大得惊人，任凭她怎么用力，那人都像一尊巨大的石像一般，纹丝不动。

齐玥已经算是胆大的了，但再怎么胆大的人，也经不起这样突然的惊吓。

“你这搏击术不及格啊……”男人沉声笑，握着她的手腕，拉过头顶，压在树上。

而后他整个人也压了过来，低头凑近她的耳朵，轻轻吻了一下那柔软的耳垂。

“你这力气，跟兔子似的。”

齐玥狠狠瞪着男人：“放开我！”

男人又笑了两声：“不放。”

齐玥和他对视两秒，忽然软下声：“你把我捏疼了……”

这办法倒是立竿见影地奏效，男人立刻松开了钳制着她的手。

“抱歉……我以为我没用力……很疼吗？”

齐玥得了自由，立刻捶了那人一拳：“你是想要吓死我吗？”

她想了想，不解气，又是一连串的组合拳直接招呼了过去。

林竞也不反抗，微笑着任凭她将自己当成人肉沙包。

齐玥打得手都软了，而林竞还是面色如常，连动都没动一下，脸上也依然挂着那欠扁的笑容。

这人是钢铁做的吗？

林竞等她打得累了，停了手，才又笑了笑：“嗯，解气了吗？”

齐玥无语地甩了甩手腕，这不是给自己添堵吗？

她没好气地道：“你怎么就过来了？事先也没说一声。”

林竞微微朝她低下头：“嗯，说了还叫惊喜吗？想你了。”

齐玥：“……”

林竞又凑近了几分，近到呼吸可闻：“你难道，不想我吗？”

自然是想的。一日不见如隔三秋，古人诚不我欺。

这话想得却说不得。

背后是树，前面是他坚硬的胸膛，齐玥在这两者之间呼吸困难。

她有些此地无银三百两地偏了一下头：“喂，你别唔……唔……”

林竞没再给她说话的机会，直接霸道地堵住了她的唇。

齐玥被他亲得脸热心跳，轻轻推了他一下：“行了，待会儿有人过该看见了。”

林竞：“看见怎么了？你是我媳妇儿。”

齐玥：“我可不想成为他们茶余饭后八卦的话题。”

林竞笑：“现在后悔已经晚了。”

齐玥：“……”

林竞掐了一下齐玥的腰：“回酒店？”

齐玥立刻拒绝：“不行，赵天昕也在那儿。”

林竞笑：“另开一间房不就行了，写我名字。”

齐玥有点心动，但还是理智地犹豫了一下：“不好吧……”酒店里进进出出都是熟人，他俩这腻歪劲，让人瞧见了总归觉得不太好意思。

林竞依然抱着她，极尽温存地慢慢吻着她，从脖子到耳根，再到下巴，鼻梁……

“好不好？”他又问。

齐玥被他抱着四处点火，心里也燃起了某种期待，一狠心，便点了头。

…………

然后，不出意外，“悲剧”重现。

第二天齐玥被迫翘了早上的会。

临近午饭时间，齐玥才惫懒地从床上爬起来。她裹在被子里，恶狠狠地盯着那个在屋子里走来走去的罪魁祸首，心想，一个月果然是太心软了。

林竞注意到她的视线，走到床边坐下，似笑非笑地看着她：“怎么，又要罚我禁欲吗？”

齐玥依然狠狠瞪着他，从牙缝里龇出两个字：“禽兽。”

林竞微微一扬眉，依旧微笑着：“我怎么禽兽了？难道我没让你……”

“咚咚——”

客房的门，忽然被人从外不轻不重地敲了两下。

齐玥一呆，她不过就是翘了一个学术报告会，本也不是必须要去的，莫不是哪个没眼色的真跑林竞这儿来要人吧？

林竞倒是比她淡定一些，替她拉了一下被子，转头高声问道：“谁啊？”

“是我。”门外传来一个中气十足的中年男人的声音。

齐玥脸都绿了。

这声音她认得。

是林和祥。

完蛋了。

听到门外林和祥的声音后，这是齐玥脑子里的第一反应。

林竞又高声冲门外喊道：“我刚洗完澡，等一下。”

齐玥手忙脚乱地抓过一件 T 恤就往身上套，一边套，一边用口型问林竞：“你爸怎么会过来？现在怎么办？”

林竞无奈地把她套反了的 T 恤拉下来：“这件是我的……”

齐玥：“……”

林竞摸了摸鼻子：“老头儿他们在这边和华南军区的人商量下次演习的事，大队长跟他说我过来了。他昨天发了条信息，说今天中午一起吃顿饭的……我忘了。”

这也能忘？

齐玥瞪着林竞，抬手做了个抹脖子的动作。

林竞揉了一下她的头：“别担心，这本来也没什么的。我帮你订了餐，待会儿记得吃。”

齐玥眼神一慌：“哎，等……”

林竞不慌不忙地在她额上轻轻吻了一下：“放心，我很快就回来。”

齐玥本想拉住林竞手臂，结果拉了个空。她见林竞往门那边走去，想也没想，立刻跳下床，光速溜进了浴室，关上门。

林竞拿起挂在门后的外套，将门打开一道刚好能容纳一人通过的缝隙，而后直接走出了门。

他一出门，便将门带上，上锁，一套动作做得行云流水，连片刻的停顿都没有，很有些此地无银三百两的意思。

林和祥什么人，要是连这点小猫腻都看不出来，他这些年大米岂不白吃了。

“怎么来也不打个电话？”林竞状似随意地问。

林和祥淡淡道：“打了，你没接。过了时间，我才上来看看。”

林竞微窒，点开手机一看，果然有一通未接来电……二十分钟前。

林和祥：“你小子越活越回去了，脱了军装就不用守时了是吧？”

林竞自知理亏，也就默默听着。

林和祥若有所思地盯着紧紧合上的门看了两秒，没说话。

林竞："怎么了？"

林和祥收回视线："走吧。"

等齐玥这边的学术会议结束，她特意多请了两天假，和林竞在隔壁小镇上租了一套临河的民宅，权当是忙里偷闲度假了。

这间民宅从外面看着是古朴的样子，黑色的梁，白色的墙，房顶上铺着灰色的砖瓦，很有些水墨画的意境。进去之后，才发现内里相当宽敞，上下两层楼，还有前庭和后院，颇有古时大户人家的气派。

后院里还摆着一个足够四人使用的露天大浴缸。周围是高高的竹篱围墙，保证了客人的隐私。晚上在院里一边赏月，一边泡澡，大约也别有一番风味。

一楼是客厅厨房，卧室在二楼。两米宽的双人床上摆着折好的毛巾，以及用玫瑰花瓣堆成的心形装饰。不仅如此，主人还将成套的计生用品摆在了床头柜上的显眼处，也可以说是很体贴了……

推开卧室里的落地窗，就能直接走到阳台上，看到小镇的全貌，纵横交错的小河，河上悠闲泛舟的旅人，和小镇里熙熙攘攘的街市。

"真好。"站在阳台上，望着夕阳笼罩下的古朴小镇和家家户户慢慢点亮的灯火，齐玥由衷地感叹，"难怪海子想要一座这样的房子。面朝大海，春暖花开，平平淡淡，宁静致远。"

林竞不知何时走到了她身后，双臂环过她的腰，从背后抱着她，将下巴抵在她的肩窝，和她一起看着眼前宁静的美景。

"你要是喜欢，等我们老了，就搬去真正的海边，寻一处这样的房子，每天推开窗，都能面朝大海，春暖花开。"

齐玥转头，和他接了一个吻。

"好啊，就这么办。"

齐玥在阳台上站了许久，刚转身进屋，就看见林竞已经"贤惠"地把所有换洗衣服都从行李箱里拿了出来，整整齐齐地码成方砖样儿叠在一旁。他的衣服一摞，齐玥的衣服一摞。

齐玥"扑哧"一声笑出来，忍不住觉得这样有些轻微强迫症的林竞也很可爱。看来部队里养成的某些习惯，还是很好很实用的。

林竞莫名其妙回头：“你笑什么？”

齐玥摇了摇头，莞尔：“感觉带你出来旅行，就像带了个百宝箱一样。”

林竞笑着拉过齐玥的手，在她手背上轻轻一吻：“渴了吗？床头柜上有果汁。”

齐玥一转头，才发现床头柜上不知什么时候已经摆了一杯用玻璃杯装着的紫红色果汁，里面还体贴地加了几个冰块。

她端起来喝了一口：“好喝！这酸酸甜甜的口感是什么？好像有葡萄，还有……”

“石榴。”林竞接话道。

齐玥捧着果汁在床边坐下来，低头看他整理完衣服后又开始收拾生活用品。

“林竞，我们一起出来旅游，是第一次吧？”

林竞点头：“你这么一说，倒还真是……高中的时候忙着学习没时间出去旅游，大学有过那么一两次和同班的战友出去登山，不过都是一群糙老爷们儿瞎闹腾，算不上什么正式旅游。”

齐玥瞪着他：“你高中忙什么学习？你高中忙着在妹子堆里打转还差不多吧！”

林竞被这么正面怼了，尴尬地咳了一声：“那个，也不算打转吧……我就是和女孩子走得近了些，什么都还没干呢……”

齐玥微微挑眉：“这么说，你还想干点什么不成？”

林竞立刻道：“不敢，不敢。对了，我发现后院里的浴缸好像还有按摩功能。我现在去刷浴缸，晚上我们在那儿泡澡好吧？”

齐玥斜睨着他：“你在转移话题吗？”

林竞哭笑不得：“我认真的啊……难得出来休假放松一下……何况，这地方可真不便宜……当然要物尽其用。”

齐玥被他那委屈的样子逗笑了，挥一挥手：“刷浴缸去吧。”

林竞：“哦。”

林竞做事确实是相当有效率，不出片刻，已经拎着清洁工具，光着膀子出现在后院里。

齐玥在阳台上高声冲他道：“大冷天的你光什么膀子，小心着凉！”

林竞背对着她挥了挥手，示意没事。

齐玥在阳台上，看着男人在院里劳动，竟然也觉得赏心悦目。男人窄腰劲瘦，手上背上的肌肉结实，看起来充满了力量，搬运装满水的大木桶时，也轻松得像是在提菜一样。转身的时候，八块腹肌清晰可见，漂亮的人鱼线从腰际顺着小腹往前,最后没入牛仔裤下。因为是在干活儿，所以身上的肌肉线条比平时更加清晰明显，古铜色的皮肤上覆了一层薄汗，就像是涂了一层天然的精油，看上去充满了野性魅力。

不一会儿，林竞就将一个四人大的浴缸收拾了出来。

放好了热水，他站在院子里冲齐玥招了招手：“老婆，下来吧。”

两人并排坐在宽敞的浴缸内，齐玥靠在林竞身上，抬头看着天上的那轮弯月。

林竞搂着齐玥，视线炽热而专注地落在她的脸上。

齐玥终于有所察觉，莫名地被看得有些背脊发寒。林竞此时的眼神，像极了某种兽类。如果硬要形容的话，应当是狼，还是头饿狠了的狼。

齐玥不自在地摸了摸后颈：“你，你看我干什么……”

林竞哑声道：“当然是你好看。”

他忽然手臂上一使力，将齐玥整个抱了起来。

齐玥坐在他身上，双手撑在他的胸口，一方面不安，一方面又有些害羞。

林竞温热有力的手扶在她腰上，自上而下地与她接吻。

第十九章

SHANHEWANLI
WOLAIJIANNI

结婚申请

从 H 市回来，齐玥与林竞又投入了忙碌的工作中。毕竟比别人多休了两天假，齐玥回到医院后，也就格外的任劳任怨。

在手术室里忙活了一个上午，刚在休息室坐下，打算刷会儿手机，齐玥就见一个小护士走了进来。

“呀，齐医生，原来你在呢！听说你病得起不了床，我们还以为你今天不来上班了呢。”

什么叫病得起不了床？林竞这回又瞎诌了什么理由？

但面对不明真相的小护士，齐玥也只能尴尬地笑了笑：“我觉得好多了，就还是来了。”

小护士点了点头：“齐医生你可千万别太勉强自己……啊，对了，林少将的警卫员刚刚过来找你，说是首长想见你。不过我们已经跟他说了你生病了，今天请假。”

齐玥心里“咯噔”一声：“你说……谁找我？”

小护士：“林和祥少将，林参谋长呀！”

齐玥：“……”

小护士见齐玥一副生无可恋的表情，也被骇了一跳，小心翼翼地问：“齐医生……你不会真闯了什么祸了吧？”

她越想越不对，一个日理万机的少将，如果没什么重要的事情，怎么会突然专门派人来找一个军区医院的医生。

小护士见齐玥没回答，以为自己猜中了，戚戚然地建议道：“要不先去找苏老师吧？让她陪你去，没准她能帮你求情呢？”

齐玥完全没注意到小护士看她的表情已经变为满满的同情了，她满脑子都是“完了完了”的想法。

难怪她右眼皮跳了大半天了……她就说，那天早上的事怎么可能那么容易就蒙混过关。现在一看，果不其然。

这不，秋后算账来了。

她浑身虚脱似的摇摇晃晃地站起身，喃喃自语：“没什么误会的……该说清楚的总要说清楚……”

她说完这话就离开了，徒留一脸惶恐不安的小护士在原地。

小护士在齐玥走后才回过神，生怕要出什么事，忙不迭地跑去找苏青去了……

话说齐玥这边，人都走到指挥部大楼了，却一直在外面徘徊踱步，就是没有勇气上楼面见林和祥。

直到她被人叫住——

“齐医生？”

齐玥回头，见到一个高个的小战士一脸喜色地远远冲她招了招手。

待到他走近了，又有些拘谨地冲她敬了一个军礼：“齐上尉！”

齐玥回了一礼：“请问你是？”

小战士回答：“啊，我叫高翔，是参谋长的警卫兵。我刚刚还到军区医院去找您了，他们告诉我您生病请假了。您身体没事了吗？”

齐玥内心那叫一个后悔，早知道她就一不做二不休真装病了。

这么尴尬的事，偏偏她还要一个一个解释。

齐玥忙摆了摆手：“没事，没事，我就是来见参谋长的。首长他现在有空吗？”

高翔点了点头：“有空，请跟我来！”

齐玥：“有劳。”

于是这次她就真的没有退路了。

齐玥跟着高翔走到了林和祥的办公室外，心跳跟打鼓似的，手心里全是冷汗，手指关节也被她自己捏得发白了。

高翔轻轻敲了两声门：“首长，齐上尉过来了。”

隔了两秒，里面传来一个威严的声音：“进来。”

于是高翔将办公室门打开：“齐上尉，请进去吧。”

齐玥紧张得心脏都要从嗓子眼里蹦出来了，她差点儿就没同手同脚地走进去。

一时间，什么“妖媚惑主”“不知廉耻”“败坏我儿子的清誉”等等各种莫名其妙的奇怪形容充斥着她的整个大脑。

从门口到林和祥的办公桌前，一共也就不过十米路，然而她每一步都像踩在针板上一样。

她战战兢兢地站在林和祥面前，“啪”地立正，而后敬了一个标准的军礼：“参谋长！”

林和祥冲门口的方向轻轻挥了一下手。

而后齐玥听到门那边传来“咔嗒”一声，门被关上了。

齐玥：“……”

这是要干什么？关门放狗？

林和祥忽然站起身，走到了齐玥身边。

而后齐玥惊恐地看着林和祥站起身，一步一步走向她，缓缓抬起了手……

齐玥：“……”

接……接下来是要扇巴掌了吗？

然后，齐玥紧张地看着林和祥的那只手，落在了她的肩膀上，轻轻拍了两下。

“别这么拘谨，过来坐。”男人的语气甚至称得上温和。

齐玥：“……”

齐玥跟着林和祥在沙发上坐下，林和祥甚至还给她倒了一杯茶。

齐玥抱着茶杯，盯着热气腾腾的茶水，一时间有些摸不准他是什么意思。

林和祥慢慢地喝了一口茶，才道：“我这个人呢，其实不喜欢拐弯抹角，那我就直说了。”

齐玥本来稍微放下一半的心，又忽然被悬上了城楼。

来了来了！这次是真要兴师问罪了吧？

林和祥：“你和林竞的事，我都知道了。”

齐玥：“……”

果然。

齐玥正在思索着要不要主动认错，便又听林和祥继续道：

“林竞的性子，其实和我很像，认准了的事情，就是十头牛也拉不回来。其实当初他坚持要去利维亚的时候，我就知道，你在他心中的分量，非常重。”

齐玥：“……”

林和祥顿了顿，抬头看着齐玥：“他向组织递交了结婚申请。”

齐玥蒙了：“哈？”

这剧情走向，和她想象的，完全不一样。

林和祥：“他果然还没跟你说？”

齐玥艰难地开口：“没有……”

军人结婚，程序非常烦琐。要想结婚，首先必须要递交结婚申请，得到上级的批准后，才能领结婚证。

林和祥：“抱歉。我想，他肯定是想先拿到批准，再给你个惊喜。”

齐玥在听到“结婚申请”那几个字的时候，整个人都蒙了。她心里既有不敢置信的震惊，又有无法言喻的喜悦。但同时，面对长辈，又有点不好意思，一时间也不知道说什么好。

林和祥和善地道：“我找你来，其实就是想了解一下你的真实意愿。你知道，这申请要是批准了，就不好反悔了。同时，我也想找个机会见见你，因为之前一直没有机会。请你体谅一个做父亲的人的心思。”

齐玥赶忙摆了摆手：“您千万别这么说。”

林和祥看着她，微微笑了一下，安静地等待着。

齐玥紧张地握了一下手指，主动道：“希望您能同意我和林竞的婚事。”

林和祥看着她：“你也身在军营，知道军婚的意义吧？”

齐玥点了点头，沉默片刻，鼓起勇气：“我这么说，希望您别见笑。能和林竞在一起，携手度过余生，是我这么多年以来，一直追求的梦想。有他的人生，才是完整的。”

林和祥微微愣了一下，他想起之前，自己儿子递交申请的时候，也说了同样的一句话——有她的人生，才是完整的。

林和祥安静地看了齐玥片刻，这次露出了一个更深的笑容：“好。

这个结婚申请，我批准了。”

齐玥呆了一下，没想到林和祥这么快就答应了。

林和祥：“你好像很惊讶的样子？”

齐玥不好意思地垂眸：“嗯，是有一点惊讶。”

林和祥微微扬了一下眉：“为什么？”

齐玥顿了顿：“我们这次在利维亚惹了不少麻烦。因为我，林竞几次三番身陷险境，还差点就……”

齐玥再次抬眸，认真地看着林和祥，郑重道：“谢谢您，包容我们的任性，也谢谢您，还愿意让林竞和我在一起。”

林和祥：“你们这次在利维亚立了大功，夺回了咱们国家重要的科研成果。你在利维亚的一些事情，我已经听苏医生说过了。你为了救医疗营的医护人员，代替苏少校主动成了‘以瑟’的人质。后来在医疗营，又带领众医护人员和疫病抗争。你很好，我儿子眼光不错。”

齐玥脸微微一红，来自长辈，又是首长的肯定，让她觉得有些难为情。

林和祥：“行吧，那这事儿就这么定下来了。你们也挑个时间，早点把日子定下来，把结婚证领了吧。”

齐玥：“啊……”

这，这么着急的吗？不愧是父子，在高效、行动力方面，这两人简直是一模一样的。

林和祥似乎犹豫了一下，才又道：“主要是早点领了结婚证，才能申请搬到大院儿里去。你们现在都住着单身宿舍，长此以往，确实也不方便。”

齐玥的脸“唰”地就红了。

果然，早上的事情，还是被林和祥知道了！这次丢脸简直丢大发了……

齐玥也不敢再说什么，多说多错，于是也只能支支吾吾地点了头。

齐玥刚从林和祥办公室里出来，就发现门外站了一堆人。

苏青、赵天昕，还有几个小护士，都站在门外，全都是一脸忧心忡忡的模样。

齐玥呆了一下：“你们怎么……”

一行人见齐玥出来，便一股脑地围了上去，七嘴八舌地开始询问她的情况：

“齐玥，到底出什么事了？”

“首长给了你什么处分？”

“齐、齐医生，不会真的要停你的职吧？我，我舍不得你……”

“齐玥，把事情如实告诉老师，老师帮你看看有没有转圜的余地。”

齐玥满头黑线：“呃……”

她不过就是来了一趟林和祥的办公室，怎么医院那边就把事情传成这个样子了？

问题是，面对众人这关切的眼神，她实在是不知道是照实说好，还是随便胡诌个理由好。

这事儿她都还没来得及告诉林竞呢，难道就要先昭告天下了？

最后，还是良心战胜了脸皮。面对这些真心关心她的师长、朋友，她实在做不出欺骗她们的事情。

齐玥深吸了一口气：“我要求两分钟无打扰的自我陈述时间。”

苏青拍了拍她的肩：“说吧。无论如何，老师不会放着你不管的。”

众人纷纷点头附和。

齐玥哭笑不得：“我们换个地方说话吧，别吵着楼里的领导们。”

于是众人转移到了指挥部楼下的小花园里。

齐玥：“其实，首长这次找我……”

众人屏息凝神。

齐玥：“咳，其实，是为了我和林竞的结婚申请。”

空气戛然安静了几秒，而后，被前所未有的热烈情绪点燃了……

“恭喜呀，姐们儿！”

“哇！你们要结婚了？什么时候的事情啊？”

“林队这下手速度够快的呀，啧啧啧……”

“话说，你俩到底什么时候好上的？是不是就是这次去利维亚的时候？齐医生你也太不够意思了，这么大的事情都不跟我们分享。不行，我要去告诉医院的大伙儿！”

齐玥：“哎哎，别……”

齐玥根本来不及阻止，两个小护士已经一溜烟地跑了。

齐玥捂脸。

她就知道，一旦说开，就会发生这种事情……

众人散去，只留苏青还站在原地。

她看着这个自己最心爱的学生，眼眶微微有些发热。

齐玥对林竞的感情，她这些年一直都看在眼里，因为这件事，其实她之前对林竞是有一些意见的。再后来，她在利维亚，亲眼见证了林竞的付出，也明白了林竞对齐玥的感情，并不亚于齐玥对他的。现在，这段感情终于守得云开见月明，她从心底里替他们高兴。

苏青由衷地祝福道："恭喜你们！老师没有别的诉求，只要你开心就好。"

齐玥给了苏青一个重重的拥抱："谢谢您，老师。"

晚上下班后，齐玥又见到了等在医院门口的林竞。

林竞目光灼灼，眨也不眨地看着她。

见她走近，他冲她伸出手。

齐玥任由他牵住自己，两人就这么手牵着手，漫步在军营里。

齐玥心中有些忐忑，不知道要不要把白天发生的事情告诉林竞。

林竞："听说我父亲今天找过你？"

齐玥："你听谁说的？"

林竞笑："在这军营里，根本就不可能有什么秘密。"

齐玥："说得好有道理，我竟无法反驳。"

在林竞的目光下，齐玥败下阵来："咳，好吧，林参谋长今天确实找过我。"

林竞停下脚步，转身看着齐玥。

他伸出手，轻轻在她鼻子上刮了一下，很有些宠溺的意思。

"你还不从实招来？非要等着我一一问？"

齐玥脸微微一红，摸了摸鼻子："嗯……那让我想想，从哪儿开始说……"

林竞用鼓励的语气道："嗯，不着急，你慢慢想。"

齐玥忽然反应过来什么，瞪着林竞："不对，有什么事也该是我问你吧？递交结婚申请这么大的事，你怎么没先跟我说？"

林竞露出了然的神情："他找你，果然是为这件事。"

齐玥怕他误会，连忙解释道："你别误会，林参谋长没有为难我。他只是想知道我对这件事的想法，看看我对你到底有几分真心罢了。我觉得，你爸爸其实……很爱你。"

林竞的眼神微微一松，继而嘴角又抹开一丝笑意："那你怎么说的？"

齐玥："哼……你都还没回答我的问题。哪有人像你这样的……你问过我了吗？我说要嫁你了吗？"

好歹也应该有个像模像样的求婚吧？连说都不说一声，直接就这么先斩后奏了，是笃定了她不会拒绝是吗？

虽然她的确不会拒绝……

不过，总觉得还是有点不爽呢。

林竞收了笑，认真地看向她："抱歉，是因为我的私心。"

齐玥："哈？"这个答案，有点出乎她的意料。

林竞握着她的手，用温暖的手掌将她的手包裹在内："大概是因为……我不想继续蹉跎时光了吧。"

齐玥抬头看着林竞，他的眼神深情而笃定，他是认真的。

林竞："齐玥，就像你说的，我们之前已经浪费了太多时间了。我迫不及待地，想要和你一起组建一个家庭，和你一起携手走过这后面的岁月。先斩后奏，是我不对。其实，我也是想给你一个惊喜。希望你不要见怪。"

齐玥眼中渐渐有水光泛起，许久都说不出一句话。

不得不说，林竞的果决和行动力，真的把她感动到了。在这段感情里，她有过伤心，有过委屈，她一直以为自己是主动的那方……即便两人已经正式交往了，她有时也还是会忐忑，会不安，担心对方是不是只是一时的心血来潮……因此结婚这件事，她自认没有勇气率先迈出这一步。

现在林竞不仅迈了，还迈得这么坚定、这么迅速。

毕竟，一辈子的承诺，并不是那么轻易就能许下的。这需要勇气、耐心、信心和百分之百坚定不移的爱意。因为他们是一样的人，一旦许诺，便不会言悔。

林竞："现在可以告诉我了吗？你是怎么跟我父亲说的？"

齐玥白他一眼："这还用问吗？"

她顿了顿，转而微微一笑：“结婚申请，林参谋长已经批准了。”

林竞顿时觉得整个胸腔都被无尽的喜悦和幸福感填满了。

他情不自禁地捧起齐玥的脸，低头将嘴唇贴了过去……

这次的吻，从始至终都是辗转温柔的，让齐玥有一种，很被珍视的感觉。

林竞先轻轻吻了她的额头，而后开始顺着齐玥的眼睛，鼻梁，脸颊，细腻而温柔地往下吻，最后才停在嘴唇上。林竞一点一点地逗弄着她的唇舌，整个口腔里都是温热的。齐玥脑子又有些混沌，脸上和身上的温度又不争气地开始升高，心跳速度也逐渐加快。

今天，林竞又让她明白了一件事。

原来，不止强势霸道的深吻会让人脸热心跳、浑身颤抖，和风细雨般的吻也能达到同样的效果。

有些时候，慢，反而更加折磨人……

漫长的接吻过后，齐玥靠在林竞怀里，一时懒洋洋的，一点也不想动。

她用手指漫不经心地勾勒着林竞结实的胸肌线条，轻声道：“有一件事，我想问你很久了。”

林竞捉住她四处捣乱的手指，哑声笑：“嗯，你问。”

齐玥：“你到底是什么时候喜欢上我的？”

林竞嘴角微微向上勾起：“嗯……这是个好问题。”

齐玥双手搂着他的脖子，抬起头，眼神执着地盯着他：“该不会……连你都不知道吧？”

林竞见她如此认真，忍不住“扑哧”一笑：“你真想知道啊？”

齐玥拼命点头：“想知道。”

林竞：“你就不怕，答案会让你失望？”

齐玥：“喊……十年我都等过来了，还在乎你喜欢我的时间是早点还是晚点？我就是好奇！因为你……你演技太好了。”

林竞：“多谢夫人夸奖。”

齐玥：“不许转移话题！”

林竞：“这个嘛……公布答案的时机还不成熟。”

齐玥感到非常莫名其妙：“还不成熟？都熟透了，熟烂了好吗！”

林竞：“夫人，且耐心给我一点时间。这件事，我一定会找个恰当的时机告诉你。”

齐玥差点儿又要冲他翻个白眼。

彼时她想着，这人肯定是不记得了，又怕丢脸，所以找了个冠冕堂皇的理由想要搪塞过去。

不说就不说呗，她也不是非要打破砂锅问到底。其实，早一点，晚一点，又有什么关系呢？重要的是，现在林竞陪在她身边，并且，以后也会一直陪着她将后面的路慢慢走完……

然而她没想到，林竞是真的计划好了在一个合适的时候告诉她，而且，这告诉的方式，还挺特别的。

总之，和他平日里的硬汉作风完全不符。

这天齐玥刚准备下班，忽然见到一个小护士风风火火地冲了进来。

“齐医生，不好了不好了！你快过……过来看看……”

小护士不知是从哪儿跑过来的，一边说，一边还在大口喘着气。

齐玥：“你先别着急，深呼吸，慢慢说，出什么事了？”

小护士：“我刚刚看见，林、林中校他在训练场那边昏倒了。我试着掐了一下他的人中，没反应，我也不知道到底什么情况，就想着应该先带你过去。”

齐玥大惊失色，从柜子里拿出急救箱就向外跑去。

她一边跑，一边对跟上来的小护士道：“你别跟着我，把他的具体位置告诉我就行了！你立刻通知急救班，把担架抬过来，快！”

小护士：“沿着咱军区医院大门外那条大道往南走的第一个训练场，你去了就能看见了。”

齐玥有些焦急：“训练场那么大，我要具体位置！”

小护士愣了一下，而后才道：“就……就在从大道下到训练场……的那个阶梯旁。”

不知为何，她这句话说得有些磕磕绊绊。

然而齐玥当时心里焦急万分，没有注意到小护士的反常。

齐玥拎着急救箱，一路狂奔到了小护士说的那个训练场，然后蒙了……

训练场上满满当当地站着人——连通往训练场的阶梯两旁都一左一右地站着两排小战士。

他们手里捧着鲜花，看到齐玥来了，就开始欢呼。

齐玥：“……”

一个小战士热情地跑步上前，在齐玥面前站定，敬了一个标准的军礼：“齐上尉，中校已经等您很久了，请这边走。”

于是小战士在前面领路，齐玥跟在他身后，亦步亦趋地走入了训练场。

齐玥这才发现，战士们一左一右地站在两边，用人墙组成了一条蜿蜒的小道，而小战士就带领着她，沿着这条小道慢慢前行……

这还不是重点。

齐玥惊讶地发现，每一个战士手中，都举着一张打印出来的照片。

每一张照片都不一样——但照片的主角都是同一个人，她。

十六岁的她，低头认真帮他抄笔记的模样。

十八岁的她，追随他的脚步报考了军校，入校时，第一次穿上制服时的模样。

二十岁的她，为了被选入特种大队，趴在泥泞的射击场上，辛苦练习时的背影。

二十二岁的她，正式进入军区医院，第一次穿上白大褂时的模样。

二十四岁的她，跟着他一起进入地震灾区救灾，累得坐在废墟堆上睡着了的模样；

二十六岁的她，在利维亚刚从“以瑟”手里救出来，蜷缩在山洞里睡着时的背影。

还是二十六岁的她，在利维亚医疗营，忙碌工作时的模样……

五百多张照片，一张张，一幕幕，详细地记录着她这些年经历过的点点滴滴。

很多她都忘记了的事情，林竞居然都替她记录并保存了下来。她甚至都不知道，原来有个人在背地里，目光一直追随着她，这么多年……

齐玥缓慢地前行，认真地看着每一张照片，到最后，视野都有些模糊了。

而她爱的那个男人，就站在小道的尽头，等着她。

他今天穿得非常正式，西装笔挺，一丝不苟。每一颗衬衫扣子都规规矩矩地扣起来了，甚至还系了领带。他的英俊的轮廓，坚毅的脸部线条，在夕阳的余晖下显得分外的鲜明，帅得让她不知道怎么办才好。

齐玥走到林竞身前，抬头仰望着这个她爱了这么多年的男人。

林竞将手里的相框递了过去：“这是最后一张。”

最后一张，并不是一张真正的照片，而是一张手绘图。

上面画着一男一女，男人穿着西服，女人穿着婚纱。女人挽着男人的手臂，将头轻轻靠在男人的肩上。两人都幸福地笑着。

齐玥的眼泪不知何时已经盈满了眼眶：“这些照片，你是什么时候照的？”

林竞微微笑了一下：“你不知道的时候。”

一句简单的话，让齐玥辛苦忍了许久的眼泪，终于决堤。

林竞轻轻握住她的手，单膝下跪，他从怀里掏出一个小巧的红丝绒盒子，单手打开。

猛然露出来的漂亮钻石，在夕阳金黄色的余晖下反射出耀眼的光芒，让齐玥眼睛微微一痛。

林竞认真而缓慢地说道：“我欠你一个正式的求婚，现在补上。你知道，漂亮的话我也不会说，所以我想到什么，就说什么。你之前问我，什么时候喜欢上你的，我其实也说不出一个具体的时间。也许是你不顾我的冷言冷语依然帮我抄笔记的时候，也许是你放弃了能进入顶级学府的机会追随我进入军营的时候，也许是在看到你永不放弃的那种倔强的表情的时候……我动情也许没有你早,但用情一定不会比你浅。我只想说，你等我的十年，我想用一辈子来还你。

“我爱你。

“嫁给我。”

齐玥微微蜷起手指，紧紧勾住林竞的手，而后缓慢地、郑重地点了一下头：“好。”

情不知所起，一往而深。年少时的懵懂暗恋，成年后的深情痴恋，在这一瞬间，终于以最美的姿态，绽放成一朵只属于两人的永生花。

番外一

SHANHEWANLI,
WOLAIJIANNI

婚姻那件小事

（一）占有欲

这天中午，齐玥下了一台手术，刚走回自己办公室，便见林竞等在门外，手里还拎着午餐袋。

齐玥愣了一下：“怎么过来也不说一声？”

也不知道他在门外等了多久了，她要是手术一直做到下午去，他岂不是白跑一趟？

林竞蹙眉，似有不悦：“我过来看看我老婆，还要事先报备？”

齐玥伸出手指，直指林竞的脸。

林竞淡淡回视，并不退让。

齐玥莞尔一笑，指尖轻轻在林竞脸颊上戳了一下：“知道啦，老公，什么时候回来的？”

林竞也笑了一下，目光柔和：“刚回来。”

林竞之前去出差了，说好三天回来，现在才两天半，他就忽然出现在了这里。

“怎么提前回来了？”齐玥视线落在他手里拎着的餐袋上，“还专程送饭过来。”

林竞轻咳一声：“也不是专程。我下午要在这附近开会，中午有点时间，就顺路过来一趟。”

齐玥推着他的肩走入办公室：“知道啦，我饿啦，赶紧开吃吧。”

林竞反手关上门，一转身，便将齐玥压在墙角，他俯身贴到她耳侧。

“饿了？那你是想先吃饭，还是先吃……”

齐玥脸微微一热，用胳膊肘将他顶开一些，抄过他手中的餐袋，朝办公桌走去："说什么浑话，吃饭！"

林竞跟在她身后，长臂一伸，将她抱入怀中："我想你了。"

鼻尖萦绕的尽是他硬朗好闻的气息，齐玥心底微微一动，情不自禁低喃："嗯，其实我也……"

林竞捏着齐玥的下颌，轻轻转过她的脸，而后低头覆住她的唇。

…………

齐玥拉开椅子坐下，看林竞将饭盒从餐袋里拿出来："带了什么好吃的？"

玉米胡萝卜排骨汤、土豆红烧肉、百合芦笋。虽然都是家常菜，不过色香味俱全，营养也搭配得正合适。

齐玥惊了："哎——你自己做的啊？"

林竞："嗯。回了趟家，才知道你这两天都没好好吃饭。"

齐玥脸微微一红，垃圾桶里那些泡面桶应该是被林竞看见了。

饭吃到一半，办公室忽然有人敲门："齐老师，你在吗？"

齐玥听出是她带的一个实习生的声音："在，进来吧。"

男实习生小心翼翼地推开门，见到办公室里还坐着另一个男人，愣了一下。他手里捧着一个饭盒，看到齐玥正在吃饭，脸色微微一僵。

齐玥见他拘谨，笑道："进来吧。"

男实习生晃神："啊，是！"

两个男人的目光在空中对上，一时间都没说话。

齐玥主动介绍道："这是我先生，林竞。这是我带的学生，肖潇。"

肖潇惊了一下，立刻向林竞敬了一礼："首、首长好！"

林竞的故事，他们都是有所耳闻的。乍一见到这个传说中的人物，他心中有敬畏，也有害怕。

齐玥问："找我什么事？"

肖潇回神，脸微微一热，有些尴尬："啊！齐老师！我想您下手术都过了饭点，食堂都没菜了，就先去打了一些……不过既然您已经有了……"

齐玥想到学生也是一片心意，于是道："没事没事，放着吧。晚上还有台手术，下来正好可以吃。"

肖潇如释重负，悄悄看了一眼林竞毫无表情的脸，战战兢兢地上前，还没来得及放下，便听林竞道：

“你们齐老师，对虾过敏。”

那饭盒盖子是透明的，一眼就能看清里面装的菜。

肖潇闻言一僵，只觉手中饭盒顿时变成了烫人的山芋，藏也不是，扔也不是。

林竞继续道：“还有，这腊肉好吃是好吃，但腌制品毕竟致癌。你们学医的，不是最讲究这个了？”

肖潇羞愧难当，他要是再不明白这一句句的针对是为了什么，就枉为齐玥的学生了。

他没再说什么，抓起桌上的饭盒，匆匆向两人敬了一礼：“抱歉！打扰了！”说完，便以迅雷不及掩耳之势从齐玥的办公室消失。

齐玥看着肖潇仓皇逃走的背影，无语摇头：“你怎么跟小孩子都要计较？”

林竞振振有词：“小孩子也是男人。男人在想什么，我看他的眼神就能明白。”

齐玥哭笑不得：“你啊……”

林竞冷哼：“我早就看出这帮毛头小子对你心怀不轨了。”

齐玥升任主任的时候，收了一批小徒弟。

导师这么年轻，医术卓越超群，还是个大美女，相处下来，免不了会心生憧憬。

但毕竟齐玥身份摆在那里，又是已婚，所以他们平日里对齐玥都是尊敬有加，并无任何逾矩行为。

尽管如此，林竞还是不爽。

“你又在胡说什……唔……”齐玥刚要说话，便被林竞一根手指轻轻压住嘴唇。

“你是我的。谁都不能觊觎，连想都不能想！”

（二）吵架

夫妻过日子，难免会吵架。

齐玥觉得这世上，和林竞吵架是最没有成就感的事情。

因为就算有心吵，也吵不起来。

无论什么事，无论谁对谁错，林竞的应对套路就那么老三件：

“嗯。”

——这是齐玥吵赢的时候。大部分时候，都是齐玥赢，因为林竞不会跟她吵。只要不是太大的事情，齐玥说什么，他姑且也就听之任之了。

“你说得对。”

——这是两人意见相左，分歧比较严重的时候。但如果双方都有理有据各执一词，林竞会选择保守退让。你说得有道理，但我就是不听。至于结果……当然是不听也得听。齐玥的家主地位，还是不能被撼动的。

“我去倒个垃圾。”

——这是林竞感到原则和底线受到了威胁的时候。基本上这种情况很少发生……其实结婚以来也只发生过一次。在互相不能说服对方又都不愿意退让的时候，或者在齐玥单方面嘴炮碾压的时候，林竞会选择冷处理。他冷处理的方式，就是自己把自己扫地出门。不能赶老婆走，当然只能自己走了。

争议最大的那次，是两人在二胎问题上产生了分歧。

生老大的时候，林竞在产房全程陪护，亲眼见过齐玥受的那种罪，说什么也不愿意再让她经历一次。

齐玥则觉得，女儿一个人形单影只，应该有一个年龄差不多的小伙伴陪伴一起长大。她自己从小就一个人长大，有些悄悄话不能对父母讲，也没有兄弟姐妹能够诉说，总觉得是种遗憾。有一次带女儿在大院儿里玩儿的时候，齐玥亲眼看见女儿对着邻居家兄妹手牵手离开的情景露出了羡慕的眼光。那时齐玥就决定，再要一个孩子。她不希望自己的女儿有和自己一样的遗憾。

两人僵持不下，互不退让，大有要吵得鸡飞狗跳的架势。

最后，林竞选择把自己扫地出门。

“今晚我在队里加班，不回来了。咱们都冷静一下。”

齐玥也是赌气，忍了一天没给他打过一个电话，没发一条短信。

她窝在沙发里看剧，一部接一部。一个人待在家里，连饭都不想做。

结果到了晚上饭点，男人自己灰溜溜地回来了。

手里还拎着几盒热食，都是齐玥爱吃的菜。其中有个烧鹅，要排几个小时才能买到的。

齐玥盯着他：“你这几个小时就都用来排队了？”

林竞一脸淡定地将饭菜摆上桌子："人生苦短，时间不能浪费。来吧，开饭。"

齐玥没动，依然盯着他："不是说今天不回来了。"

林竞叹了口气，放下手中食物，过来抱她："我一想到你一个人在家抱着枕头缩在沙发上看电视的情景，就受不了。"

齐玥听得心头一酸，抱住了男人结实宽阔的背。

这架依然没吵成，最后的最后，林竞还是让了步。

（三）梦中温情

齐玥刚刚怀上第一胎的时候，身体不太适应，有一阵经常睡不好觉。

这种睡不好觉，具体说来，并不是失眠，而是整夜整夜地做噩梦。

又是一天半夜，齐玥忽然从梦中惊醒。

她呼吸有些急促，背上冷汗涔涔。

她大睁着眼，死死盯着床头摆放着的夜光加湿器。加湿器里徐徐喷出的水雾，混合着好闻的薰衣草精油的味道，逐渐将她拉回现实。

然而光是回想到那些鲜活得让人分不清是真实还是梦境的画面，齐玥就觉得后怕。

正兀自心惊胆寒时，一只有力的手臂忽然横过她的腰际，轻轻箍住了，将她拖入一个温暖的怀抱。林竞从身后靠了过来。

令人安心又熟悉的气息，让齐玥稍微平静了些，也清醒了些。

齐玥哑着嗓子："你怎么……吵醒你了？"

"没有。"头顶上是男人低沉磁性的声音，带着刚醒时的微哑。

温热的唇，轻轻贴在她的后颈上。一个接一个轻而缓的吻，落在她的颈上，肩上，蝴蝶骨上……

"别怕……我在。"

这句话，不经意地触动了齐玥内心最脆弱的一处。

她翻了个身，缩进男人怀里。

林竞一边轻抚着她的背，以示安慰，一边低头一下一下吻着她的发顶："做什么梦了？"

齐玥抱着他腰的手紧了紧。过了片刻，才开口："我梦到我们在利维亚。"

林竞的亲吻微微停顿了一下。

齐玥深吸了一口气继续道：“我梦见我们被‘以瑟’围攻那时的事情了……”

齐玥抬起头，看向林竞，眼波盈盈，竟似有泪：“那时候你让我们躲进仓库里，自己准备和‘以瑟’决战……我……我听见外面的枪炮声，看着我们的战友一个个倒下……还有……还有……”

齐玥说不下去了。

梦里发生的那些，稍有差池，便有可能发生。

像他们这样的人，枪林弹雨都闯过来了，却还是害怕——一睁眼，对方已不在身边。

林竞忽然低头，认真地看着她：“都过去了，我们现在都好好的。”

齐玥将头埋入林竞胸前，悄悄擦掉眼角渗出来的那滴泪：“还好你没事……不然我……”

林竞轻轻抚着她的背，手掌温热而有力：“对不起……”

虽然他并没有做错什么，但是齐玥知道，他是在为过去让她担惊受怕的那些时光而道歉。

“以后我都会陪在你身边，我们还有一辈子的时间。”

齐玥闷声闷气道：“嗯。”

林竞亲了亲她的额头：“睡吧。”

因为噩梦而狂跳的心逐渐平静下来。齐玥靠在他怀里，闻着那熟悉的、令人安心的荷尔蒙味道，阖上眼。

后半夜依然睡得不太安稳，齐玥的呼吸又有些急促起来。迷迷糊糊中，齐玥感到一只手温柔地抚摸着她的脸，感觉像是有人在看着她似的。而后，一个温热的吻，落在唇上。

后来，齐玥又做过几次噩梦，然而无论她醒与不醒，男人似乎都能在第一时间感应到。

“我在。”

他不会说什么甜言蜜语，然而齐玥觉得，这两个字，胜过万千甜言蜜语。

番外二

SHANHEWANLI,
WOLAIJIANNI

情书三百行

某日，齐玥在收拾屋子的时候，偶然在林竞的书架上翻到一本笔记。

笔记本的封面什么都没写，翻开，一张旧照片从里面掉了出来。

齐玥蹲下身，将那张照片捡了起来。

那是他们从军校毕业时，她被祁翔强拉过去和林竞合照的一张。

照片上，祁翔笑得灿烂，她笑得有些僵硬，而林竞……有些腼腆，又有些别扭。

齐玥嘴角微微上翘，若是十年前，她一定不会用腼腆来形容林竞，眼里看到的，应当只会是别扭。

但现在，她眼中看到的都是欲盖弥彰的掩饰。

她知林竞，林竞知她。

随手一翻，竟然是一些闲散的日记。虽然大部分，都是只言片语。

但的确是林竞的笔迹。

对于林竞这样的人，能记日记本身就已经是一件骇人听闻的事了。

仔细一看日期，这日记，竟然是从大学就开始记了。

2011 年 9 月 2 日

我没想到她也会报考军校……

她明明说打算去报 B 大数学系的……

看着跃然于纸上的一串长长的省略号，齐玥不由得莞尔。

至今她仍然记得，开学典礼上，林竞看到她时，那副见了鬼的表情。

她当时以为林竞唯恐避之不及，后来才知道林竞是在替她惋惜。

2013 年 3 月 21 日

喷，这丫头下手可真狠。

那段时间，齐玥刚开始学缝合，手感特别不好。

她素来好强，学业上更是容不得一粒沙子。为了练缝合，她每天跑到食堂去追着师傅要猪肘子，搞得人家见了她就躲。那段时间，总听见有人抱怨吃猪肘子吃到缝线。

后来有一次齐玥去堵食堂师傅的时候被林竞撞见了，便主动提出让齐玥在他身上练习。林竞训练受伤是常事，经常这儿割一道口子那儿划一条杠的。但那段时间，齐玥总觉得他受伤的次数，比几年来加起来的都多。

那时候齐玥也是第一次在人身上练，下手也不知道轻重。但林竞总是一脸淡定地告诉她，不疼。

现在看来，大约是表面笑嘻嘻，心里牙痒痒。

还真是难为他了……

2014 年 4 月 27 日

看见她扣动扳机时一副害怕得不行，又拼命忍耐的模样，莫名就觉得很可爱。

“可爱”二字，被他划掉过一次。后来不知什么原因，又补了回去。

齐玥想起那时候她射击成绩很烂，考核不过，差点没资格进入特种大队。好说歹说求教官才求来了一次补考的机会，林竞也非常反常地站出来替她作担保。

那一个月，林竞每天都盯着她练习射击，硬是把她条件反射式的恐惧症给治好了。

2015 年 6 月 25 日

哪儿来的学长？衣冠禽兽……

齐玥：“？”

这篇没头没尾的，她着实没看懂……

仔细思索了片刻，齐玥才隐约记起，那年大三，入夏之际她们有一场文艺会演。

她那次在会演上表演了爵士舞，有一个关系不错的学长在演出结束后给她送了一束花。

莫非……被林竞看见了？好一坛陈年老醋。

2017 年 8 月 21 日

…………

还好有她陪着我。

齐玥记得，那年 8 月，D 省发生地震，她和林竞一起去救灾。他们在灾区待了整整两个星期。这篇日记的落款日期，是他们离开灾区的那天。

林竞的母亲因为当时刚好在灾区考察，不幸遇难。他们携手拯救了无数灾民，却还是救不了林竞的母亲。

当时在灾区发生了余震，林竞以为她被埋在了废墟之下。

她也差点以为自己要交待在那儿……

她犹记得被找到时，林竞脸上的表情。

他在废墟之上，与她紧紧相拥。那种像是要生生将她嵌入他的生命一般的力道，她至今铭记于心。

他们就站在满目疮痍之上，紧紧相拥。

那是林竞第一次在众人面前，情绪外露。

也就是在那个时候，齐玥感觉到了，林竞并非对她无意。

2019 年 3 月 28 日

今天听说她向大队申请参去利维亚的任务……

我是不是做错了……

2019 年 4 月 2 日

父亲批准了我调任利维亚的申请。终于能见到她了。

齐玥的手指，在那个日期上轻轻摩挲了一下。

日记停在这里，很长一段时间没有再写。

齐玥知道，因为那段时间他们在利维亚，共同渡过了重重难关。

每一个画面，每一个细节，都深深烙入她的骨髓。

“老婆……”耳边传来男人低沉磁性的声音，一个温热结实的身躯从身后贴了上来。

“在看什么？”林竞低头，和她一同注视着手中那本日记本。

齐玥合上日记，偏过头。

两人对视片刻，而后很自然地接了个吻。

半晌，两人分开之后，齐玥才发现，手中的笔记本不知什么已经被男人顺走了。

齐玥低笑了一声。

林竞垂眸看她：“笑什么？”

齐玥：“笑你也会不好意思。”

林竞亲昵地蹭了一下她的鼻：“想听什么故事？我直接告诉你？”

齐玥莞尔：“那就没意思了，没有新鲜感。”

林竞眸光微闪，忽然拦腰将她抱到书桌上坐下，整个人倾身向前压了过去，在她颈间轻轻一吻。

“你想要什么新鲜感，嗯？”

那暧昧的语气、暗哑的嗓音，让齐玥心中莫名一荡，搭在他肩上的手指微微收紧。

林竞又沉声笑了一下，低头吻住她。

这么一折腾，半天时间就没了。

林竞轻轻掐了一下她的腰：“得了便宜还卖乖。”

齐玥哼哼两声，靠在他胸前，疲懒极了，却依然饶有兴致地一会儿捏捏他的胳膊，一会儿用手指在他胸口轻轻比画。

林竞沉声笑：“最近没怎么练。过段时间练练，再给你摸。”

齐玥莞尔。

这当然是玩笑话。

林竞这话说得还真不是一般的谦虚。都两个孩子的爹了，他的身材依然保持得和以前在特战队时一样好，腰腹上没有一丝赘肉，胸口手臂的线条也一如既往的结实有力。

当然，最好看的，还是腹部整整齐齐的那八块砖头一样的腹肌。

齐玥仰头看着男人刚毅好看的下颌，心中一动，忽道："孩子的名字，你是不是早就想好了？"

林竞微微勾了一下嘴角，在她额上轻轻吻了一下："怎么忽然说起这个了？"

齐玥眨了眨眼："我看到你最后一篇日记了。"

林竞笑了："不公平啊，我什么都给你看了。"

齐玥小声反驳："你也什么都看过了啊。"

林竞笑而不语。

日记的最后一篇，日期是她第一胎出产房的那一天，也是他们的女儿——林知乐的诞生日。

她还记得，她在产房里待了十八个小时，阵痛了十小时。林竞一直守在她的床前，紧紧握着她的手，没离开过。她没合眼，林竞也没合过眼。

这篇日记只有两行字。

老婆，辛苦了。

遇到你，方知何以为乐。

他们的女儿，取名为林知乐。

在林知乐出生之前，他们都不知道孩子的性别。

林竞倒是提前想过很多名字，类似于什么男孩就叫林齐，女孩就叫林玥。

这个提议被否决后，林竞还想出了个更夸张的版本，男孩叫林根正，女孩叫林苗红。

齐玥一直觉得林竞没认真想过小孩儿的名字。

直到她进产房的前一刻，林竞忽然在她耳边轻声道：

“我想好了。男孩就叫林思安，女孩就叫林知乐。”

齐玥当时因为被阵痛折磨得半死不活，又觉得名字听起来还不错，就默许了，事后也没细想其中缘由。

直到看到他的日记，齐玥才怀疑，林竞其实早就想好孩子的名字了。

遇到你，方知何以为乐。往后岁岁年年，只求幸福平安。